国家记忆

万里山河
一日还

WAN LI SHAN HE YI RI HUAN

王金瑞 著

甘肃文化出版社

甘肃·兰州

图书在版编目（CIP）数据

万里山河一日还/王金瑞著. -- 兰州：甘肃文化出版社，2023.9（2024.1重印）
ISBN 978-7-5490-2464-3

Ⅰ.①万… Ⅱ.①王… Ⅲ.①长篇小说—中国—当代 Ⅳ.① I247.5

中国国家版本馆 CIP 数据核字（2023）第 025385 号

万里山河一日还
王金瑞 | 著

| 责任编辑 | 何荣昌　丁庆康 |
| 封面设计 | 今亮后声·小九 |

出版发行 | 甘肃文化出版社
网　　址 | http://www.gswenhua.cn
投稿邮箱 | gswenhuapress@163.com
地　　址 | 甘肃省兰州市城关区曹家巷1号　730030（邮编）

营销中心 | 贾　莉　王　俊
电　　话 | 0931-2131306

印　　刷 | 兰州新华印刷厂
开　　本 | 787 毫米 ×1092 毫米　1/16
字　　数 | 220 千
印　　张 | 13.75
版　　次 | 2023 年 9 月第 1 版
印　　次 | 2024 年 1 月第 2 次
书　　号 | ISBN 978-7-5490-2464-3
定　　价 | 58.00 元

版权所有　违者必究（举报电话：0931-2131306）
（图书如出现印装质量问题，请与我们联系）

目 录

01 吵成"龙卷风"……………………………001
02 想拜我为师……………………………004
03 自力更生………………………………007
04 赶紧拜师………………………………010
05 大惊喜…………………………………013
06 他的肯定………………………………016
07 太可怕了………………………………019
08 佩服无比………………………………022
09 是好苗子………………………………025
10 不愿相信………………………………028
11 有帅哥来………………………………030
12 她的故人………………………………033
13 保持距离………………………………036
14 她的外公………………………………039
15 打断你的腿……………………………042
16 学会放下………………………………045
17 邻家妹妹………………………………048
18 长得很帅………………………………051
19 梦想成真………………………………054
20 他的私心………………………………057

1

21	不讲义气	060
22	心怀坦荡	063
23	避而不见	066
24	已成朋友	069
25	我喜欢你	072
26	事情真相	075
27	初次调试	078
28	一起约会	081
29	没有可能	084
30	测试成功	087
31	打破纪录	090
32	A级故障	093
33	项目暂停	096
34	积极应对	098
35	女人善变	101
36	他的女孩	104
37	一切从严	107
38	开始准备	110
39	请夸夸我	112
40	真的好学	116
41	最可爱了	119
42	想要结婚	122
43	你还有我	124
44	向她求婚	127
45	回到厂里	130
46	让我缓缓	132
47	亲密接触	135
48	不太愿意	138
49	技术转让	141

50	她的计划	144
51	给下马威	147
52	家庭作业	150
53	经验欠缺	153
54	无可奈何	156
55	是小狐狸	159
56	太不要脸	162
57	重色轻友	165
58	婚期延后	167
59	拭目以待	170
60	想套路她	173
61	正式领证	176
62	有点紧张	179
63	竞标成功	182
64	他的表扬	184
65	浪漫婚礼	187
66	我最帅了	190
67	联合计划	193
68	打光棍吧	196
69	无缝对接	199
70	定海神针	202
71	学会疼人	205
72	为他圆梦	208
73	高铁和地铁	211

01　吵成"龙卷风"

周一上午，八方车辆厂研发部召开例会。会议一开始，整个会议室里就吵得不可开交。

一个月前，电力动车组项目在京沪高铁是"轮轨"还是"磁悬浮"的讨论下正式立项。上周部里给八方车辆厂下达相关文件，由他们负责研发。

部里之所以选择将这个重要的任务交给八方车辆厂，是因为他们不但设计制造出了我国第一代客运蒸汽机车"胜利号"，而且在电力机车上也有不错的建树。

他们自主研发的电力机车功率为3200kW，试验时速达到240km/h，正常运行最大速度为170km/h，是我国最快的列车。

就算是他们曾经取得过如此优秀的成绩，但在研制这种新型的电力动车组时，仍觉得压力巨大。

原因无他，部里下达的文件明确指出，新型动力电车组需向发达国家的成熟动车靠拢，要求正常运行时速达到250km/h。

当速度达到150km/h时，每往上提升10km/h，空气阻力就会增大很多，安全系数会降低，对于其他零部件的要求也增加不少。

在保证安全的前提下，如何设计研发出高速运行的电力动车组，对八方车辆厂的研发部来说，是一个巨大的考验。

他们之所以会吵，是因为两个研发小组在初始设计上就有较大的分歧。以宋以风为主的研发二组，觉得需要优先考虑散热问题，主张改变机头设计以减小空阻，采用先进的导热材料。研发一组觉得应该侧重电气化设计，散热问题虽然重要，但不是最重要的。

施梦瑜经过会议室的时候，听到里面激烈的争吵声，她便顺着百叶窗的缝隙偷偷看了一眼，只见宋以风在拍桌子，唾沫横飞地在跟研发一组的组长争辩。

她瞪大了双眼，没想到上周五她面试时温和有礼的宋以风会有如此凶悍的一面，骂起人来这么厉害，她为以后的工作默默地捏了一把汗。

她一转身看见了李伊若的脸，吓了她一大跳。李伊若忙伸手捂住她的嘴，拉着她走进一旁的茶水间，笑着问："吓到了？"

施梦瑜点头，她研究生毕业之后通过招聘进了八方车辆厂，今天是第一天上班，因为研发部开会，所以她暂时没人管。

李伊若冲她微笑："你刚来被吓到很正常，时间长了，就习惯了，你别看现在他们在会议室里吵得不可开交，等他们从会议室出来，就又好得像亲兄弟一样。"

李伊若是厂子弟，大学一毕业就进了八方车辆厂，在研发部做出图的工作，每天的工作就是打印图纸、整理图纸。她虽然和施梦瑜同岁，却已经有三年的工龄。这种事情李伊若见得多了。

施梦瑜听到她的这个说法想笑，李伊若冲她眨眼睛："你别笑，这是真的，因为方总工说了，工作上可以有不同的意见。研发部各职工意见不同，方总工是允许在会议室里争论的，但是不准挟私报复。他要求所有问题都在会议室里解决，出了会议室，整个研发部就全是八方车辆厂的技术骨干，要团结一心。机车的设计十分复杂，需要团队齐心协力，现在要重新设计新型的电力电车，他们一开始因为方向不同吵架实在是再正常不过的事情，这一次吵完估计就能初步统一思路了。"

施梦瑜听着新鲜，便问："每次有新的研发项目，他们都会吵架吗？"

李伊若点头："小项目小吵，大项目大吵，不过像今天这样吵成'龙卷风'一样的还是第一回。"

李伊若看到她的表情后又笑了起来："你放心吧，你是新来的，就算他们吵完了，还带着怒气出会议室，也不会波及你。"

她说完又问施梦瑜："研发部我这种打杂的人除外，你是第二个女工程师，我看你的专业上填的是电气工程，你一个女生，怎么会学这种专业？"

在她的认知里，电子电气之类的专业学的女生都很少，毕业后还从事本专业的就更少了。

施梦瑜微笑："我喜欢这些，所以就报了这个专业。"

李伊若没想到居然还有女孩子会喜欢这种专业，又觉得跟她投缘，就叮嘱了她一句："我们部门的这些工程师说好听一点是认真负责，说难听一点就全是鸡蛋里挑骨头。"

"他们都觉得女性不太适合做这些工作，方玉梅是方总工的女儿，他们不敢欺负，你是新人就不好说了，你可千万要当心！"

施梦瑜笑了笑，谢过她后就回了办公室。她需要当心那些工程师们的欺负？她笑了笑，这话要是她的大学同学听到了估计会笑。

她想着反正没事干，干脆拿出放在架子上的图纸看了起来。

那些图纸非常复杂，里面除了复杂的电路图之外，还有相应的机械零件图。

她正看得津津有味，会议室的门打开了，宋以风黑着一张脸进了办公室。她见他脸色不好，也不敢去触他的霉头，老老实实地继续看图纸。

宋以风出来之后就交代了一系列的工作，一时间办公室里忙得鸡飞狗跳。他一扭头看见施梦瑜在看图纸，她秀气的眉眼与有些粗犷的研发部显得格格不入。

他眉头微皱。

施梦瑜是他招进来的，他当然知道她是西交大的研究生。

西交大算是铁路系统培养专项人才最好的学校，专业课难度很高。他看过她的档案，她专业课的成绩好得让人意外。

只是他知道专业课成绩再好，理论和实际还是会有巨大的差异，很多学生在刚毕业的时候，想要把课本和实际联系起来，需要花费大量的时间和精力。

她是女生，多少会有些娇气，实际动手能力也不会太强，而八方车辆厂的研发部从来不需要娇气的人，需要每个人都有很强的动手能力。

宋以风因为刚才在会议室里吵了一架，心情不太好，就有些后悔把她招进来了，她一个女孩子，能做什么？

02　想拜我为师

只是现在施梦瑜人已经来了,宋以风也不能立即把她轰走,总得看看她有什么本领。

他想,实在不行,她在这里对"阳盛阴衰"的办公室应该有一定的调剂作用。

他走过去随口问了句:"看得懂吗?"

施梦瑜点头,宋以风觉得她牛皮吹大发了,就算她是研究生毕业,工厂里画图的方式和学校里画图的方式还是有很大区别的。

刚毕业的学生如果没有经过专业的培训,完全看懂这一套图纸的工作原理几乎没有可能。

毕竟这一份图纸涉及的专业知识太多,从机械到电子再到力学、材料学,跨度很大,难度非常大。

他不喜欢这种浮夸的人,打算揭穿她的谎言,给她一个下马威:"那你给我说一下这份图纸的工作原理。"

办公室里瞬间就静了下来,所有人看起来都在认真地工作,注意力却全在他们的身上,都等着看新来的实习生出丑。

宋以风作为研发二组的头,外表温和,组员们却给他起了个绰号"食人魔",倒不是说他残暴会吃人,而是能把人用到极致,榨干组员们最后一丝精力。

施梦瑜感觉到了气氛的变化,却不太明白原因。她以为这是新人的基础考核,便十分从容地用最精简的词语说了这份图纸的工作原理。

宋以风看她的眼神有了些变化,直勾勾地看着她,眼里带着审视。

她以为自己的表现让他不满意,毕竟这份图纸在设计上有几个肉眼可见的错误,便指着其中一个电阻说:"这一部分的电阻设计小了一点,瞬间电流过大时,很容易被击穿。这个二极管的使用也不太合理,如果先用桥式电路进行整流，会让整个电路的设计更加精准，有利于保护相关元器件。最后，这份图纸还缺失了一页，那一页应该是对这一部分功能的说明，虽然不重要，但是少了的话，这一组图纸就不够完美。"

一众竖起耳朵听动静的组员此时心里只剩下暗自感叹："天啦，这是哪里来的女怪物！"

施梦瑜见办公室里所有的人都在看她，宋以风的眼神也很古怪，她仔细想了一番，她刚才好像没有说错什么吧？

她小心翼翼地问："是我哪里说得不对吗？"

宋以风此时的心情复杂，不答反问："你来我们工厂上班之前在其他地方上过班吗？"

施梦瑜摇头："没有，不过有去其他的单位实习过。"

宋以风笑了，对她伸出手："欢迎加入八方车辆研发部。"

施梦瑜这才知道自己正式过关了，忙把手伸出去："谢谢！"

宋以风走回自己的办公桌上，从文件夹里抽出几份资料："你把这些资料拿去认真看，按上面的要求做一个装置，周五给我。"

旁边有人不厚道地笑了一声，宋以风冷冷地扫了过去，对方立即闭嘴，手指飞快地敲着键盘。

施梦瑜就算是再粗心也觉得事情不对，便说："我刚到公司，对这些东西并不了解，如果……如果我有什么不明白的地方，我能来问你吗？"

宋以风将她上下打量一番："你想做我的徒弟？"

施梦瑜一头雾水，不知道他为什么会得出这个结论，却知道他作为她的面试官，今天她又目睹了他在会议上骂人的样子，看着好像还挺厉害，便试探着点了一下头。

宋以风倒笑了："想做我徒弟也不是不行，你周五能把东西做出来，我就收下你这个徒弟，不过我最近很忙，你专业上有不懂的就问周飞扬，不会操作办公设备，就去找李伊若。"

他说完把那些资料一股脑全塞到她的怀里，见她还呆呆地站在那里，有些烦躁地问："还有事？"

施梦瑜朝他微笑："我想问一下，我的办公桌在哪里？"

005

他差点把这事给忘了！

最后，施梦瑜被安排在周飞扬后面空出来的工位上。

她才坐下，就到了午饭时间。周飞扬转身靠在隔板上笑嘻嘻地问她："小学妹，第一天上班感觉怎么样？"

施梦瑜不答反问："你也是西交大的？"

周飞扬点头："对啊，我是西交大的啊！整个办公室就只有我和你是西交大的，我跟你说，这办公室里除了我之外，全是坏人，以后我罩你吧！"

坐在他旁边戴着厚重镜片的雷运来一脸不屑地问："你不是京交大毕业的吗？什么时候成西交大的了？"

周飞扬瞪了他一眼："你不说话，没人把你当哑巴！"

施梦瑜抽了抽嘴角，周飞扬又吊儿郎当地说："就算我不是你的学长，只要你能成为宋头的徒弟，我也就是你的师兄，要不你先叫声师兄听听？"

雷运来继续拆他的台："你根本就不是宋头的徒弟，别逮着妹子就哄人家喊你师兄，就她刚才在宋头面前展现出来的专业知识，可比你强多了。"

周飞扬朝他龇牙，他没理周飞扬，站起来扶了扶鼻梁上厚重的镜片，腼腆地朝施梦瑜笑了笑："我是西交大九五级电子科学专业毕业的，我在学校的宣传栏里看到过你，你真厉害！"

施梦瑜是西交大九六级的，她本硕连读的时候跳过一级，严格算起来和雷运来是同级，她看到雷运来就想起之前在学校里也看过他的照片。

她笑着说："学长也很厉害，专业课一直是全系第一！"

雷运来忙摆手："那是你没有跳级之前，你跳级了我就是第二了，没想到你也会选择八方，真的是太巧了。"

西交大的学生毕业后很多都会进铁路相关部门，在八方遇到校友不是什么稀奇事。

周飞扬听着刺耳，便说："我知道你们是校友，也不至于这么商业互吹吧！"

雷运来对施梦瑜说："他叫周飞扬，人称周猴，平时上蹿下跳，没一刻闲的，他说的话你听听就好。"

周飞扬反唇相讥："嘿，雷二呆，你平时闷得像个葫芦，今天话这么多，是不是看上你家学妹了？"

03　自力更生

雷运来的脸涨得通红，于是接下来的吃饭时间，施梦瑜全程看着他们"吵架"，雷运来明显说不过周飞扬却非要跟他斗嘴，也是一个奇景。

下午上班的时候，施梦瑜把宋以风给她的资料打开，她仔细翻了几页后就觉得头大。

如果说上午放在架子上的图纸是中考题目的话，那么这一套资料至少是高考题目：让她用给出的这套资料，独立做一个模拟电力机车运行装置。

她透过办公室的玻璃四下看了一眼，发现整个办公室的人都忙得不可开交，这会只有周飞扬闲在那里，她便问他："做模拟电力机车需要用到的材料在哪里？"

周飞扬没有回答，反而笑眯眯地问她："你是党员吗？"

施梦瑜被问得莫名其妙，却还是点了一下头。

周飞扬冲她坏笑："我听说只有成绩好品行好的学生才能在大学时候入党，而我成绩很好却没能入党，你知道原因吗？"

施梦瑜摇头，周飞扬敛了笑，一本正经地问："你知道整个办公室里，在你问到需要帮助时，宋头为什么只提了我一个人的名字？"

施梦瑜继续摇头，周飞扬嘻嘻一笑："因为我没有助人为乐的精神，对新人都很不友好，拒绝给新人提供任何形式的帮助。所以，小学妹你要自力更生哦！"

施梦瑜："啊！……"

她现在终于明白上午李伊若话里的意思了，他们真的不好相处！

她深吸一口气说："谢谢，我会的！"

周飞扬哈哈一笑，扭过头去忙他的事，真的把她丢下不管了。

施梦瑜当初学这个专业的时候，家里的长辈就告诉她："虽然现在大家都在说男女平等，但是这世上似乎就没有真正的平等。""因为男性和女性都有自己擅长的领域，如果女性跑到男性擅长的领域里，不能成为最出色的那个，那就很难立住脚，反之亦然。"

施梦瑜深吸了一口气，她总归要解决相关材料的事情，于是她略想了一下就去找李伊若。

李伊若有些惊讶地看着她："你第一天上班宋头就让你做电力机车模型，还只给你一周的时间？"

施梦瑜有些好奇地问："有哪里不对吗？"

李伊若有些同情地看着她："也没有哪里不对，只是宋头之前听说电力动车组项目立项的时候，就让他组里进厂两年内的职工两人一组，一周内做出电力动车的机头模型，通过的将会入选电力动车组的研发项目。你来得太晚，又只有一个人，而项目马上就要启动了，所以他才做出这个安排吧！"

施梦瑜愣了一下，没料到这事竟还跟电力动车组的项目有关。

李伊若安慰她："你就算做不出来他应该也不会罚你，毕竟你是女生，又刚进厂。"

她说完又忍不住问施梦瑜："你今天到底做了什么，才会让宋头做出这样的安排？"

施梦瑜到此时终于明白宋以风当时为什么会是那种神情，他把资料给她时周飞扬为什么会笑了。她在学校里就听说过上班之后，老员工会欺负新员工，但是她真的没有想到八方车辆厂的老员工们会这么狠。

她才第一天上班啊！至于给她这么大的下马威吗？

只是这事反倒激起了她的斗志，不就是一周内做出电力机车运行装置嘛，她可以的！

她问清楚李伊若材料的位置，就开始去准备各种材料了。她本专业是电气工程，之前也独立制作过一些模型，这事只要规划得当，是能完成的。

只是时间太紧，这几天她别想好好休息了。

于是接下来的几天，办公室里的一众工程师就看着施梦瑜忙得不可开交。她每天最早来办公室，最晚一个走，中午吃完饭把碗一丢就开始折腾她的模型。

宋以风这几天一直冷眼看着，见她最初搭建模型的时候还有些磕磕绊绊，不太成熟，到后面越搭越快，到周四的时候内部传动装置和框架都搭得差不多了，现在就看模型能不能正常运行了。

他见周飞扬在那里探头探脑地看施梦瑜做传动装置，随手拿了块印刷线路板，在他的后背轻拍了一下："之前交给你的任务做完了？"

周飞扬忙腆着脸笑："头儿，你说她真的能做出来吗？"

宋以风看了他一眼："她不过是个新人，跟你又没交情，做得出来也好，做不出来也好，关你什么事？"

其他人听到这话可能就不会再说下去了，可周飞扬是个二皮脸，笑嘻嘻地说："怎么不关我事？我还没女朋友呢！她要能进电力动车项目，我们天天在一起相处，日久生情也不是没可能。"

宋以风斜斜地扫了他一眼："就你？"

周飞扬被这两字给刺到了，正欲反驳，宋以风一句话把他所有的话全堵了回去："下班前我要看到我要的资料，否则这个月扣你绩效！"

周飞扬深吸一口气，知道他说得出做得到，便麻溜地回到自己的座位，快速进入工作状态。

宋以风去茶水间冲了一杯咖啡，回来的时候又看了一眼施梦瑜，见她单手撑着头，皱眉在思考什么，他笑了笑，没有管她，扭头走了。

他知道搭外框架和做基础传动装置并不是什么难事，难的是如何把这些完美地连在一起，实现各种功能，施梦瑜应该已经进入瓶颈了。

毕竟图纸是一回事，实际操作又是另一回事，现在就看她明天下班前能不能搭好了。

她就算不能搭好，他觉得也很正常，毕竟她研究生刚毕业，并没有系统地接触过电力机车，更不懂得其运行原理，想要在没有人指导和帮助下搭出来，非常困难。

他也没指望她真的能搭好，他让她做这件事情只是想看看她的专业能力是否和档案上的一样好，再顺便看看她的动手能力，让她明白理论和实践的差别。

04　赶紧拜师

然而，让宋以风意外的是，周五他到办公室的时候，就看见施梦瑜搭的半人高的电力机车模型已经在实验室铺好的轨道上运行，她拿着一个遥控板正在操作。

办公室里的职工正在旁边看热闹，让她操控模型做出各种常见的起停开门等动作。

周飞扬一扭头就看见了宋以风，开心地说："头儿，她真做出来了！我找女朋友有望了！"

宋以风没理周飞扬，而是过去问了施梦瑜几个技术参数以及她的这个模型的运行原理，她都一一做了详细回答。

宋以风看了她一眼，见她眼睛熬得通红。她身上还穿着昨天的衣服，衣服上满是褶皱，一看就知道昨夜熬通宵了。

施梦瑜专业知识扎实，不娇气，动手能力还很强，对自己也够狠。

宋以风觉得自己这一次可能真的招了个宝贝回来。

他心里高兴，表面淡定："不错，你过关了，以后就是我徒弟了。"

四周响起了友好的笑声。

"宋头，你终于决定要收徒弟了？真是太阳从西边出来了！"

"小施，你还愣着干吗，赶紧拜师啊！迟了小心宋头反悔！"

"宋头收徒是件大喜事，要不下班后摆几桌庆祝一下？"

宋以风今天心情不错，对于他们的调侃也不以为意，扭头对施梦瑜说："我一会给你一些资料，你拿回家看，下周一再过来上班。"

施梦瑜知道自己这是彻底过关了，她问出了最关心的事情："那我是不是就能进电力动车项目呢？"

她知道这事宋以风并不意外，毕竟有八卦的李伊若在，他不答反问："你觉得呢？"

施梦瑜看到他嘴角边温和的笑，就知道他虽然是反问，却是肯定的答案，她立即开心地说："谢谢师父！"

宋以风挑了一下眉，问她："你认识郑老吗？"

施梦瑜略有些心虚地说："姓郑的人很多，不知道师父说的郑老是哪一位？"

宋以风看了她一眼，淡淡一笑："在机车圈子里能被称为郑老的，也只有郑国勤郑老了。"

施梦瑜忙说："整个机车圈子谁能没听过郑国勤郑老的大名？我国的第一代电力机车的车头就是在他老人家的主持下生产出来的，他还参与了后续的改良，是电力机车的大功臣。"

宋以风意味深长地看了她一眼："你的这个模型很有郑老之风。"

施梦瑜笑了笑，并没有接话，他也没有再逮着这事追问，让她回去休息，她却觉得他好像已经知道了什么。

他知道就知道吧，反正这事也不丢脸。

她这一周都没有睡好，昨夜又熬了通宵，再加上这几天的工作量很大，这会累得不行，收拾好资料后就回到了厂区宿舍。

她洗漱好之后发现自己的脑子很亢奋，无论如何也睡不着，干脆坐起来打了个电话："妈，外公今天怎么样？"

施母回答："还是老样子，一直念叨着电力动车的事，这会又拿着笔在算数据。"

施梦瑜沉默了，外公郑国勤在一年前检查出来患有阿尔茨海默病，身边的亲人他陆陆续续都忘光了，却依旧记得电力动车。

在京沪高铁是用"轮轨"和"磁悬浮"激烈的讨论下，郑国勤是"轮轨"的支持者，他觉得"磁悬浮"用在这种里程长的线路会有很多问题，比如说成本太高，比如说安全问题。

施梦瑜从小在郑国勤的身边长大，知道他心里的执念，这一次她之所以会到八方车辆厂来面试，就是冲着电力动车项目来的。

因为郑国勤的关系，她把国内有能力制造电力动车的厂家做了一番调查后，觉得八方车辆厂入选的机会最大。事实证明，她的判断是正确的。

施母轻声问:"你的工作还顺利吗?"

施梦瑜笑着回答:"我能有什么不顺利的?我可是外公带大的,要学历有学历,要能力有能力,只是一个小小的八方车辆厂,怎么可能难得到我?"

施母有些好笑地说:"行了,就没见过你这么自恋的,只是你这脾气也得改改,要知道天外有天,人外有人,你就算课本上的知识学得还不错,也没有什么好骄傲的。"

其实她一直以施梦瑜为傲,她的女儿从小学习上的事情就不需要她操心,就是性子倔了点,也调皮了点。

施母又说:"昨天你乔阿姨过来了,她说永初最近会回国……"

施梦瑜听到这话后脑子里嗡的响了一声,直接打断母亲的话:"妈,岑永初的事情你以后不用跟我说了,我对他的事情一点兴趣都没有。"

施母叹了口气:"瑜瑜,永初出国的事情已经过去好几年了,你也该放下了,抛开这些不说,我和你乔阿姨是多年的好友,你岑叔叔这些年对我们家也关照不少。"

施梦瑜咬了一下唇:"妈说的这些我都知道,妈放心吧,以后我会努力把岑永初当作是陌生人的。"

施母:"这……"

施梦瑜给母亲打完电话后躺在床上睡不着,因为岑永初要回国的消息搅得她有些心神不宁。

她起来走到洗手间捧起一把冷水洗了把脸,心情才平静了一下。她看着镜子里自己红得跟兔子一样的眼睛,带着嗔怒的表情,轻笑了一声。

她拍了拍自己的脸:"行了,瞧你这点出息!不就是一个岑永初嘛,有什么放不下的?你现在最要做的就是完成外公的心愿,参与电力动车的项目,尽早把电力动力研发出来。"

也许是她的自我催眠起了作用,也许是她累到极致了,躺下后,很快就睡着了。

她正准备回过去的时候那个号码又拨了过来,接通之后居然是周飞扬的,他在电话里笑嘻嘻地喊她下楼,说要给她一个大大的惊喜。

惊喜?

05　大惊喜

施梦瑜来八方车辆厂虽然有一周了，因为一直在做模型，和其他职工并不熟，对周飞扬的印象也停留在周一他无情的拒绝上，她不太明白他能给她什么惊喜。

只是她作为新人，总归要融入八方车辆厂这个大家庭，就算周飞扬不靠谱，她也不好拒绝。

她稍收拾了一下就下了楼，周飞扬一看见她就冲她吹了声口哨："小师妹，饿了吗？一起吃个饭呗！小雷请你吃饭！"

施梦瑜有些好奇地问："为什么要请我吃饭？"

因为周飞扬上次拒绝她的事，她觉得这一次所谓的请吃饭可能有什么阴谋。

周飞扬笑着说："请你吃你去吃就行了，不需要知道为什么。"

施梦瑜也笑了："无功不受禄，你们自己吃吧，我去食堂吃。"

她说完要走，周飞扬倒有些急了，把她喊住，有些别扭地说："是这样的，我和小雷打了个赌，你失败了我请吃饭，你成功了他请吃饭。"

施梦瑜一脸无语，这是什么奇怪的赌注？还有，她同意了吗？

周飞扬赶忙解释："我上次拒绝帮你真不是我的本意，我是被宋魔头威胁的，我是整个办公室里最热情的那个人，宋魔头就是怕我帮你，所以那天才特意提到我的名字！他提到名字的人要是敢帮人，会脱一层皮，这事你要不信，你问小雷，他不会撒谎！"

雷运来忙点头："确实如此。"

施梦瑜好奇地问："点到名的不能帮，那没点到名的是不是就可以帮？"

雷运来连忙解释："当然就更不行了，点到名的帮了是脱一层皮，没点到名的帮了就是脱两层皮了！"

施梦瑜虽然是第一次正经上班，但是她也没听说哪家公司有这么奇怪的现象,满脸狐疑地问:"是哪个人才弄出这么奇怪的规矩?"

宋以风的声音传来:"不好意思,我就是你说的那个人才。"

她一扭头,就看见周飞扬冲她挤眉弄眼,用口型说:"大惊喜!"

她最终跟着他们一起去吃饭,宋以风对她的评价似乎完全没有放在心上。到吃饭的地方时,她才发现整个研发二组的人都在,她才知道今晚居然是宋以风的收徒宴。

她觉得这些工程师的想法真的很奇怪!

周飞扬坐在她身边冲她挤眼睛:"怎么样?是不是大惊喜?"

施梦瑜朝他微笑:"以后有机会,我一定会好好报答你的。"

周飞扬咧着嘴笑:"不客气,不客气,大家都是自己人。"

依着规矩,施梦瑜要给宋以风敬酒。她不会喝酒,宋以风也不勉强,让她以茶代酒,敬完酒,施梦瑜就算是宋以风真正的徒弟了。

周飞扬有些酸溜溜地说:"宋头,我觉得我也挺优秀的,要不你也把我给收了吧?"

宋以风淡淡地扫了他一眼:"下周我把风明的组件交给你处理,你一周内做完,我就收你为徒。"

周飞扬说:"还是算了吧!"他知道风明的组件难度,拉着雷运来一周都未必做得完。

四周传来轻笑声。

宋以风没理他,扭头对施梦瑜说:"趁周末把我给你的那些资料看完,周一正式进电力动车项目,我不管你以前有多好的基础,也不管你这一次模型完成得有多么出色,你要记住一点……"

他说到这里表情严肃:"模型和实物差距非常大,你的模型虽然做得不错,但是等你接触到实物之后,你就会发现自己的知识有多匮乏,要学习的东西有多少。"

旁边一个四十出头的工程师笑着说:"宋头,小姑娘才刚拜你为师,你不要吓着人家!今天既然出来吃饭,就先不要谈工作的事情!"

好几个人附和,宋以风也笑了:"行,现在不谈工作,上班的时候再好好工作。"

施梦瑜有些好奇地看了宋以风一眼，他看起来不过三十出头的样子，在高手如云的八方车辆厂研发部成为研发二组的头儿，手里管着近二十个工程师，她有些好奇他是怎么做到的。

她也很好奇，为什么周飞扬等人都想要做宋以风的徒弟？宋以风到底有什么过人之处？

他们吃完饭下楼的时候，有个工程师笑着问宋以风："宋头，你收了小施做徒弟，还让她进了电力动车项目，就不怕小方不高兴？"他嘴里的小方指的是方总工程师的女儿方玉梅，之前方玉梅想进电力动车项目被他拒绝了。

宋以风一脸不解地说："我跟她不熟，她高不高兴关我什么事？"

那位工程师愣了一下，笑了笑，没有接话。

众人到厂区之后就分开了，施梦瑜、周飞扬和雷运来住职工宿舍，就一道走了。

施梦瑜知道周飞扬不靠谱，就问雷运来："宋头非常厉害吗？为什么你们都想拜他为师？"

雷运来还没有说话，周飞扬已经扯着嗓子说："不会吧，你都拜宋头为师了，你居然不知道他的厉害之处？"

施梦瑜虽然打听过八方车辆厂的实力，知道方总工非常厉害，但是对于方总工下面的高工们了解并不多，毕竟外面能打听到的消息有限，她进到八方后也没有空去了解这些事。

周飞扬看到她的表情后有些一言难尽："你不知道他有多厉害，为什么想拜他为师？为什么会拼命地做电力机车模型？"

施梦瑜回答："我没有要拜他为师，是他主动提出来的，那个时候我要拒绝了，他岂不是很没面子？我做动力机车模型只是想要进电力动车项目。"

雷运来和周飞扬同时瞪大了眼睛。

施梦瑜看到两人目瞪口呆的样子，试探着问："我……是不是说错什么了？"

06　他的肯定

周飞扬对施梦瑜竖起大拇指："你牛！"

雷运来觉得他得提醒一下自家学妹，便说："你去玻璃走廊那里看看吧！"

八方车辆厂有一个玻璃走廊，那里除了有整个厂子的发展史，还有各部门优秀先进人物的展示资料。

她白天睡了一整天，这会也睡不着，就决定过去看看。

她过去的时候首先看到的是"胜利号"缩小版模型，这是我国第一代蒸汽型客运列车，用现在的标准来看，已经很落后，当时却承载着我国铁路运输的重担，是我国铁路史上的里程碑。施梦瑜看到它觉得格外的亲切，仔细看了详细介绍后才往前走，在这条长廊里，她能感觉得到八方车辆的工程师们为了祖国的铁路事业付出了多少心血，为他们感到骄傲。

她一路往前走，很快就看到了宋以风的介绍，她看到第一行字的时候就瞪大了眼睛，然后快速看完，看完后再一个字一个字地看一遍。

概括地说，宋以风是某国外知名大学的博士，学成回国之后参与了铁道部电力机车的研发工作。三年前，八方车辆厂把他挖了过来，他不但随团队拿过业内最高的奖项，个人还拿过不少奖。现在国内电力机车的很多标准都是他回国之后参与制定的，在国内外的权威杂志上发表过很多篇含金量很高的论文，他年纪虽然不大，却是电力机车领域的大行家。

她忍不住笑了起来，运气真不错，刚进八方车辆厂，就拜了个这么厉害的师父！

难怪雷运来和周飞扬刚才会用那样的眼神看她，这么厉害的一个人，难怪大家都想拜他为师。

她知道宋以风要求高，她来八方车辆厂的时间太短，需要了解和学习的东西很多。她这个周末一刻都不敢闲，一直猫在宿舍里看他给的材料，以便尽快赶上进度。

周一一上班，又是研发部的例会，这一次施梦瑜也可以参加了，于是她近距离地再次观看宋以风在会议室里骂人的样子。

这一次的会议由方总工主持，他五十岁出头，中等身材，整个人气质儒雅，一双眼睛黑亮有神。

他一边听着他们吵一边写着什么，等他们吵得差不多后便说："散热和外形由研发二组负责，动力方面由研发一组负责，下周开会时我要你们的最新进展，散会。"对于他的这个安排，两个研发小组都没有意见，接受方总工的工作安排。

方梦瑜还不是太适应研发部开会的这个调调，看到大家收东西的时候她还有些发愣：这就结束了？敢情研发部开会就是吵架？

方总工看到她的样子笑了起来："小宋，这丫头是你新收的徒弟？"

宋以风看了施梦瑜一眼后点头："是的，她的专业知识非常扎实，单独完成了机车模型，动手能力也很强，难得的是人还不娇气。"

方总工笑了："还是第一次听你这样夸人。"

宋以风也笑了："她是我收的第一个徒弟，不优秀就不会收了。"

他说完又扭头对施梦瑜说："不要因为我夸了你就骄傲，往后的工作你要是做不好，一样骂得你哭。"

施梦瑜："我会尽量不给你骂我的机会。"

方总工哈哈大笑："小宋啊，你这徒弟和你还真像。"

宋以风对这个说法付之一笑，抱着笔记本出了会议室。

方总工看着还在收拾资料的施梦瑜："小宋愿意收你为徒，足以表明你的能力强，你一毕业就能接触电力动车项目，这是一个锻炼的好机会，你外公要是知道了，一定会很开心。"

施梦瑜愣了一下："您知道我？"

方总工点头："你投过来的简历还是我给小宋的，我相信郑老带出来的孩子一定很优秀。你一进八方，就能让小宋收你为徒，足以证明我没有看错人。"

施梦瑜有些意外。方总工微微一笑，有些感触地说："你小时候我还抱过你，一眨眼都成这么大的姑娘了，而我们都老了。"

施梦瑜并没有方总工抱过她的记忆，只能回以一笑。

方总工问她："郑老最近怎么样？"

施梦瑜回答："外公很多事情都记不清楚了，但是还记得电力机车。"

方总工轻轻点了一下头，没有再说什么，端着搪瓷杯往外走。

施梦瑜在他的背影里看到了几分落寞，她忙走过去说："方总工，我和我外公的关系您能不能为我保密？"

方总工有了几分兴趣："为什么？"

施梦瑜回答："我怕我做不好，坏了我外公的名声。"

方总工笑了起来："以你的能力，不会让郑老蒙羞，你是不想让人觉得你是关系户吧？"

施梦瑜回以一笑，方总工心里了然："小丫头心思这么重可不好，不过我尊重你的意愿。"

施梦瑜忙说："谢谢方总工。"

方总工作为业内的"大拿"，施梦瑜对他佩服得五体投地，她原本以为他会有些高冷难相处，没料到却如此随和。

她回到办公室，就开始了一天的忙碌。

宋以风不愧有"食人魔"之称，施梦瑜虽然是第一天正式上班，却同样被他毫不留情地布置了一大堆的任务。

要造时速两百五十公里以上的电力动车，对他们而言是个巨大的挑战，就算施梦瑜有着极强的专业功底，依旧觉得很吃力。

她有很多的参数需要去查，去比对，工作量巨大。

这样一比，她之前做的那个电力机车的模型就像是幼儿园小朋友的玩具，太简单了。

宋以风带徒弟的方式整体来讲十分简单粗暴，他因为工作繁忙不可能有时间一点一点地去教施梦瑜。

新的电力动车是在之前的电力机车上做升级和调整，她之前虽然也算是接触过电力机车，但是之前的那些知识和现在需要掌握的知识相比，简直连皮毛都算不上。

宋以风直接丢给她一整套的电力机车资料，让她除了忙完手边的事情外，还要求一个月内把动力系统部分吃透。

07 太可怕了

施梦瑜看着面前堆得快跟她人一样高的资料头皮有些发麻，忍不住问："我们组不是负责散热和外形，动力部分是由一组在做，我们现在是不是该优先吃透结构上的东西？"

宋以风忙着手里的活，连头都没有抬，说："正是因为我们负责的是散热和外形，才更需要知道内部的动力系统，要不然，怎么知道各零部件散热情况，从而选择最合适的散热装置？"

施梦瑜听到这话立即就明白了，所谓散热，其实从本质上来讲是为电路服务的。

电力机车外接电压高达三千多伏，而机车内部运行时相关部件的控制电压又是二百二十伏，这个电压转换过程以及正常运行时都会产生巨大的热量。

单从电路来讲的话，散热就是一个大问题，更不要说运行时的空阻，以及轮轨的摩擦所产生的热量。

施梦瑜深吸了一口气，恨不得每天有四十八个小时。她每天一钻进资料里，一天就没有了，再加上宋以风安排的工作，忙得团团转。

宋以风最先开始还会观察一下她的状态，看了三天后就不看了，因为他已经发现了，他的这个徒弟做起事来比他还拼。她的悟性也很高，不会的也不会第一时间来找他，会自己先琢磨，自己想不明白后才会来问他。

她来问他的时候他是有点烦的，因为她问一个问题往往会附带其他的问题，一口气问下来光听见她在说"为什么"了，他听得头有点大。

他便会说："施梦瑜，你哪来那么多的'为什么'？"

施梦瑜笑眯眯地说："你是我师父，我不懂的不问你还能问谁？要吃透某个问题，'为什么'肯定就会多一点，您见谅！"

宋以风之前一直不愿意收徒是嫌麻烦，现在收了施梦瑜这个徒弟后他就发现她是真麻烦!

她上班的时候因为要忙手边的工作,问题不算多,下班后看那些资料时问题就特多。

有时候他睡到半夜手机响了,接通后发现居然是她打过来的,他头都大了。

他回答完她的问题后说:"施梦瑜,以后半夜不要给我打电话了,再打我扣你绩效。"

施梦瑜却不怕他:"师父,是您说了我有不懂的就问您,您多多担待一下。您也说了,没结婚的人就是用来工作的,您还没有结婚,所以工作第一。"

宋以风挂了电话后,觉得自己可能收了个大麻烦做徒弟!

他原本以为收个徒弟会减轻一点工作量,现在好了,工作量不但没有减少,还成倍地增加。

这种深更半夜打电话问工作的事情,真的是太可怕了。是谁跟他说女性娇气、工作觉悟差、能力低的?

最可怕的是,宋以风半夜被吵醒后,脑子里不自觉地会去想她问的各种问题和数据,就再也睡不着了……

因为这事,宋以风第二天直接跟施梦瑜说:"我上次说错了,机车的内部电气运行原理你两个月内弄会就行,不用赶在一个月内吃透。"

施梦瑜却说:"我知道师父这样说是怕我累着,但是师父放心,我还撑得住,我保证一个月内把这些吃透。"

宋以风深深地看了她一眼,现在的小丫头也太可怕了。

宋以风便又说:"以后工作上的事情上班说,下班之后不许再打电话来跟我说工作的事情。"

施梦瑜从善如流地答应了,半夜却又给他打电话了,宋以风怒了:"不是说下班后不谈工作吗?"

施梦瑜回答:"这不是工作啊,这是学习。"

于是接下来的几天,宋以风一看到施梦瑜就黑着脸,她倒是十分淡定,该干吗干吗。

雷运来和周飞扬在旁边看得胆战心惊。

下午下班的时候周飞扬拉着雷运来说:"我还是第一次看到有人在宋头气压

这么低的时候往上撞，难得的是宋头还没收拾她。"

雷运来说出他的观点："依我看，不是宋头没收拾她，而是拿她没办法吧。宋头主动减任务，这只怕还是第一回。"

周飞扬说："一个月内吃透电力机车的内部构造，这事本来就是不可能完成的事，宋头是想给她一个下马威，可是现在看来，好像是她反给了宋头一个下马威。我来八方这么久，还是第一次见到这种局面，二呆，你家学妹可以啊！"

雷运来瞪他："周猴，跟你说了多少次了，不许叫我二呆。"

周飞扬说："我让你不要叫我周猴，你听我的吗？"

正在此时，周飞扬看见方玉梅走了进来，他立即伸手捣雷运来："方玉梅走路带风，脸上带着杀气，今天怕是要出事了。"

雷运来什么都没有看出来："她和以前一样啊，能有什么事？"

两人说话间，方玉梅已经走到施梦瑜的身边，在她的桌子上敲了敲，她抬起头来问："你哪位？有事吗？"

方玉梅斜斜地把施梦瑜打量了一番，因为她最近天天看资料到深夜，黑眼圈有点大，皮肤也长了几颗痘痘，却依旧挡不住她秀气灵动的模样，尤其是那双眼睛，水灵灵的似乎会说话。

只看了一眼，方玉梅就不喜欢她。

方玉梅皮笑肉不笑地说："周猴，你来告诉她我是谁。"

周飞扬一向喜欢看热闹，忙乐颠颠地跑过去说："这位就是我们研发部第一位女工程师方玉梅方工。"

施梦瑜"哦"了一声后说："方工你好！"

她说完就又埋头去看图纸，方玉梅以为她怎么也得说上几句，没料到她居然只有这一句话。

方玉梅觉得施梦瑜这是在无视她，心里直接就蹿上了一股无名火！

方玉梅凑过去看了一眼施梦瑜手里的资料，笑眯眯地把她手里的资料拉开："看得懂吗？"

施梦瑜后知后觉地发现她来者不善，便站起来说："还行。"

方玉梅的眼里透着几分挑衅，淡淡地说："听说宋头破格收你做徒弟了？"

08　佩服无比

施梦瑜对方玉梅的了解，只限于她是方总工的女儿，研发部第一个女工程师，对于她的性格一无所知。

她本来想着在吃饭前把控制台的工作原理摸清楚，现在方玉梅这么一副找事的样子估计是看不完了。

她不卑不亢地说："不是破格，而是我凭本事成为师父的徒弟。"

"凭本事？"方玉梅冷笑，"就凭你这个花瓶的模样？"

施梦瑜并不生气："谢谢。"

方玉梅不解地问："你谢我什么？"

施梦瑜的眉梢微挑："谢谢你夸我长得好看，我在学校里因为成绩好，老师和同学只关注我的成绩，从来就没有人关注我的长相，所以我要谢谢你。"

方玉梅第一次听到有人这样理解"花瓶"这个词，气得不知道要说什么好。

周飞扬憋笑憋得肚子疼，他还是第一次看方玉梅吃瘪，不过他稍微一想就又释然了，毕竟施梦瑜是一个连宋以风都拿她没办法的人，方玉梅就更加不是施梦瑜的对手。

方玉梅定定地看着施梦瑜："你还真让我意外，但是你不配做宋头的徒弟。"

施梦瑜最讨厌别人说她不配如何如何，当下微微一笑："请问你和我师父是什么关系？"

方玉梅刚才在话头上吃了一记亏，此时已经吸取教训："没有关系，我只是……"

"原来你和我师父没有关系啊！"施梦瑜打断她的话，"不知道的人，只怕还以为你是我师娘了，能干涉他收徒弟的事了！"

方玉梅："你……"

周飞扬没能忍住笑出了声，方玉梅扭头狠狠瞪了他一眼，他忙伸手捂住了嘴。

方玉梅的脸涨得通红，她喜欢宋以风不是一天两天了，整个研发部都知道，只是宋以风对她一直态度冷淡。

她冷声对施梦瑜说："你牙尖嘴利的还挺厉害，只是在研发部，不靠脸，也不靠嘴，靠的是实力，往后我们会有很长一段时间一起工作，我倒想看看你的工作能力是不是跟你的嘴一样厉害！"

她说完哼了一声，踩着高跟鞋昂首挺胸地走了。

施梦瑜一脸的莫名其妙，她问周飞扬："周猴，她这是怎么了？"

周飞扬还没有回答，李伊若从一旁出来说："小施你真的是太厉害了，居然敢这样怼方玉梅。你真是我的偶像，我太佩服你了。今天我请你吃饭。"

她说完拉着施梦瑜往外走："你现在就算是再忙，也要准点吃饭的，要不然身体哪受得了？"

施梦瑜看到他们这样的表情，觉得自己好像惹了大麻烦。

李伊若一下子变得如此热情，施梦瑜有些不太适应，周飞扬要跟过来，被她直接瞪了回去："我们女孩子说悄悄话，你们男人跟来干吗？"

周飞扬："行吧，不跟就不跟！"

李伊若刚才看见方玉梅气势汹汹地往这边走的时候她就跟过来看热闹了，结果看到了这么精彩的一出。

她之前被方玉梅找过几回茬，对方玉梅的不满不是一天两天了，只是因为方玉梅是方总工的女儿，她不敢得罪，这一次施梦瑜算是帮她出了一口恶气。

原本她觉得施梦瑜天天只埋头在文件堆里，非常无趣，有了这次的事情后，她就直接把施梦瑜划进她朋友的阵营里了。

她在去食堂的路上给施梦瑜八卦："之前方玉梅仗着整个研发部就她一个女工程师，嘚瑟得不行，嚷着要做宋头的徒弟，宋头理都没理她。谁不知道她喜欢宋头，拜宋头为师什么的，都只是借口而已。她以为她是方总工的女儿，就能无往不利，但我们宋头有个性，根本就不买她的账。"

"师娘"的话她真的只是随口说说，没想到居然真被她说中了。

李伊若笑着说："你是研发部第一个撕破她遮羞布的人，真的是太厉害了。不过你这一次把她得罪了，她又是个小肚鸡肠的，你以后得小心她给你使绊子。"

施梦瑜问:"我师父真的不喜欢她?"

"宋头眼光高着呢,怎么可能会看上她!"李伊若十分肯定地说,"宋头一直都醉心工作,似乎没有半点想要成家的意思。之前周飞扬问宋头喜欢什么样的女孩子,他说他喜欢工作能力强的工作狂,咦,小施,我怎么发现宋头喜欢的类型就是你这样的?"

施梦瑜:"啊……"

李伊若瞪着眼睛问:"小施,你喜欢什么样的男人?"

施梦瑜的眼前不自觉地浮现出岑永初的样子来,她有些鄙视自己,都过去这么多年了,她居然还想着岑永初,真的是没救了。

她说道:"反正不会是我师父那样的。"

李伊若有些意外,宋以风那么优秀,施梦瑜居然会不喜欢,不过她想起宋以风的性格,也实在是太硬了。

她本着八卦的心思笑着问:"宋头真的很优秀的,要不你再好好想想?"

施梦瑜笑着摇头,她心里做了一个决定,以后晚上不能再给宋以风打电话了,免得弄出不必要的麻烦。

她也从李伊若的口中知道方玉梅前段时间出差不在厂里,今天才回来,一回来就来找她的麻烦。

施梦瑜在心里苦笑,这样莫名其妙被人针对,好像不是什么好事情。

接下来的时间,施梦瑜和李伊若的友情值呈几何倍数增长。

李伊若作为整个研发部的八卦者,她几乎掌握着所有八方车辆厂的八卦消息,八方虽为几千人的大厂,就没有李伊若不知道的事情。

每天一到饭点,李伊若就拉着施梦瑜去吃饭,一边吃一边给她八卦厂里大大小小的事情,以至于她这种从来不知道八卦为何物的人,愣是听了一耳朵各种乱七八糟的消息,对整个八方复杂的人事关系有了基本的了解。

施梦瑜对李伊若的八卦能力,佩服得五体投地。

宋以风晚上没有再接到施梦瑜的求学电话,他也暗暗松了一口气,觉得自家徒弟还是有救的,总算听懂了他的话外之音。

09　是好苗子

宋以风觉得施梦瑜爱学习，工作能力强，还懂得尊敬师长，是个好苗子。

只是这样一来，她估计就没有那么快看完他给她的那叠资料了。他算了一下时间，这事倒也不用太急，毕竟他们这一群工作经验并不算丰富的毕业生，这一次只是参与设计罢了，并不是研发主力。

到周一研发部例会的时候，方总工公布了参与电力动车项目研发人员的名单。

整体来讲，这份名单涵盖了整个八方车辆厂研发部的骨干，由经验丰富的方总工坐镇，研发部的两位组长带队，资深工程师为主，年轻工程师为辅，一共是二十七人，各司其职。

施梦瑜发现，雷运来和周飞扬都在名单里，除了他们外，还有方玉梅，只是她是二组推荐的名单。

之前宋以风和研发一组的组长因为总体设计方向不同，两人吵得不可开交，上周他们分别做出电路和散热的方案，互相看了对方的设计方案后居然就不吵了。

她在一旁看稀奇。

方总工还宣布，研发一组和二组的日常事务分组处理，但是在电力动车这个项目上就没有一组和二组，他们是一个整体，不再分组，共同完成这个项目。

施梦瑜原本以为宋以风会反对，没料到他对这个决定没有发表任何意见，她心里暗暗称奇。

散会后还是李伊若给她解的惑："宋头是方总工挖回来的，方总工于他亦师亦友，只要是方总工的决定，他一般都不会反对。且研发部只要遇到大的项目，就是一个整体，不会再去分组，这个是约定俗成的事情。"

施梦瑜恍然大悟，八方车辆厂主要产品是火车机头，这些事情从来就不是一个人能完成的，需要团队作业，且牵涉的知识面极广，涉及电气工程、力学工程、机电一体工程等学科，需要各有所长的人一起合作才能完成。

她仔细回想了一下，这一次选定的这些人里，每个人都有特长。

她以前觉得自己的专业知识还是很扎实的，可是随着她对电力机车了解的深入，就发现自己需要学的东西实在太多，她就算不是核心研发人员，也感觉到了巨大的压力。

很快施梦瑜的具体工作就分配下来了，她做宋以风的助手，协助他处理相关具体事务。这事虽然只是辅助工作，但是因为宋以风是核心研发人员，她的工作就比其他的辅助人员的难度要大得多。

这事刚一公布，她就感觉到一道凌厉的目光朝她扫了过来，她扭头一看，是方玉梅，便回以一笑。

方玉梅觉得施梦瑜脑子有病，她都这样瞪她了，她居然还笑得出来。

方玉梅站起来说："我反对施梦瑜做宋头的助手，她刚刚研究生毕业，在进八方之前，没有任何工作经验，根本就担不起这样的责任。"

施梦瑜还没说话，宋以风先开了口："你觉得她不适合，那谁适合？"

方玉梅毛遂自荐："我到八方已经工作两年，参与了好几个大型项目，工作经验比她丰富多了，所以我觉得我比她更加适合。"

宋以风淡淡地扫了她一眼："那你能解释一下，你的经验这么丰富，为什么连电力机车的模型都做不出来？"

方玉梅的脸涨得通红，他每次怼她的时候一点情面都不留，偏偏这件事情是事实，她都没办法为自己辩解。

方总工淡淡地扫了她一眼，说道："小施虽然才刚刚毕业，但是基本功非常扎实，对电力电车也有着很深的了解，做小宋的助手非常合适。"

他这话便是确定了施梦瑜的助手身份，方玉梅气得咬牙切齿，再次狠狠地瞪了施梦瑜一眼。

施梦瑜在心里叹气，她觉得自己就这样莫名其妙地被方玉梅假想成情敌真的很冤，这种事情还解释不清楚，只能让时间来证明，且她也不可能因为方玉梅的敌意就放弃这么好的机会。

后面的分工大家都没有任何意见，各司其职。

散会后李伊若凑到施梦瑜的面前说:"虽然你对宋头没有想法,但是宋头维护你是事实,这一次宋头因为你打了方玉梅的脸,她只怕都恨死你了,你以后小心一点。"

她的话才说完,就听见方玉梅大声说:"施梦瑜,你敢不敢跟我比一比专业知识?"

说来也巧,方玉梅和施梦瑜学的都是电气工程。

施梦瑜直接回答:"不敢。"

方玉梅实在没有想到施梦瑜会这样回答,她之前准备的话居然一句都没有派上用场。

她冷着眼问:"你是不是因为你自己学得不好,所以才不敢跟我比?"

施梦瑜非常淡定地说:"这样想能让你觉得开心,那就是这样吧。"

方玉梅本来就很生气,听到施梦瑜的这句话后就更加生气了:"你要是觉得自己专业水平不够,就自己去跟宋头说,省得占着位置却做不了事。"

施梦瑜微笑:"我觉得还不够好,有很大的提升空间,但是我有一颗好学的心,跟着师父能学到更多的知识,我为什么要放弃?你要是觉得我的能力不够,你可以去提,但是我自己是不会去的。"

方玉梅气得胸口直起伏,狠狠地瞪了她一眼:"我迟早会让你滚蛋!"

她说完气哼哼地走了,施梦瑜耸了一下肩,并没有把她的挑衅放在心上。

电力动车项目的研发工作有条不紊地进行着。因为此次的电力动车项目是在原电力机车的基础上做提速和研发,所以之前的电力机车的数据和资料就显得格外重要。

好在施梦瑜前段时间花了很大力气在电力机车上,已经弄明白了其运行原理和各项基本参数。虽然她这个助手做得有些吃力,但能勉强跟得上宋以风的工作速度。

10　不愿相信

方玉梅原本觉得施梦瑜就是个花瓶,那个电力机车的模型估计是施梦瑜找了研发部的工程师们帮忙做出来的,于是她每天除了做自己的工作外,还花了些精力去盯施梦瑜。

她有一天特意去看施梦瑜画的电路图,她以为能找到一堆的问题,可是当她看到那张布局精巧、数据精准的图纸时,她直接傻了眼。

这样的图纸不是一个人随便就能画出来的,她是学电气工程的,一眼就能看出里面的门道,这张图纸需要非常好的专业功底才能画出来。

她不相信施梦瑜能画出来,一定是宋以风指导的。

她想到这个就很生气,宋以风每天都忙成那样了,居然还要花心思去指导施梦瑜,这事实在太过分了。

她下班后就把这事跟方总工说了:"爸,我们研发部可不养这样的废物。"

方总工看着她笑了笑:"你说那张图纸是小宋帮小施画的,你有证据吗?"

她要有证据,早就让施梦瑜出丑了。

方总工拿起茶杯喝了一口茶:"玉梅,没有证据的事情不要乱说,我相信以小宋的性格,不会给自己找个没真本事的人做助手。"

方玉梅撇着嘴说:"宋头是对工作要求很高,但是男人如果有喜欢上了哪个女人,包容性就会好很多。"

方总工有些意外地问:"你说小宋喜欢小施?"

方玉梅点头:"这么明显的事情爸难道看不出来?就宋头的性子,他要是不喜欢施梦瑜,怎么可能会收她为徒,对她百般照顾?"

方总工回忆了一下这段时间宋以风和施梦瑜相处的种种,倒笑了起来:"照顾她我没有看见,为难她倒是看见了好几回,你这孩子是一叶障目了。"

方玉梅还想说什么,方总工摆手让她不要再说了:"如果因为小施的能力差，拖累了整个研发小组的进度，这事我肯定不会姑息，但是在这种事情没有发生之前，你也不要胡乱猜测。"

方玉梅和方总工的这一次对话并没有达到她的目的，她心里有些不高兴，却也不敢多说，因为她知道方总工最讨厌别人说三道四。

她暗下决心一定要抓住施梦瑜的尾巴，将她赶出电力动车研发项目。

于是，她每天花更多的时间去盯施梦瑜，终于等来了想要的机会。控制台需要单独的电路，因为几个工程师在这件事情的要求不同，所以便让负责画电路图的几位年轻的工程师各画一幅出来，择优选择。方玉梅和施梦瑜都被分配了这个任务。

因为时间紧，这件事情需要当天完成，所以两人直接在办公室里画图，而宋以风和一组的组长一起去车间处理牵引动力的问题去了。

方玉梅看着坐在身边的施梦瑜冷笑一声，这一次没有宋以风的帮助，估计施梦瑜得抓瞎，就是她露脸的大好时机，她要让宋以风看到她的能力。

这一次的控制台电路图，方玉梅打起十二分的精神来画，然而她才画了一半，施梦瑜就已经画好了，她趁施梦瑜出去上厕所的时候忙跑过去看了一眼。这一眼却让方玉梅感觉被人狠狠扇了一巴掌，因为那张图远比她的那一张布局更精巧，各种参数算得十分精准。这张电路图的风格和她之前看到的是一样的。在这一刻，她知道自己真的低估了施梦瑜。

她轻咬了一下唇，感觉自己被人狠狠打了一巴掌，脸色苍白。

施梦瑜回来看见方玉梅站在她的图纸前发愣，她有些不解地问："有事吗？"

方玉梅红着眼睛看了施梦瑜一眼，哼了一声，坐回自己的位置继续画图。

施梦瑜看到她的样子一脸的莫名其妙，不明白她又怎么了。

宋以风和研发一组的组长回来之后，先看了施梦瑜的图纸，再看方玉梅的图纸，两相比较，两人的水准相差就大了。

宋以风一向不讲情面，直接开骂："方玉梅，你这是在画电路图还是在鬼画符？"

研发一组组长虽然觉得方玉梅这一次的图画得实在是有些差，但还是为她说话："方工是女孩子，小宋的要求不要那么高嘛！她之前的工作做得很好，今天估计是身体不舒服，才会发挥失常。"

宋以风骂起人来谁的账都不会买，他记得研发部的规矩，笑眯眯地说："性别从来就不是借口，施梦瑜也是女孩子，为什么就能把图画好？"

研发一组组长笑了笑，这话不好接。

宋以风的眉梢微挑，毫不留情地拿起方玉梅的图纸说："这上面的参数错了起码有十几个，你要是没有能力的话，就退出电力动车项目，这里不养废物。"

方玉梅从来没有被人这样说过，更不要说说她的人还是她喜欢的人，她再也受不了，捂着脸哭着跑了出去。

施梦瑜都有些替方玉梅难堪，只是给她十个胆子，她也没胆子去指责宋以风。

控制台的设计方案毫无疑问地选了施梦瑜设计的，但是她一点都没有感到骄傲，她怕下次工作上出点问题，被宋以风批评。

方玉梅最终还是留在了电力动车项目组，只是经过这一次的事情后，她消沉了。看到方玉梅依旧没有好脸色，施梦瑜不以为意。

研发的工作整体在摸索中推进，刚毕业没多久的工程师多少会犯点错，施梦瑜也不例外，她犯的那个错有点低级——标错了符号。

果然，宋以风逮着她冷嘲热讽地就是一顿臭骂，她因为早有心理准备，基本上是一只耳朵进，一只耳朵出。

等宋以风骂完了，她递了一杯水给他："师父骂这么久估计渴了吧！您消消气，喝点水再骂！"

他发现了，他的这个徒弟除了好学外，还有个特点——脸皮厚！

11　有帅哥来

宋以风冷冷地说："再犯这种低级错误就滚出项目组！"

施梦瑜点头认错："师父教训得对，我保证以后都不再犯这种低级错误！"

方玉梅在旁看到她挨骂有些幸灾乐祸，中午一起去食堂吃饭的时候，她故意说:"某些人犯了那么低级的错误,估计今天能饭都吃不下吧?"

施梦瑜笑了笑没接话,平时吃多少她今天还是吃多少,还额外给自己加了个鸡腿。

施梦瑜收饭盒的时候见方玉梅在看她,她笑眯眯地说:"吃饱了才有力气挨骂。"

方玉梅最近对施梦瑜有所了解,却发现还是低估了她的心态。

李伊若在旁憋笑憋得肚子痛,她算是发现了,施梦瑜做事的方式正常人是猜不到的,她的心理素质极好。

她问施梦瑜:"你平时挺细心的,今天怎么会标错符号?"

施梦瑜叹气:"昨晚加班到很晚,一边画图一边找了我偶像开演唱会的视频来放松,我偶像姓刘,当时看到正精彩的地方,就把电容的符号标成了他姓氏首字母L。"

李伊若哈哈大笑起来:"你这骂挨得一点都不亏。"

施梦瑜叹气:"你说得对,所以今天我师父骂我的时候我就觉得自己的确该骂,偶像误人啊。"

李伊若笑得前俯后仰,施梦瑜也跟着笑了起来。

宋以风听到笑声后看了一眼,看到她们笑成这副样子,他的嘴角也忍不住微微上扬。

方总工看到他的样子后朝施梦瑜的方向看去,也跟着笑了起来:"你这个徒弟好像有点没心没肺。"

宋以风点头:"何止没心没肺,还胆大包天,昨天跟我说了她对现在我们遇到的瓶颈问题解决方法的设想,简直让人叹为观止。"

方总工笑着问:"哦?她有什么设想?"

宋以风回答:"她建议我们去跟漫威合作,把变形金刚的模型拿过来,这样就能随心所欲地变出自己想要的电力动车。"

方总工忍不住哈哈大笑起来:"年轻真好啊!"

宋以风叹气:"我有点后悔收她做徒弟了,整天脑子里也不知道在想些什么。"

方总工笑着说:"我知道大家压力很大,但是也不要这么紧张,现在面临的技术上的瓶颈问题是很正常的事情，德国和日本的技术之所以领先我们，是因为他们比我们早发展很多年，再给我们一点时间，我们一定能超越他们。"

宋以风点头，这一点他从来不怀疑，只是现在摆在他们面前需要攻克的难题实在太多，部里给的时间不多，压力的确很大。他们前期准备工作已经做完，现在已经进入技术瓶颈期，这个阶段如果不突破的话，后续的工作无法展开。

方总工又说："下周研发部会有新同事进来，他毕业于日本东京大学，还在山崎公司研发部工作过一段时间，对电力动车研究颇深。"

宋以风知道方总工重视人才，现在研发部里的骨干除了自己培养的外，还从外面挖了不少，其中就包括他。

他笑了笑说："能入您法眼的人一定非常优秀。"

方总工也笑："你是在夸你自己吗？"

宋以风愣了一下后也跟着笑了起来，他也是方总工挖回来的，从本质上来讲，现在的八方车辆厂基本上已经网罗了行业内的优秀人才，代表着国内电力动力研发的最强力量。

他相信，他们一定能突破瓶颈，研发出属于中国自己的动车。

周三上班的时候，施梦瑜因为昨晚熬夜算数据算得太晚，早上闹钟响的时候顺手把闹钟按掉了，再醒来时离上班时间只差十分钟，她随便洗了一把脸，连饭都没吃，就冲进了办公室。

她到办公室的时候上班铃声刚刚响起，她抚着胸口直喘气。

李伊若凑到她的面前说："梦瑜，新来的高工好帅。"

施梦瑜之前就听说周三公司会新来一位高级工程师，和他们一起解决现在研发的瓶颈问题，她以为来的会是行业里的前辈，毕竟能成为高级工程师的人年龄不会太小，看李伊若这"花痴"的样子，估计来的这位还十分年轻。

她笑了笑，李伊若又有些苦恼地捧着胸口说："可惜我已经有男朋友了，否则我一定对他下手。"

施梦瑜跟她开玩笑："你这么喜欢他的话，可以把你现在的男朋友踹了去追啊。"

李伊若摇头："美男，我所欲也！但是我是一个有节操的人，不会那么轻易见异思迁。这位高工又帅又有气质，我觉得我没有把握吃得住他，在一起后他出轨的风险系数太高。"

施梦瑜有些想笑，李伊若又说："你不是还没有男朋友嘛，要不去追追看？我们部门里虽然一堆鸡蛋里挑骨头的工程师，但是大环境是男多女少，要找男朋友还是很方便的，整个办公室的男人任你挑。"

施梦瑜觉得她这话有点夸张，感情这种事情是双向选择，方玉梅喜欢宋以风，还不是被彻底拒绝。

再说了，找男朋友又不是越帅越好，而是三观相近、气场相合、兴趣接近、相互吸引的人才可能是真正的两情相悦。

周飞扬风风火火地跑过来说："别聊了，方总工通知大伙去研发车间开会。"

施梦瑜忙回到办公桌，拿起笔记本就进了研发车间。

她进去的时候里面已经围了一堆人，宋以风正在说关于高速受电弓的核心零部件的问题。

他的身边站在一个身材修长的男人，男人背对着她站着，她看不清他的长相，但是光看这个背影她就有点明白李伊若为什么会犯"花痴"了，光这身材，就能迷倒万千少女。

男人听着他的叙述轻点了一下头，轻声问了一个数据，宋以风眼角的余光看见施梦瑜，便对她说："小施，你上次算出来的动力系数是多少？"

施梦瑜忙走过来回答："1.39。"

12　她的故人

男人听到施梦瑜的声音微微侧首，在看到她的一刹那眼神有些许变化，却很快就恢复如初，脸上微微透着冷意。

施梦瑜也看清楚他的模样了，她看清之后脸色微微一变：怎么会是他？他真的回国了！

没错，他就是岑永初，是她一辈子放不下却又最不想见的人。

宋以风并没有发现她的异常，给她介绍："小施，这位是岑永初高工，刚从日本回国，是电力动车方面的专家，以后也是研发部的一员。"

岑永初朝她伸手："你好，以后请多多指教。"

施梦瑜抬头朝他看去，分开七年，他已经不是她记忆中带着青涩的少年模样，整个人看起来成熟稳重，眉眼里略有些清冷，这是记忆中他最常见的表情。

如果是一年前她遇到他，她可能会对着他破口大骂，现在她却觉得没有必要，就算他们从小青梅竹马曾互许过终身，那是因为当初年少无知。

她压了压心里翻滚的情绪，淡淡一笑："岑工客气了。"

她没有跟他握手，而是往后退了一步。他看了她一眼，眼神有些复杂。

宋以风感觉到了他们之间的异常，问："你们之前认识？"

岑永初轻点了一下头："是的，认识。"

施梦瑜几乎和他同时说："不认识。"

宋以风有些狐疑地看了看两人，岑永初笑了笑："施小姐和我的一位朋友很像，我认错人了。"

施梦瑜回以微笑："那真的挺巧的。"

宋以风再次看了看两人，他是个工作狂，虽然觉得两人之间可能有什么，但也不会多想，继续工作。

施梦瑜突然见到岑永初，想到以后可能要和岑永初共事，就有些心烦，心烦的结果是今天她工作的时候走了神。

好在宋以风今天一直跟岑永初介绍项目的进展和瓶颈问题，顾不上她，雷运来发现她的错误会及时提醒她，她忙把手里的数据改了过来。

雷运来见她状态不佳，便问："你身体不舒服吗？"

施梦瑜朝他微笑："可能是昨晚加班加太晚了，有些集中不了精神。"

雷运来关心地说："女孩子还是不要熬夜了，容易长皱纹的，你今晚早点睡。"

施梦瑜向他道谢，他又涨红了脸，她笑了笑，摒开脑子里的杂念，努力工作。

下班的时候李伊若凑过来问她："新来的高工是不是很帅？"

施梦瑜一点都不想跟人讨论岑永初，便笑着说："还行吧，不过就像你说的那样，一看他就是那种不安寂寞的人，估计天天在外面招蜂引蝶。"

李伊若还是第一次听她这样评价一个人，便问她："你不喜欢他这种？"

施梦瑜点头，李伊若有些犯难："宋头那样的你不喜欢，岑高工这样的你也不喜欢，你到底喜欢什么样的啊？"

施梦瑜伸手勾起她的下巴："我喜欢你这样的。"

李伊若愣了一下，把她的手拍开："正经点！"

两个人嘻嘻哈哈地进了食堂，岑永初在不远处看着，目光幽深。

宋以风在他身边笑着说："小施是我徒弟，是个难得的聪明人，脑子非常好使，不娇气，能吃苦，就是有时候有点调皮，有点任性，岑工不要跟她一般计较。"

岑永初听出了宋以风对施梦瑜的维护，笑了笑："宋工言重了，这么点小事，我怎么可能会放在心上？以后大家都是同事了，工作上我们还要互帮互助。"

宋以风笑了笑，岔开话题，带他去食堂吃饭，给他介绍八方车辆厂研发部的基本情况。

吃完饭后，人事部经理领着岑永初去职工宿舍。以他的级别可以分到一室一厅的房间，他却拒绝了："我就一个人，一室一厅有点大了，我住单身宿舍就好。"

一室一厅的房子现在并不多，单身宿舍还剩了不少，他主动提出要住单身宿舍，人事部经理自然同意。

两人上楼的时候，施梦瑜刚好从房间里出来，她看见人事部经理把岑永初领到她隔壁的房间时便问："岑高工的级别应该可以住套房吧？"

人事部经理笑着说："是啊，不过岑高工思想觉悟高，觉得他一个人住套房有点浪费，主动要求住单身宿舍，你们都是研发部的，挨着住，以后也有个照应。"

施梦瑜一点都不想跟岑永初有什么往来，她便说："我看三楼也有空的房间，那边的采光更好，更适合岑高工。"

人事部经理回答："三楼那几个房间是客房，是留给客人住的，不是职工宿舍。"

岑永初朝她微微一笑:"施小姐好像不太欢迎我?"

施梦瑜挤了一个假得不能再假的笑容给他:"哪有,我欢迎得很!"

她说完就回了房间,重重地把门关上。

岑永初轻挑了一下眉,嘴角微微上扬,眼里泛起淡淡的笑意。

这些年来,她一直对他避而不见,原本以为这一生再难跟她有什么交集,没料到他们居然会重逢于八方车辆厂。

他和她之间的事情,原本也不是三言两语就能解释得清楚的,好在现在他们成了邻居,又在同一个部门工作,他还有时间。

施梦瑜原本就因为岑永初到研发部上班的事情而心烦,现在倒好,他居然住到了她的隔壁。

她伸手按了按眉心,琢磨着要不要想办法换间宿舍。

只是她要是突然提出换宿舍,人事部经理估计不会同意,且她避着岑永初的行为太过明显。

她回忆起他们当年的事情,轻咬了一下嘴唇,心想:"错的是他,又不是我,我为什么要避着他?看着他碍眼,大不了不看他。"

她这么一想,整个人就释然了,她收拾了一番就去办公室加班了。

接下来的几天,她便贯彻自己的策略,尽量避开岑永初。

13 保持距离

宋以风是岑永初的工作伙伴,施梦瑜是宋以风的助理,所以施梦瑜每天少不了要和岑永初打交道,要将前阶段的研发进展一一告诉岑永初。

施梦瑜对于这事心里烦得很,好在她的职业素养不错,虽然看到岑永初内心会有些波澜,但是她能很快调整自己的心情,进入工作状态。

她发现只要她一进入工作状态,管他是岑永初还是谁,她都能淡然面对。

她态度的转变,岑永初能清晰地感觉到,他觉得在她的眼里,自己可能就是电力动车的某个元件，根本就不是个人，这种感觉非常不好。

这样工作到周五，快下班的时候，岑永初在办公室里提议请大家一起吃顿饭。

研发部的其他人都笑着答应了，施梦瑜却笑着拒绝了："多谢岑高工，我这周刚好有点事要回一趟家，就不去了。"

岑永初问她："不愿意跟我一起吃饭？"

施梦瑜笑着说："您言重了，没有的事！是家里真有事。"

她这样说了，岑永初也不能再说什么，只用那双透着清冷的眼睛看了看她。她就当是被狗看了，嬉皮笑脸地和众人打了个招呼，就背着包准备下班。

宋以风却喊住她，给了她一叠资料："虽然到周末了，但是研发人员无周末，这资料你带回家看，周一我要检查。"

施梦瑜轻撇了一下嘴："师父，万恶的资本家都不会像您这样榨取员工的剩余价值！"

宋以风瞪了她一眼："少贫嘴！"

她冲他扮了个鬼脸，把资料塞进包里，笑着走了。

岑永初看到他们这样的相处方式，有些诧异。

他虽然来八方车辆厂才几天，但听说过不少关于宋以风和施梦瑜的事，毕竟施梦瑜能成为宋以风的徒弟本身就很具有话题性。

他在心里叹了口气，招呼其他人出去吃饭。

施梦瑜今天倒不是特意要避开岑永初，而是之前就计划今天要回家一趟。

自从她进到八方上班之后，每天忙得不可开交，一直没时间回家，现在工作稳定了，她也该回去一趟了，省得妈妈担心。

施母和外公郑国勤住在一起，以方便照顾他。

施梦瑜的家和八方车辆厂不在同一座城市，坐特快大约四个小时的车程，等她回到家，已经晚上十一点了。

郑国勤已经睡下了，施母还在等她。

她一回来，母亲就迎上来说："总算回来了，我说去火车站接你，你非不同意。"

"妈要是来接我了，外公怎么办？"施梦瑜一边换鞋一边说，"再说了，我已经长大了,天南海北都能自己闯了,妈难道还担心我回家会迷路?"

母亲笑着点了一下她的额头:"就你会说!肚子饿不饿?要不要吃点东西?"

施梦瑜为了赶路没来得及吃饭,上了火车后又嫌弃火车上的盒饭,也就没有吃,本来并不觉得有多饿,母亲这一问,她就觉得饿。

她抱着母亲的胳膊说:"我想吃面,要两个荷包蛋!"

母亲有些哭笑不得,把她赶到洗手间去洗漱,然后就去为她煮面条。

等她洗好出来后,母亲的面也煮好了,上面果然卧着两个荷包蛋,配着绿油油的青菜和红辣椒丝,她拿起筷子很快就吃了个底朝天。

母亲在旁看着她吃,眼里满是温柔,一直跟她说慢点吃。

她吃饱之后摸着肚子满足地靠在母亲的肩上:"好久没吃到妈煮的面条了,果然和记忆中的一样好吃。妈是不知道,我上班的时候,就惦记着你煮的面条,想一回就流一回口水。"

母亲知道她一向很会哄人开心,伸手摸了摸她黑亮的头发:"都这么晚了,早点去睡。"

施梦瑜应了一声,却又想起了什么,拿出一个纸袋递给母亲:"妈,我第一个月的工资!"

母亲接过来看了一眼,比她预期的还要多,看来施梦瑜发了工资后基本上没花。

女儿如此懂事,她有些心疼:"我家小鱼儿是真的长大了,都能挣工资了!"

施梦瑜的名字里带了个瑜字,瑜和鱼同音,母亲便给她取了小名"小鱼儿"。

施梦瑜把钱放在母亲的手里:"之前说过的,我挣钱之后就要让妈享清福,所以这钱妈收着。"

自从母亲和父亲离婚之后,母亲的日子就过得紧巴巴的。

母亲的眼圈一红,觉得自己实在是没用,她倒是想去上班,却担心郑国勤,现在还得女儿来养她。

她想了想,从钱袋拿出一千块:"这些就够了,你长大了,有自己的朋友圈,哪都要花钱,你也不能一直白衬衫牛仔裤,得给自己买几条漂亮的裙子,再买些化妆品,把自己打扮得漂漂亮亮的。"

施梦瑜笑着说:"我天天上班,一上班就忙得团团转,吃厂里的,穿的也是厂里的工服,没什么花销,真要买了裙子,估计一年都穿不上一回,那才是真浪费!"

母亲不管她怎么说,都只愿意要那一千块,她想了想,最后把钱拿出来,和母亲一人一半,母亲拿她没有法子,只能妥协。

晚上母女两人同睡一张床,施梦瑜最近一直都很忙,再加上今晚坐了半晚上的火车,有母亲在身边,极为安心,倒头就睡。

母亲看到她的样子眼里满是心疼,她看起来比之前瘦了不少,却比之前成熟了。

第二天一早,施梦瑜是闻着饭香醒来的,她趿着鞋子开心地下了楼,一边走一边问:"妈,做什么这么香啊?"

母亲笑着回答:"你不是最喜欢吃我做的炸酱面吗?我刚把炸酱炒好,马上就可以吃了。"

14 她的外公

施梦瑜知道炸酱做起来很麻烦,现在也不过七点半,估计母亲是天刚亮就出去买食材了。

郑国勤也起来了,他看见施梦瑜就问:"你是哪家的丫头啊?怎么会在我家?"

施梦瑜上次回来的时候郑国勤还记得她,这一次却不记得了,她的眼圈微微泛红:"外公,我是小鱼儿。"

郑国勤看到她哭就有些慌了:"你别哭啊!你是小鱼儿?不对啊,我家小鱼儿才八岁,哪有你这么高!你别骗我了!咦,小鱼儿呢?她哪去呢?"

施梦瑜拉着郑国勤的手说:"外公,我就是小鱼儿,我长大了。"

郑国勤看着她的眼神怎么也不能把她和他记忆中活泼可爱的外孙女联系起

来，她便说："外公的生日是七月初六，最喜欢吃的菜是红烧鲤鱼，最喜欢的人是外婆，最喜欢的工作是研发电力机车。"

郑国勤的眼睛顿时就亮了起来："哈，你真是小鱼儿啊！唉，外公最近总是忘东忘西的，你可别生外公的气。"

施梦瑜伸手抱着郑国勤，在他的怀里蹭了蹭："外公最疼小鱼儿了，小鱼儿又怎么会生外公的气？"

郑国勤笑着说："我家小鱼儿最乖了，来来来，外公带你去看电力机车。"

他拉着她去了隔壁的房间，那间房间里放了不少的机车模型，看起来有些凌乱。

郑国勤给她介绍了一遍机车模型之后，就笑眯眯地说："八方厂虽然研发出了'胜利号'，但是他们那个不行，你可能还不知道，'胜利号'的火车司机是蹲在那里开车的。他们一边开车，一边往里面添煤，乘客们坐个火车，能被喷一身的灰！'胜利号'刚运行的时候还十分不靠谱，跑一段时间就要检修一回，一检修就是几个小时。

这些事情施梦瑜从小就听郑国勤说，她每次听到这些话就想笑。

郑国勤接着说："但是我造的电力火车就不一样了，不但跑得比'胜利号'快，还比他们安全可靠，更不会喷乘客一身灰。"

施梦瑜对他竖起大拇指："外公真棒！"

郑国勤有些不好意思地笑了笑："没你说的那么棒，但是也还行！我跟你说，这火车啊，最关键的就是火车头，动力系统都在车头上，这里面学问可大了！"

母亲在外面喊："爸，小鱼儿，吃饭了！"

郑国勤有些不高兴："我还没说完呢，一会再吃！"

他说到这里看向施梦瑜，满脸陌生地问："咦，你是哪家的丫头啊？怎么在我家？我刚说到哪里了？"

施梦瑜之前就听母亲说郑国勤的病情重了不少，但是真的亲眼见到后，就如拿刀在剜她的心。

她深吸一口气，眼圈微微泛红，努力挤出一抹微笑："外公，我是小鱼儿，我们过去吃饭吧！"

郑国勤喃喃地说："你是小鱼儿？怎么长得不像啊！小鱼儿才八岁啊，还不是大姑娘啊！"

母亲走进来说："爸，我们去吃饭吧！"

郑国勤应了一声，又说："妞妞，你怎么这么老了？脸上怎么长了这么多的皱纹？"

母亲没有解释，只说："我们今天早上吃面，爸，你可得多吃一点，要不然妈会不高兴。"

郑国勤应了一声，四处看了看说："你妈呢，她怎么不过来吃饭？"

施梦瑜的外婆在五年前就已经去世了，他把这事也给忘了。

施母回答："她出远门了，这几天不在家。"

郑国勤皱眉，轻哼了一声："老太婆脾气大得很，我只要一忙起来没空顾到家里，她就带着你回娘家，一点都不顾家，等她回来，我得给她一点颜色瞧瞧！"

施梦瑜只知道外公外婆两人感情很好，却不知道他们年轻的时候还发生过这样的事，一时间既好笑又心酸，心里不是滋味。

郑国勤吃完面又问施梦瑜："你是哪家的丫头啊？长得还挺标致的，看着还有些眼熟。"

施梦瑜："外公，我是小鱼儿。"

郑国勤"哦"了一声，墙上的钟敲了一下，他立即站了起来："呀，都九点了，我得去研发新型的电力动车了，日本和德国的技术已经超过我们太多，我得赶紧把电力动车研发出来，得赶紧追赶上他们。"

他说完把碗一丢，直接进了隔壁的房间，拿着纸笔在那里演算着什么。

施梦瑜看到这一幕泪流满面，郑国勤这一辈子都在研发电力机车，心里想的念的都是把电力动车造出来，缩短和日德的技术差距。

她还记得她小的时候，他总跟她说："我们的火车速度还是太慢了，因为速度慢，所以城市和城市之间就显得格外的遥远。等我们造出时速两百五十公里以上的动车时，从老家到北京六个小时就够了，各个城市之间的距离就会缩短很多，到时候一天的时间，我们就能让动车带着我们走上万里路，看遍全国的风景。"

施梦瑜看着他的背影说:"外公,我一定会帮您实现您的愿望!"

她因为郑国勤的事,一整天心情都不太好。

宋以风给了她一堆的资料,她索性就上楼看资料去,她才看了一会,就听见施母有些惊讶的声音:"永初,你怎么来了?什么时候回国的?"

施梦瑜眉头微微皱,岑永初过来做什么?

岑永初的声音听起来温和有礼:"我回国差不多半个月了,之前事情多有点忙,今天才来看阿姨和郑爷爷,阿姨别见怪。"

施母笑着说:"你这孩子就是太客气了,屋里坐!"

施梦瑜翻了个白眼,这货还真是一如既往地能装!

正常来讲,家里来客人,她是要下楼打个招呼的,但是她一点都不想见岑永初,也就懒得下楼。

她不想听见岑永初的声音,戴上耳机继续看资料。

15　打断你的腿

对施梦瑜而言,她和岑永初有了在厂里的见面,她的心里现在已经没有他刚回国时那么大的波澜。

她继续看资料。

快到中午的时候,她估摸着他应该走了,便下楼去帮母亲做饭。

她下楼的时候见岑永初坐在客厅里,施母不在家。她的眉头微微皱起,不客气地问:"你来做什么?"

岑永初并不介意她的态度,淡淡一笑:"我还以为你还会装作不认识我。"

施梦瑜也笑:"你错了,这事不需要装,当年你做出那样的事情时,我们就已经是陌生人。"

岑永初朝她走近几步问:"我做出哪样的事情?你是不是对我有什么误会?"

她冷笑道:"你还真是和以前一样虚伪,怎么,自己做过的事情,隔了几年就觉得全天下的人都要跟你一样选择性失忆？"

岑永初的眉头微皱："如果你说的是我没有按我们之前的约定去上东京大学的话，这事我可以解释，这事是我爷爷的意思，是他老人家的愿望。但是我觉得你如果只是因为这件事情就生我的气的话，会不会有些过了？"

施梦瑜不想跟他废话，转身去找笤帚。他在她身后说："小鱼儿，这事都过了这么多年了，你的气也该消了吧？"

回答他的是挥舞的笤帚，他不敢还手，被赶出了大门。

施梦瑜凶巴巴地举起笤帚："你说得没错，我的气是早就消了，连同你这个人也一起从我的心里消失了！岑永初，我警告你，以后不要再来我家，否则我见你一次打你一次！"

从他出国之后，她就和他断了联系，他就知道她在生气，他以为她是小女生的性子，等她气消了也就好了。

他当时的课业压力大，给她打了几个电话她没接，他便决定回国后再跟她解释，没料到他中途回国的时候她都避而不见，他这才意识到事情的严重性。

她断了所有跟他的联系方式，他想跟她解释都没有机会。

他还没有回国的时候，就听说了国内研发电力动车项目，知道她一定会进八方车辆厂，所以在方总工对他发出邀约时，他就直接同意了。

果然，她进了八方车辆厂。

只是她在厂里对他只是装作不认识的陌生人，他到她家里后倒好，直接就动手了。

施母拎着菜回来了，看到他们这副样子忙问："这是怎么了？"

施梦瑜黑着脸说："妈，以后这种人就不要放进家里来，免得脏了家里的地。"

施母瞪了她一眼："你这孩子怎么说话的。"

她说完有些尴尬地对岑永初说："真是抱歉，这孩子被我宠坏了，说话没分寸，你别跟她一般计较。"

岑永初看到施梦瑜拎着笤帚杀气腾腾的样子，知道以她的性子，他要是强行留下，估计真的会被打。

他朝施母笑了笑说："小鱼儿估计对我还有些误会，阿姨，我改天再来看你和郑爷爷。"

他说完转身就走，施母想拦又不好拦，只得走到施梦瑜的面前："你这孩子，这样也太没礼貌了。"

施梦瑜将手里的笤帚一扔："妈，我不想看见他！你以后不要再让他进家门了！"

施母有些无奈地看了她一眼："我总觉得永初不是那种人，你要不给他一个机会，听听他怎么说吧！"

施梦瑜冷笑："听他说？听他编故事吗？那天的事情我看得清清楚楚，也听得清清楚楚，难道还能有错？我知道岑叔叔和乔姨是好人，但是他们是他们，岑永初是岑永初！"

她说完气哼哼地回了房，施母轻摇了一下头，轻轻地叹了一口气，这些事情都过去多少年了，这孩子一说到当年的事情还气得不行。

到第二天施梦瑜准备回厂里的时候，施母见她的气消得差不多了，便说："永初是我看着长大的，我也相信你岑叔叔和乔阿姨教出来的孩子人品不会太差。如果当年的事情真的是你说的那样，永初应该没脸来见你，他昨天过来的时候我瞧着还挺坦荡的，你们之间是不是有什么误会？"

施梦瑜知道母亲一直都很喜欢岑永初，她深吸一口气说："妈，你以后别在我的面前提起岑永初这三个字好吗？"

施母叹气道："好！不提！但是你们现在在一家厂里上班，抬头不见低头见。他下次找你的时候，你不妨听他说说，看看是不是有误会。"

施梦瑜勉强点了一下头，此时火车已经进站，她便对施母摆了摆手，跟着人群上了车。

她坐下后看着窗外的风景，脑子里想的却是当年的旧事。

她和岑永初从小一起长大，他大她三岁，因为母亲和岑母是好友，在两人还小的时候，她们就开玩笑说要给他们定娃娃亲。

他们之间虽然没有定下娃娃亲，但是他们的关系一直都很好，几乎无话不谈。

岑永初学习成绩非常好，从小学到高中他一直是全校第一，高考后却没选择上清华和北大，而是上了西交大。

施梦瑜的成绩也不错,却没法跟他比,她努力学习,考进了他所在的学校——西交大。

当时他们说好了,他会在学校里读研等她考进来,可是她考进来的时候,他准备去东京大学读研了。

这个消息还不是他告诉她的,而是他的一位同学告诉她的。

她以前以为他们青梅竹马一起长大,感情比一般人要深得多,在一起是顺理成章的事情,只是高中没有捅破那层窗户纸而已。

当她知道他要去东京大学读研时,她找过他,却见到了她这一生都不想见到的一幕,听到了这一生都不想听到的话。

16　学会放下

施梦瑜一直觉得自己在某些方面反应慢半拍,她最该生气、最该发火、最该去质问他的时候,她没有勇气去做这些,等到他离开之后,她越想越气,越想越不是滋味。

以至于在这几年里,当年的那一幕一直在她的眼前回放,她后知后觉地发现一件事,她原以为他们很亲近,事实却是他从来就没有跟她说过喜欢这一类的字眼。

两人的关系说好听一点是青梅竹马,仅仅是青梅竹马,除了小时候的那点情分外,其实什么都没有。

而小时候的感情,隔着漫长的岁月,接二连三的事情,早就消磨得一干二净,余下的只有她心里积年不散的怒气和一厢情愿的情意。

她不知道他为啥来她家的,但是在她的心里,终究积压了太多的情绪,在自己熟悉的环境里,情绪控制不住地爆发了,在她拿起笤帚的那一刻,她恨不得一笤帚打死他算了。

她现在静下心来,一个人孤零零地坐在这辆火车上的时候,她就又觉得她昨天拿笤帚打他的事情实在是有些小孩子气。

就他们之间的关系，她有什么资格去打他？又有什么资格去听他的解释？

严格算起来，他只是和她一起长大的玩伴，大了之后，各奔东西，有各自喜欢的人，是一件再正常不过的事情。她又有什么资格去生这一场长达几年的气，去发这一场对他而言近乎莫名其妙的火？

施梦瑜深吸了一口气，对着玻璃上的自己粲然一笑。

困扰了她四年的事情，从见了他一面之后彻底放了下来，不管她是否想得开，这件事情终究已经成了过去。

她背负着很多东西，她也需要为自己的以后好好想想了：和团队一起研发出属于我国自有的电力动车，找一个适合自己的人去谈一场恋爱。

她下火车的时候，已经抛下了那些负面情绪。

她到达八方车辆厂外时，发现肚子还是空的，就随便找了家面馆准备吃碗面，没料到一进去就看见了宋以风。

她乖巧地打招呼："师父好！"

宋以风听到她这声老气横秋的"师父好"，轻挑了一下眉，问她："刚回来？"

她点点头，然后让老板下一碗牛肉面，宋以风的面此时刚上来，也是牛肉面。

可能是她太饿了，她多看了那碗面几眼，不自觉地咽了一下口水，宋以风就把面推到她的面前："你先吃吧！"

施梦瑜有点不好意思，刚想推辞，他却说："作为你的师父，爱护年幼的弟子是我的职责。"

施梦瑜已经习惯了他说话的风格，加上她确实是饿了，也就不跟他客气，说了声"谢谢"，便大口吃起面来。

她吃面的样子不算秀气，却也不粗俗，看得出来，她有着良好的家教。

宋以风第一次觉得自家这徒弟虽然有时候能把他这个师父气死，但是似乎挺好养活的，不娇气，不矫情。

施梦瑜见他在看她，把嘴里的面咽下去后问："师父这样看我做什么？"

宋以风回答："看到你这样吃面，让我想起小时候家里养的猪。"

施梦瑜瞪了他一眼。

另一碗面此时也被端了上来，他吃了一口后说："我每次看到我家的猪吃东西，我都会吃得格外香。"

她磨了磨牙后问："你见过长得像我这么好看的猪吗？"

宋以风笑了起来："这不，第一次见嘛！"

施梦瑜咬着牙说："师父，你这样说会让我欺师灭祖。"

宋以风看到她的表情笑了笑："快吃吧，放久了面会坨。"

施梦瑜对他龇了一下牙，她想起他平时就是这个样子，决定不跟他一般计较，慢慢吃面。

宋以风先吃完就去买了单，然后等她一起回厂，把她送到楼下后才回自己的住处。

岑永初在不远处看着他们有说有笑的样子，轻轻叹了一口气，觉得自己想重新追回她难度不小。

毕竟她现在连话都不愿意跟他说，他们如今的关系，连陌生人都不如。

他对宋以风有些了解，这人平时见人都笑嘻嘻的，其实十分不好相处，却愿意收施梦瑜为徒，还把她送回宿舍楼，要说宋以风对施梦瑜一点想法都没有，他是不信的。

他上楼后她的房门已经关上，他想去敲门，手放在门上了，却没有敲下去。他深吸一口气，回了自己的房间。

周一上班的时候，研发部依旧忙得不可开交。

岑永初用他在日本学到的知识，解决了动力系统不足的瓶颈问题。他为了增强机车的动力，首次提出在车头部分做改进，在车头的前面装拉力装置，后面用推力装置，这样的双动力系统能弥补之前动力的不足。

方总工对于他的这个方案十分满意："如此一来，动力问题就能解决了！余下的就是制动系统和转向架了。"

高速行驶的列车，制动系统至关重要，关系着安全系数。转向架也是极重要的零部件之一，关系到列车的脱轨系数。

岑永初却说："虽然采用双动力系统能解决之前动力不足的问题，但是整体来讲，这种设计方式和国外主流的设计方式还有差别。我之前在山崎待过两年，他们对我有些防备，不让我接触核心部分，但是据我所知，他们的动力布局会更加分散，不像我们的这么集中。我这段时间一直在思考他们为什么要那样布局，这中间牵扯的技术参数极多，看不到核心零部件，我短时间内还攻克不了这个技术难关。"

方总工听到他的话后若有所思："日本人分散动力设计肯定是有他们的原因，但是这些事情没有绝对，比如说一道数学题，可以有好几种解题方式，只要最后结果是对的就行。"

岑永初点头："话虽如此，但是我觉得他们的思路还是可以借鉴参考的。"

17　邻家妹妹

方总工轻轻点了一下头，叹了一口气："你说得没错，只是我们国内电力机车的设计方向一直是动力集中，这方面我觉得只要能把散热问题解决了，就不会有大的影响。"

岑永初赞成方总工的看法，只是要解决这些事情，从本质上来讲，又是另一个技术层面的事情，需要时间来解决。部里给的时间却并不多，在这么短的时间内，想要把这件事情完美地解决，将会付出很多的心血。

宋以风在旁问："你对制动系统方面有什么想法吗？"

岑永初回答："要平稳而精准地制动，这事从现有的技术来讲，还有很大的改进空间，比如防抱死……"

施梦瑜作为宋以风的助理，一直在旁听，她一边听一边拿笔记各项参数，她听岑永初说起这些事情如数家珍，关于技术层面的东西，比她之前看到的相关资料上记录的还要高深。

她听得心里痒痒的，很快就有了一堆的问题。

如果不是她跟岑永初的关系很僵，她真的很想凑过去问他。她努力忍着，决定一会有空了去问宋以风，毕竟宋以风也是行家，比她懂得多得多。

到下午下班后，施梦瑜立即凑到宋以风的身边问她今天没有弄明白的事情。

这些技术上的事情，虽然最初是由岑永初提出来的，但是以宋以风的能力和经验，很快就弄明白了。

此时他见施梦瑜来问，基本上每一个问题都问在关键处，他心里倒觉得很有趣，自家的徒弟不但好学，还很敏锐。她睁着一双好学的大眼睛的样子有说不出的可爱。

他便粗略地说了一些技术上的要点，余下的让她自己去悟。

施梦瑜拿着笔飞快地记下关键的东西，只是这种走在全国最前沿的研发技术，她原本经验就有些欠缺，不可能一下子就能想明白。

她便问："师父，我要是悟不明白，晚上能给你打电话吗？"

宋以风瞪她："又想深更半夜给我打电话问问题？你还是消停一点吧，有什么不懂的自己拿笔记下来，第二天来问我！"

施梦瑜撇了撇嘴，他看了她一眼："就没见过比你事还多的徒弟，你要不听话，小心我把你逐出师门。"

师徒两人的对话被一旁假装收拾资料的岑永初听到了，他看了施梦瑜一眼，恰好看见她撇嘴的样子，他的心里不是滋味。

这世上没有比自己喜欢的女孩和别的男人亲近更扎心的事了，他实在是看不下去了，转身就走出了办公室。

今天有雨，天空乌云密布，一如他此时的心情。

岑永初深吸了一口气，在心里想着他和施梦瑜之间的关系，他们虽然从小一起长大，却已经疏离了好几年。

他们的感情，似乎还没有开始就已经结束了，从头到尾都是他的一厢情愿，刻骨铭心的似乎也只有他一个人。

他在发愣的时候，宋以风和施梦瑜有说有笑地走了过来，宋以风笑着问："岑工站在这里做什么？"

岑永初的嘴角挤出轻微的笑，他的目光不受控制地从施梦瑜的身上扫过，轻声回答："看到这样的天气，想起了一些往事。"

宋以风并不八卦，没打算问他想起了什么往事，岑永初自己说了："我曾经有一个很可爱的邻家妹妹，她不喜欢打伞，每次下雨都让我帮她撑伞。"

宋以风问:"想你的小青梅呢?"

岑永初点头:"是啊,可惜……"

"你的那位小青梅真可怜。"施梦瑜打断他的话,"你怎么知道她是不喜欢打伞,而不是单纯地就是喜欢雨呢?"

岑永初望着她:"淋雨会生病的。"

施梦瑜微笑地说道:"不是每个人都像岑工这么娇弱。"

岑永初知道她嘴里的娇弱,指的是他有一年摔了一跤受伤在家里养了两个月,他能出门的那天恰好变天,他吹了风,当天晚上就发起了高烧。

为这事,她笑话了他足足有一年。

本以为她不会记得这些事,没料到她居然还记得。

他饶有兴趣地问:"你怎么知道我很娇弱?"

施梦瑜抬头望天:"猜的。"

恰好李伊若在旁喊:"小施,你怎么现在才来啊!我给你抢了个大鸡腿!"

她欢快地应了一声,飞快地朝李伊若的方向跑去,她才跑过去,天边便下起豆点大的雨来。

岑永初从包里拿出一把伞问宋以风:"一起?"

宋以风将他上上下下打量了一番:"岑工这随手带伞的习惯真不错。"

岑永初的眉眼里透着清冷,却又透着让人意想不到的温柔:"因为怕她淋雨,所以这些年我就习惯了备一把伞在身边。"

宋以风听到这话笑了起来:"看来岑工很喜欢你的小青梅。"

岑永初点头:"是的,很喜欢,可惜的是我不小心把她弄丢了,也不知道还能不能找回来。"

宋以风总觉得岑永初的话里有话,看了他一眼后笑了笑。

岑永初问他:"宋工到这个年纪却还没有结婚,也没有女朋友,是不是心里有个'白月光'?"

宋以风并不喜欢别人问起他的私事,他的目光深了些,脸上的笑意散尽:"真没看出来,岑工还有这么八卦的一面。"

他说完便走进了雨幕之中。

岑永初看着他笑了笑。

他到食堂的时候见施梦瑜不知道跟李伊若说着什么，正笑得开心，他的嘴角微微上扬，她笑起来的样子还是和以前一样。

雨下得很大也有些突然，很多人都没带伞，只能在食堂门口等着。

李伊若有些懊恼地说："我妈今天让我带伞，我嫌麻烦就没带，现在想想，我真该听她的。"

施梦瑜也叹气："我还有工作没做完，我先回宿舍去拿把伞。"

食堂离宿舍比去厂区要近一点。

18　长得很帅

施梦瑜说完想往雨里冲，却被李伊若一把拉住："今天温度很低，雨又这么大，你这样冲过去肯定会感冒，再等等，等雨小了之后再说。"

施梦瑜记挂着她的工作，再次叹气，李伊若则说："要是这会有帅哥借我一把伞，我一定把小施嫁给他。"

施梦瑜瞪了李伊若一眼，什么乱七八糟的。

一把伞递到她的面前，她一扭头就看见岑永初那张略带几分清冷的脸。

李伊若拼命地给施梦瑜使眼色，让她接过岑永初的伞。

施梦瑜刚想拒绝，岑永初就拉过她的手，把伞塞进她的手里，然后一头扎进雨里，扬长而去。

施梦瑜愣了一下，李伊若瞪大一双八卦的眼睛看着她问："小施，你和岑工是怎么回事？"

施梦瑜完全弄不明白岑永初是什么套路，又怕李伊若八卦，便说："你刚才说谁给你伞就把我嫁给他，现在岑工就把伞给我，估计是想让我把你嫁给他吧！"

李伊若觉得她的这个解释真的是一绝！

施梦瑜对她比了个加油的手势："你之前不就觉得岑工长得帅吗？现在你的

机会来了，你可千万要把握住。"

她怎么觉得完全不是这么回事，岑永初根本就没正眼看她。

施梦瑜撑着伞把李伊若送回家之后便先回宿舍，她想了想，还是敲响了岑永初的房门。

她只敲了一下，房门便开了，岑永初一见是她便说："进来坐。"

他说完就往里面走，他应该是刚洗完澡，身上穿着睡衣，脚上趿拉着拖鞋，头发还在冒热气，他让她进来之后就拿吹风机吹头发。

他的房间收拾得非常干净整洁，窗边的小茶几上养了一盆君子兰，阳台上还放了好几盆香雪兰。她知道他一向喜欢兰花，没想到他才来上班，就在宿舍里养了这么多兰花。

她没有进来，把伞放在房间门口的地面上："我是来还伞的，谢谢！你在忙，我就不打扰了。"

她十分体贴地帮他关上门，他笑了笑，没有追出去，来日方长，就算他们年幼时的感情清零，大不了他重新追她。

他这几天把自己和宋以风的优缺点罗列了一下，他比宋以风有很多优势，比如说他知道她所有的喜好，和她的亲人都认识。

施梦瑜还完伞之后就回宿舍拿了把伞去了办公室，她去的时候可能是周飞扬又犯了什么错，宋以风训诉道："……你跳过那么多的步骤，直接给出数据，数据还错了。你这么厉害要不直接在身上装对翅膀变成鸟人，直接飞上天就好了，哪里需要这么麻烦的计算？"

周飞扬疯狂地给施梦瑜使眼色，希望她能帮着求情，没料到她当作没看见一般，他只得求饶："宋头，我错了，我以后再也不敢了！"

宋以风把资料甩在他的脸上："全部重新算，算不出来，今晚就不要回去睡觉了。"

周飞扬哭丧着一张脸，雷运来同情地看了他一眼，说："让你偷懒，该！"

周飞扬朝雷运来龇牙："你长了个什么狗眼？又不是力学专业毕业的，怎么就一眼发现问题了？"

雷运来回答："我虽然不是力学专业毕业的，但是上学的时候也学过力学，也有生活的基本常识，你那个数据太离谱了，我要是看不出来，那真的是我眼瞎！"

　　周飞扬伸手去拧雷运来，他笑着躲开了。

　　施梦瑜偷笑，他们三个做的都是辅助工作，再加上年纪相仿，又是一组的，平时在项目里合作得比较多，关系也就走得比较近。

　　周飞扬学的是力学专业，性格跳脱，犯的错也最多，经常被宋以风训斥。

　　雷运来和施梦瑜学的是同一个专业，他性格沉稳，做事极为细致，平时很少出错。他们平时算完数据后，还会让他帮着检查一遍，如果里面有错，他总能第一个发现。

　　宋以风见施梦瑜过来了，便交代了她晚上要做的事情，他刚交代完，方总工就把他喊了过去。

　　他才一走，周飞扬就凑到施梦瑜的身边说："小施，你今天真不厚道，看到宋头骂我，你也不过来帮我挡一挡火力！以后不给你分零食了！"

　　施梦瑜认真地说："我师父训人的时候是什么样的战斗力，满八方皆知，我又不傻，不是我犯的错，我难道还傻乎乎地过去往枪口上撞？"

　　周飞扬哼哼唧唧地还在那里说她不厚道不讲义气，雷运来听不下去了："你要这么讲义气的话，上次学妹被宋头训的时候，你怎么不过来往枪口上撞？"

　　周飞扬："那能一样吗？小施是宋头的徒弟，宋头对她可比我们要有耐心，也温柔得多！整个部门，能让宋头改变主意的，除了方总工，就只有小施了！"

　　施梦瑜听到这个结论被吓得半死："你从哪里得出这种结论的？我自己怎么不知道？"

　　周飞扬嘿嘿一笑："上次开会的时候你走神了，宋头只瞪了你一眼，散会后都没有骂你。"

　　施梦瑜听到这话，想起岑永初刚来的那天她有些心绪不宁，开会时走神了。

　　周飞扬接着说："还有上次宋头让你去资料室里拿资料的时候，你拿错了，他也没有骂你！"

　　他说完凑到施梦瑜面前说："上周我还看到你们一起吃面了，这事也不正常！"

　　施梦瑜一脸的无辜："我从家里回来刚好在面馆里遇到宋头，一起吃个面很正常吧？"

周飞扬摇头:"一点都不正常!你知道宋头除了有'食人魔'这个外号外,还有什么外号吗?"

施梦瑜摇头,周飞扬朝她微笑:"他还有个外号叫'抠门宋',平时想让他请吃顿饭那是千难万难!"

施梦瑜反驳:"他收我做徒弟的那天,不是还请大家一起吃饭了吗?"

周飞扬立即说:"对,那天也不正常!"

施梦瑜一脸的无语,雷运来撇嘴:"我看是宋头给你的活太少了,你闲得无聊,这八卦的水平快跟李伊若看齐了!"

19 梦想成真

雷运来接着说:"在我眼里,宋头对待小学妹和对待我们没有本质的差别,宋头虽然冷酷无情了些,但是偶尔也有温情的时候。他有没有温情,全看他心情!你在这里说这么多,无非就是想让小学妹帮你分担一些任务,你还是要点脸吧!"

周飞扬瞪了他一眼:"二呆,你今天怎么这么机敏?一下就被你猜出来了。"

他说完又朝施梦瑜微笑:"小施,你就帮帮忙呗!你要不帮,我就去跟李伊若说宋头喜欢你,包管明天就传遍全厂。"

施梦瑜觉得周飞扬真的很不要脸,这种威胁的话都敢说。

她朝他微笑:"你要是觉得闲得很,就去造谣呗,看师父怎么收拾你!你要不说,我帮你去说。"

周飞扬朝她拱手:"我错了,我以后再也不敢了。"

雷运来鄙视他:"这一天天的不好好干活,比李伊若的话还多,活该你每天被罚!"

三人一边忙着手里的事,一边说着闲话,放松工作一天下来紧张的心情。

他们都没有发现,方玉梅就在隔壁的房间里测试数据,把他们的话全听到了。

虽然最后周飞扬承认他在胡说八道，但是方玉梅的心里还是不舒服，施梦瑜天天跟在宋以风的身后，宋以风对施梦瑜和其他人是有些不同的。

只是她上次被宋以风当着那么多人的面打了脸，她知道宋以风对自己没有那方面的意思，心里就更加难过，一时间也不知道自己还要不要继续追宋以风。

晚上施梦瑜忙完手里的事情下班的时候已经快十一点了，她伸了个懒腰收拾东西，雷运来帮周飞扬算数据，还没有忙完，让她先回去。

她捏着有些酸痛的脖子往楼下走，听到身后有脚步声，扭头就看见了方玉梅。上次的事情之后，她和方玉梅除了工作上的事情外就再也没有说过话。

施梦瑜看到她礼貌地点了一下头，方玉梅有些嫌弃地看了她一眼，开门见山地问："你喜欢宋头吗？"

施梦瑜今天晚上被周飞扬吓了那一次后，心理素质明显变好，也不想跟她吵架，便说："宋头是我师父，我非常敬重他，却绝不敢亵渎他。"

方玉梅将她上下打量了一番，轻哼了一声："算你有自知之明！"

方玉梅走到大厅，发现雨还在下，她的伞扔在办公室里，不想回去拿，就问施梦瑜："能蹭一下你的伞吗？"

施梦瑜的住处和方家隔得不算远，送方玉梅回去也就多走几十步的事，她便点头："好啊。"

方玉梅没料到她会答应得如此爽快，再次看了她一眼，然后两人就着一把伞走进雨中。

两人有之前的矛盾在，都不知道要跟对方说什么，索性都不说话，一路沉默地走到家属楼下。

方玉梅有些敷衍地道了一声谢便准备上楼，施梦瑜扭头准备回宿舍，方玉梅却停下来喊她："施梦瑜！"

施梦瑜回头，方玉梅微微抬起下巴说："我不管你有没有打宋头的主意，反正我喜欢宋头，我是不会让别人把他抢走的。"

施梦瑜笑了起来："祝你梦想成真。"

方玉梅："谢谢！"

自这一次之后，方玉梅再看见施梦瑜不像以前那样横鼻子竖眼了。有一次，施梦瑜去资料室里找一份资料找半天没有找到，还是方玉梅帮她找到的。

只是方玉梅给她递资料的时候话说得不好听："长那么大一双眼睛，连份资料都找不到，真是蠢死了！"

施梦瑜知道方玉梅是好心，这样说只是因为他们之前关系不佳，她自己觉得尴尬，这种事情她之前在学校里也遇到过。

施梦瑜便说："你要加油哦！我等着哪天喊你师娘。"

方玉梅的脸一下就红了，瞪了她一眼："会有那一天的。"

她说完，终究没能绷住，自己先忍不住笑了起来。

施梦瑜也跟着笑了起来，虽然她不觉得方玉梅和宋以风会有结果，也不觉得宋以风会是一个合格的男朋友，但是心里有喜欢的人，这种感觉她曾有过。

她知道那份美好，所以只要方玉梅不再针对她，她是愿意帮一帮方玉梅的。

她不自觉地扫了一眼正在跟宋以风讨论问题的岑永初，自从上次送伞的事情后，他总往她的身边凑。

有时候是一起吃饭，有时候是她遇到解决不了的技术问题时，他在旁给她解惑。

到周末的时候，他还会喊上周飞扬和雷运来一起打羽毛球，这两人最近和她走得比较近，就把她一起喊下来打球。

她下来的时候发现岑永初在，想拒绝，又觉得这样拒绝显得太明显，就只能硬着头皮跟他们一起打球。

雷运来高度近视，戴上眼镜都不太管用，球飞到面前才发现，以至于周飞扬一直在旁嫌弃他，害他输了好几次球。

雷运来脾气虽然好，但也会有急的时候，扬手就要揍周飞扬，他嘻嘻哈哈地跑远了，于是球场里就只有施梦瑜和岑永初了。

施梦瑜便说："我累了，不打了！"

岑永初递给她一瓶水："你昨天帮宋工做的那个数据我觉得还有些不妥，电路上加个电容滤波会更加合适，整个电路的运行也会更加平稳。"

施梦瑜虽然不想和他说话，但是事关工作，她就问："哪里需要加电容滤波？"

岑永初从包里拿出纸笔随手画了个简略的电路图，他在图上画了一个圈说：

"这里。"

施梦瑜一直都知道他的记忆力超好，很多东西他扫一眼就能记个大概，此时看到他画出简易电路后她也一点都不吃惊。

她仔细看了看后说："你说得对，确实再加一个电容滤波更合适，方总工定下来的牵引方式是交—直—交电传动系统，之前设计的电路有些地方还需要调整。如此一来，对整个列车的零部件要求就很高了，国内现有的零部件的参数很可能满足不了我们的需求。"

20 他的私心

岑永初点点头，说："这事我也跟方总工讨论过，他已经决定从国外进口高速受电弓、真空断路器、GTO器件、去离子水泵、高速轴承以及螺旋空压机。"

他说的这几个零部件都非常重要，施梦瑜之前听他们说起过某些部件要采用国外的，却没有料到他知道得这么清楚。

她终究没忍住问了他憋在她心里很长时间的一个技术问题："上次听你说起高速制动系统的事情，我有个地方一直没想明白，你能跟我说说吗？"

岑永初微微一笑："当然可以。"

施梦瑜便粗略画了几个制动系统图，说了他们的优缺点以及配合使用的某些问题，然后指出如果只是这样的话，在时速达到两百五十公里的时候不可能精准制动。

岑永初拿过本子，在上面加了几样东西，然后递给她："这样就可以精准制动了。"

施梦瑜看到图上的搭配，虽然还是她之前画的那些制动方式，但是经岑永初一修改，制动力大了很多。

她忙拿起纸笔算了一下精准的制动力，很快就有了结果。

这个数据比她之前自己琢磨的要好得多，她有些惊喜地说："这样真的就可以了,永初,你好厉害!"

这种话,在她上大学之前常对他说,每次她遇到不会做的题,他帮她解出来之后她就会这么说。

她说完后就意识到两人已经不是当初的关系,她这一声"永初"也太过亲昵,一时间有些尴尬。

岑永初定定地看着她说:"你还是和以前一样好学。"

施梦瑜看着他那双有些清冷、实则透着温柔的眼睛,心里一阵慌乱,却很快就镇定了下来。她将本子合上塞进包里,说道:"活到老学到老嘛!谢谢岑工今天帮我解惑。"

她背起书包便走,岑永初将她喊住:"你以后如果对于设计上有什么不懂的问题,都可以来问我,我知无不言,言无不尽。"

施梦瑜礼貌地道了声谢便走了,岑永初单手插在裤子口袋里,嘴角露出浅笑。

施梦瑜回到宿舍之后发现,她居然把岑永初的本子给带回来了。

她伸手按了一下眉心,她不过是喊了一声"永初",这有什么好慌的?

她长长地叹了一口气,心里有些烦,将他的本子合上,决定等他回来就还给他。

没料到当天下午方总工叫上岑永初去其他兄弟单位交流整合数据了。原来当初部里把主要的研发任务交给了八方车辆厂,并让其他擅长某部分制造的兄弟厂协助。所以他们有一部分的数据是请兄弟厂帮忙计算的,这就涉及一些沟通和配合的问题,有很多细节是电话里无法交流清楚的,需要当面沟通。

因为厂里的事情还需要宋以风坐镇,方总工就把岑永初带了出去。

施梦瑜看着手里的笔记本叹了口气,她随手翻了翻,发现他的笔记本上记的东西并不多,只有凌乱的几个数据。

而准备合上的时候,里面掉出来一张照片,她捡起来一看,发现居然是她和岑永初之前的合影。

这张照片是她高二的暑假和岑永初一起出去玩的时候拍的,照片里的她笑容甜美,旁边的岑永初咧着嘴笑,两人看起来非常开心。

这张照片她之前也有,只是那次她一怒之下把关于他的照片全烧了,此时她看到这张照片有一种恍若隔世的感觉。

岑永初并不是那种喜欢笑的人,就算是笑,绝大多数时候都是微笑,这样开怀大笑的次数在她的记忆里并不多。

她没有想到,他居然还会一直保留着他们之前的照片,一股酸涩的感觉涌上心头,她泪光泛起,便把照片塞进笔记本附带的皮套里。

她很想问他,这是什么意思。

只是岑永初现在不在厂里,等他回来之后,她却没有再找他质问的冲动,只是淡定地把笔记本还给他。

她放下笔记本准备离开的时候,他喊住她,然后递了一个小葫芦给她。

她刚想拒绝,岑永初便说:"办公室里每个人都有。"

施梦瑜一看,果然每个人的办公桌上都放着一个黄色的小葫芦,只是她的明显比别人的更精致一点。

这种每个人都能分到的小礼物她要是拒绝了,反而会显得太过刻意,她看了他一眼,他已经准备资料去找宋以风沟通最新的研发进展,似乎那个小葫芦并没有任何特别之处。

施梦瑜清楚地记得,她十来岁的时候因为喜欢葫芦娃,曾拉着岑永初栽过葫芦,希望能长出葫芦来。

当然,她的葫芦苗没有栽活。

岑永初的那棵倒是长得不错,但是不知道什么原因,葫芦藤长满了一墙,一个葫芦都没有结出来。为这事,她还难过了很久,说她以后一定要种出葫芦来。

她做事没个常性,第二年春天的时候就把这事给忘了,没想到岑永初还记得。

她想到这里的时候意识到了一点,不管她是否愿意去想,她和岑永初都有太多共同的记忆。

她轻轻叹了一口气,压下心里的那些情绪,继续忙宋以风交代的事情。

研发工作进行得很快,三个月之后,整体的设计已经完成,各关键元器件也已经从国外采购回来。

八方车辆厂内部虽然能将各零部件组装,厂区内也有测试环道,但是这样的测试环道只能低速测一些小问题，不能进行高速测试。

部里决定将动车组各节动力车厢及拖车放在北京进行整体安装和测试，测试过程中需要高级工程师跟车，以便及时调试和纠错。

方总工知道此事事关重大，他决定亲自坐镇，并带上几个骨干过去。

他决定带岑永初和宋以风过去，因为他们一个有着先进日企的工作经验，一个全程参与设计研发过程，是最合适的人选。

21 不讲义气

施梦瑜知道这件事情后也想跟着去，毕竟这样的测试机会极为难得，也能验证一下自己辛苦这几个月的劳动成果。

于是她去找宋以风，跟他说了她的想法，宋以风倒没有为难她，只是告诉她实情："测试这事比在厂里研发还要辛苦，因为在测试阶段没有人知道哪些地方会有问题。当问题发生的时候，需要挨个去排查各个零部件，再加上测试的时候还要避让其他的车辆，是有时间限制的，为了赶时间很可能得连夜进行，这苦你能吃吗？"

施梦瑜十分肯定地点头："我能。"

这话如果是其他女生跟他说，他可能会不信，但是他知道施梦瑜是真能吃苦，唯一让他担心的是她是个女孩子，出门在外会有点不方便，再加上检修的工作很多是力气活，她那细胳膊细腿估计没啥力气，帮不上什么忙。

只是他看到她那双坚定的眼睛，想着她终究是他的徒弟，她这么好学，他还是要成全的，便点头："我会跟方总工提一下这件事的。"

施梦瑜双眼亮晶晶地看着他："谢谢师父。"

宋以风看到她这副样子不自觉地多看了她一眼，在她的身上，他总能看到积极向上的东西，有她在身边，似乎心情都会好些，他轻笑了一声。

岑永初在一旁看到这一幕，心情复杂。

方总工知道施梦瑜想去北京参加测试的事后，特意过来问她："真的想去？"

施梦瑜认真地说："我全程参与了设计和研发，想去看看后期的组装和测试，这是一个完整的过程，我觉得格外有意义。"

方总工轻轻点了一下头："你去看看也好，小宋跟你说过测试很辛苦的事吗？"

"师父说了。"施梦瑜回答。

方总工问："知道很辛苦还坚持要去？"

施梦瑜点头，方总工倒笑了："既然如此，那你就一起去吧！"

最终去测试的名单公布了，上面除了施梦瑜还有方玉梅，施梦瑜有些意外。

李伊若轻撇了一下嘴说："我昨天看到她去磨方总工了，说测试人员中只有你一个女性不方便，她跟着去除了能和你有个照应外，她还有测试经验，能帮得上忙。当初她参与过一个测试，回来后，在办公室里嚷嚷，说以后再也不参加测试了。依我看，她就是跟着宋头去的！你说宋头都那么明确地拒绝她了，她的脸皮怎么那么厚，还跟着倒贴……"

"我倒贴是我的事，关你屁事！"方玉梅的声音传来，把李伊若吓了一大跳。

李伊若虽然是八方的八卦王，但是这样背后说人坏话还被正主抓个正着，就算是她也觉得无比尴尬，她的脸涨得通红，没敢再说话，拉着施梦瑜就要走。

方玉梅却把施梦瑜拦下，李伊若一看这情况，极没义气地抛下施梦瑜一个人走了。

施梦瑜其实也有点尴尬，虽然她从头到尾就没说过一个字，但是她毕竟听李伊若说了那么多。她轻咳了一声："那个，我——"

"你是不是也觉得我是在倒贴？"方玉梅打断她的话问。

施梦瑜摇头："那倒没有，相反，我挺佩服你的勇气的。"

她说的是她内心最真实的感受，换作是她，她真的没有勇气去喜欢一个完全不喜欢自己的人。

方玉梅看了看她，见她的眼里的确没有嘲讽的意思，目光清正明亮。

方玉梅轻咬了一下唇说："以后少和李伊若那个长舌妇在一起，把自己的档次都拉低了。"

施梦瑜觉得方玉梅管得好像有点宽，便说："我觉得伊若挺好的。"

方玉梅轻哼了一声，瞪了她一眼，扭头走了。

施梦瑜伸手按了按眉心，研发部就三个女孩子，三个人的关系还这样。

他们这一次去北京测试动车组，她应该会和方玉梅住一间房，想想就头疼。

只是这事再头疼，也已经成了定局，她确实很想去看看组装和测试的过程，不可能因为不想和方玉梅共住一间房而放弃。

三天后，他们一行人出发去北京，坐的是特快，除了方总工、岑永初、宋以风、施梦瑜和方玉梅外，还有几个技工随行。

施梦瑜看着窗外的风景说："我们从厂里坐车到北京需要七个小时，总路程约八百公里，现在时速一百二十公里左右，如果我们的电力动车没有问题能投入使用，那么按正常运行两百公里的时速算，我们四个小时就能到达北京。"

方总工点头："理论上的确如此，希望整个测试过程一切顺利，火车提速之后，会缩短一个城市到另一个城市的时间，到时候出行会方便很多。"

施梦瑜开心地说："希望这一天能尽早到来。"

方总工问岑永初："你在日本坐过新干线吗？"

日本的新干线是快速铁路，全线载人，各班车之间最短的间距为三分钟，是高效和高速的代名词。

岑永初回答："坐过，日本的新干线坐起来安静舒适，基本上不会晚点，他们今年投入的700系电力动车，无论速度还是舒适性都远超之前的动车，很不错。"

如今国内的火车除了广深线上从国外引进的电力动车外，最快的是他们现在坐的特快。

现在大家出远门，只要经济条件允许，都会优先选择坐飞机，只是飞机也有飞机的局限，比如说机场建在偏僻的地方，离市区较远，遇到恶劣天气就会延航或者停航，出行并不算太方便。所以目前国内急需能提速的火车，提高工作效率，方便大家的出行。

施梦瑜对日本的新干线非常感兴趣，问了岑永初一堆的问题，他都含笑一一细说，十分有耐心。

他在日本留学多年，一直都把心思放在日本的电力动车上，对于日本新干线的情况如数家珍，包括新干线有哪些线路，各新干线什么时候投用，以及用什么样的车型，对那些车型的优缺点都十分清楚。

22　心怀坦荡

施梦瑜之前也了解过日本的新干线，只是资料上查到的，和他亲身体会的，有一些差别。她极感兴趣，听得津津有味，就连之前对他的不满也暂时抛到脑后。

方总工也在旁含笑听着，目光在施梦瑜和岑永初的身上转了转，神情温和。

宋以风之前也曾在国外留学过，这几年因为工作需要也出过几回国。此时他听岑永初说起日本的新干线，他就顺口说起了欧洲那边的高速铁路，以及那边的电力动车运行情况。

平时大家上班的时候都挺忙，基本上就没有时间闲聊，这一闲聊就相当于为施梦瑜打开了另一个世界的大门。

他们这些代表着国内机车研发最高水准的工程师们，说着说着就又说到动车的设计上去了，快到北京的时候，一个个都拿着纸笔算起相关的数据，讨论着各个零部件运行过程中的可行性。

施梦瑜看到岑永初用的那个笔记本是之前她误装进包里的那本，不自觉地就想起那张照片，也不知道那张照片还在不在里面夹着，她可不希望那张照片掉出来，不想被其他人误会他们之间的关系。

事实证明，她白担心了一路，岑永初的那个笔记本始终稳稳地握在手里，里面也没有任何东西掉出来。

到达北京之后，有专人来接车，将他们一行人都安排进了部里内部的宾馆。

方总工一来，部里的领导就过来了，互相寒暄之后就步入正题，商量这一次安装测试工作的细节。

施梦瑜原本以为他们坐这么久的火车应该会先休息一天，第二天才会开始工作，没料到一下火车就进入工作模式。

她虽然觉得有些累，却很快就调整了身体情况，跟着众人一起投入工作之中。

等方总工和领导们商量完，已经晚上十一点了，方总工让众人先休息，明天一早正式开始安装。

施梦瑜和方玉梅回到房间的时候都很累，方玉梅主动说："我来整理东西，你先去洗漱。"

施梦瑜略有些意外，毕竟在她之前的印象里方玉梅多少有些任性自我，这么晚了谁先洗漱完就能先休息。

她便说："这里的梳洗台和淋浴间是分开的，我们一起吧，都早点睡，明天估计还有硬仗要打。"

方玉梅看了她一眼，点头同意，两人交换着使用洗浴设施，再加上都是利落的人，时间居然差不多，一起躺下休息。

可能是累过头了，也可能是刚到新环境认床，两人躺下后都睡不着。

方玉梅问施梦瑜："你的专业知识是怎么学的？怎么学得那么扎实？"

她一向觉得自己的专业知识学得十分不错，当初在学校的时候也一直排在全校前几名，可是这一段时间她认真观察过施梦瑜，发现施梦瑜的专业功底比她扎实得多，在实际运用时也比她灵活。

她一向争强好胜，遇到比自己厉害的，她虽然心里有些不舒服，但不会嫉妒。

施梦瑜回答："我喜欢这些东西，所以上学的时候学得相对认真，平时遇到不懂的，就会去问人。"

方玉梅不是太信："就这样？"

施梦瑜点头："就这样。"

方玉梅想起她平时确实喜欢问人，遇到不懂的问题就会一直琢磨，直到弄懂为止。

方玉梅问出了她最关心的问题："宋头对你好像比一般人要有耐心，你真的对他没想法？"

施梦瑜一听到这种问题就头大，这事方玉梅问过她几次了，她也回答了几次，她知道这是因为方玉梅缺乏信心才会一遍遍地确认。

她有些烦，便说："这事我不想再解释，让时间来证明吧！"

方玉梅沉默了，就在施梦瑜以为她已经睡着的时候，又听见她说："其实如果宋头最后和你在一起，我会祝福你们。"

施梦瑜完全不能理解她说的。

方玉梅接着说："因为在这世上，如果还有一个人能配得上宋头的话，那个人应该就是你，你们其实有很多地方很像，一样地拼命工作，一样地喜欢钻研，一样地不服输。再过几年，你的工作经验丰富之后，一定会是一个非常优秀的机车工程师。"

施梦瑜头有点疼，说："借你吉言，我会努力的。"

方玉梅笑了："睡吧，明天还要早起。"

施梦瑜明显觉得经过这一次夜谈之后，她和方玉梅之间的关系缓和了不少，至少方玉梅不会再刻意针对她了，上厕所的时候会叫上她，吃饭的时候会帮她拿菜多的饭盒。

她发现，方玉梅的性格看着娇气、傲慢，其实人很简单，并不难相处。

接下来的工作极为繁忙，安装动车并不是一件容易的事情，方总工坐镇指挥，众工程师们和技工们每天都忙得不可开交。

施梦瑜因为从头参与了电力动车的设计，不敢说熟悉每个零部件以及工作原理，至少大体的她还是知道的。

而现在这些元器件从图纸变成实物，每一个零部件都让她觉得十分新奇，似乎纸上的东西都焕发出了生机，整个过程让她觉得十分有趣。

安装的技工人数并不多，工程师们需要在旁协助，在这个时候，是没有性别差异的，施梦瑜和方玉梅与其他的工程师一样，一头扎进安装工作中。

因为太忙，施梦瑜等人每天都忙得精疲力尽。

这天施梦瑜正在安装现场，忽然听到有人大喊："小心！"

她扭头一看，看见身后的钢管朝她砸了过来，她顿时吓蒙了，完全不知道要怎么避开。

一个人奔了过来，拽着她就往前跑，她十分被动地跟着他往前跑了几步，就听见身后叮叮当当的声音传来，感觉她的腿被撞了一下，然后就听见岑永初的闷哼声。

施梦瑜扭头就看见了岑永初流血的胳膊，几根粗大的钢管在他们身后滚了一地。

旁边的叉车司车脸都吓白了："你们没事吧？"

原来刚才叉车叉着这些物品过来的时候，因为叉车出了故障，力臂突然抖了几下，就把叉车上的钢管抖了下来。

23　避而不见

宋以风就在附近，一看这情况就训叉车司机："你怎么开叉车的？"

司机一个劲地道歉，施梦瑜抓着岑永初的胳膊问："疼不疼？"

岑永初看到了她眼里的关心，他不答反问："你有没有事？有没有伤到哪里？"

施梦瑜见他的胳膊上鲜血流个不停，反倒冷静了下来："师父，麻烦你叫辆车来，马上送岑工去医院。"

宋以风瞪了司机一眼，叫来了一辆车，风风火火地准备送岑永初去医院，发现施梦瑜的腿也被砸破了，此时正在流血，便把她一起送到医院。

医生给他们检查了一下，岑永初的胳膊除了有外伤外，还骨裂了，需要缝合和上夹板，施梦瑜的腿伤只是皮外伤，缝上三针就可以了。

医生为施梦瑜处理完伤口时，她心里还有些后怕，如果今天岑永初的反应慢一点，估计她就完了。

她有些不放心，问清岑永初所在诊室后就蹒跚地往那边走，她过去的时候岑永初的伤口已经缝合好了，正在打夹板，宋以风到楼下缴费去了。

岑永初看到她便说："你怎么来了？你腿上有伤，就不要跑来跑去！"

施梦瑜轻轻吸了一下鼻子："刚才为什么要救我？"

岑永初回答："今天就算不是你，我也一样会救，所以你不要有心理压力，我这伤也不要紧，医生说休息十天半个月就好了。"

施梦瑜看着他，他笑了："你这样看着我做什么？"

听到这话后也不知道为什么，施梦瑜觉得格外委屈，她咬了咬唇后说："我看你做什么？我又能做什么？你从来都是自己想做什么就做什么，根本就不会在意身边的人会怎么想。"

岑永初愣了一下，施梦瑜抹了一把泪："我知道你从小就比一般人聪明，但是那又怎么样？你不能仗着你自己比别人聪明就把别人当傻子一样哄着。"

岑永初急了："把别人当傻子？你吗？我从来就没有这么想过。小鱼儿，我当初不是故意失约的，我去日本之前曾去找过你，但是郑阿姨说你不在家。这几年我给你写的信你收到过吗？为什么不接我的电话？为什么对我避而不见？"

这些问题他早就想问，但是因为她的抵触，他一直没有问的机会，今天她主动提起这些事情，他就想问个明白。

施梦瑜的眼睛更红了："你还有脸问我这些！岑永初，你当初做了什么事情，你自己难道不知道吗？"

岑永初仔细回想，自己并没有做过什么过分的事情，他便问："我做什么了？"

施梦瑜听到他这样说，便觉得他是要把之前的事情全部否认，她抹了一把泪，冷笑一声："你做什么了？你还好意思问我你做什么了？你自己做的事情难道你自己不清楚？岑永初你今天救了我，我承你的情，以后有机会一定会报答你。"

她说完就往外走，岑永初想追出去却被医生按住："你的伤还没有处理完。"

医生见岑永初满脸焦急倒笑了起来："和女朋友吵架了？一会去买个礼物好好哄哄她，你们这样，一看就知道是有误会的，你到时候跟人家好好解释。"

岑永初叹气："她从小性子就倔，只怕根本就不会听我的解释。"

"她不听那一定是你诚意不够。"医生约莫四十岁，是个过来人，"你为了保护她不顾自己的安危，她腿上有伤能来看你，足以表明你们心里还是有彼此的。"

岑永初愣了一下，问医生："她心里还有我？"

医生看了他一眼："没有你的话为什么会来看你？为什么会情绪失控？"

他看了一眼岑永初填的工作单位："呀，造火车的啊？理工男？"

岑永初点头，医生倒笑了："建议你回去找几部言情剧看看，你就会知道所有让女孩子区别对待的男人，都是因为心中有情。你不要问我怎么知道的，我就是知道，据我的观察，这事的准确率高达百分之九十九点九九。"

岑永初觉得他遇到的不是一个骨科的医生，而是情感医生。

他想了想，觉得医生说的这番话还是有些道理的，或许他真的需要找施梦瑜好好聊聊了。

宋以风在门外把他们的对话全听见了，刚才施梦瑜出去的时候他就在旁边，只是她因为情绪太过激动，并没有看见他。

宋以风的眉梢微微挑了一下，也不知道想起了什么事，眼神有些幽暗。

宋以风站在门口叹了一口气，走了进去。

岑永初看见宋以风，便问："宋工缴完费回来了？"

宋以风不答反问："小施就是你的那个小青梅？"

岑永初说："你什么时候猜出来的？"

宋以风淡淡地说："你们第一次见面的时候我就发现有点不对劲，小施性格开朗，对谁都笑嘻嘻的，唯独对你不假辞色，而你对她格外好。别人都说研发部我的脾气最大，却不知脾气最大的那个其实是你，这几个月来研发部的那些小鬼头哪个不被你治得服服帖帖，唯独小施是个例外。"

岑永初苦笑："原来我表现得那么明显啊！"

宋以风扫了他一眼："我是小施的师父，她很优秀，我也不傻，所以你不用装作无意间掉出东西，让我去看你和小施之前的照片。"

他承认施梦瑜很吸引他，他也曾动过某方面的心思，但是他在施梦瑜的眼里看到过佩服、仰慕、敬重，独独没有在她的眼里看到喜欢。

他也曾试探着对她示好，只可惜那个一根筋的姑娘对他的那些示好不知不觉，他便知道自己没戏。

岑永初也不避讳，主动摊牌："我和她从小一起长大，在我很小的时候，就想过让她做我的妻子，她对我有些误会，既然是误会，我相信能解释得清楚的。"

24　已成朋友

宋以风扫了岑永初一眼:"这是你的私事,你不用告诉我。"

"并不是我想告诉你这样,而是心里担心她。"岑永初叹气,"我和她已经错过好几年了,不想和她再错过了,她对你很信任,你对她也很关照,我难免会多想。"

宋以风冷笑道:"你倒是很直白嘛!"

岑永初看向他:"直白很多时候是因为在乎,也是一种美德。"

宋以风冷笑一声:"我去找小施,再不回去方总工怕是要担心了。"

施梦瑜腿上有伤,此时就在转角处的椅子上坐着。

她看见宋以风的时候忙抹了把泪:"我虽然因为伤口痛而掉眼泪,却绝不是娇气。"

她跟在宋以风身后工作了大半年,知道他最讨厌娇气的女孩子。

宋以风听到她这句话就觉得自己对她可能过于严厉,他看了她一眼,有些无奈地问:"还能走吗?"

施梦瑜点头,宋以风便说:"能走就回去吧!"

他顿了一下终究没能忍住,轻声说:"其实女孩子娇气一点也没有错,女孩子要是不娇气的话,那和糙汉子又有什么本质的差别?"

施梦瑜愣一下,宋以风沉着脸说:"走吧,女孩子就是麻烦。"

施梦瑜觉得自己今天的情绪露得有点多,似乎还有点小任性,她忙把泪擦干,乖巧地跟在宋以风的身后。

宋以风想要伸手扶她,想想自己和她的关系、她的态度,以及等在前面的岑永初,他便将刚刚伸出了一点的手缩了回来。

他也问过自己,当时如果是他发现施梦瑜有危险,他能不能像岑永初那样奋不顾身去救人?答案虽然是肯定的,但是出手救施梦瑜的人终究是岑永初,不是他。

回去的路上，三人都没有心思说话，车里的气氛显得有些压抑。

到宾馆，方总工和方玉梅已经在那里等着了，他见他们下来便迎上来问："你们没事吧？医生怎么说？"

方总工一直在忙，事发没多久他就知道了，他本想去医院看看他们，但因为事情太多，他们几个都去医院了，他得守在安装现场，下班后他便在宾馆里等他们回来。

宋以凤粗略地说了一下他们的情况，方总工松了一口气说："小岑和小施受伤了，明天就在宾馆里好好休息，等伤好了再说。"

好在现在主体部分已经安装得差不多了，虽然他们受伤了，但不会耽误整个工程的进度。

施梦瑜的伤虽然轻，但是伤在腿上，行动不便，她只得听方总工的安排。

方玉梅扶着施梦瑜说："今天我听到你们的事后可把我吓死了，好在你们没事。"

她们回到宿舍后，方玉梅又有些八卦地凑过来问施梦瑜："听说今天岑工奋不顾身地过来救你，你心里有没有一点小感动？"

施梦瑜此时心情已经平静了下来："你这是要向李伊若看齐吗？"

方玉梅愣了一下才反应过来她话里的意思，哼了一声："我和李伊若才不一样，她那是八卦，我只是有点好奇，毕竟这段时间岑工对你一直格外关照，他是不是在追你啊？"

施梦瑜不想回答这个问题，便说："八卦的起初都是因为好奇，这要想知道这件事的话，我建议你去问岑工，毕竟我不是他，不可能知道他的想法。"

方玉梅轻撇了一下嘴："你不厚道，不够朋友。"

施梦瑜一笑，原来她不知不觉间已经和方玉梅成了朋友。

第二天一早，方玉梅就去安装现场了，施梦瑜就在宾馆里整理相关的数据和资料。

她才整理了一会就听到了敲门声，她踮着脚凑到猫眼往外看了一眼，见是岑永初，她便有些犹豫要不要开门。

岑永初在门外说："小鱼儿，我们谈谈好吗？我不需要你报答我的救命之恩，我只需要你给我一个小时的时间，听我把话说完。"

施梦瑜今天已经彻底冷静了下来，她虽然不觉得他有什么好解释的，但是他昨天终究救了她，她不能再将他关在门外。

她把门打开，岑永初松了一口气。

他进来后她想去给他倒茶，他阻止她："不用那么麻烦，我现在不渴。"

施梦瑜看了他一眼，他拉过凳子对她说："坐。"

他这态度就好像这里是他的房间一样，有些反客为主的味道。

她看着他，他朝她微笑。

施梦瑜一边坐一边说："实在抱歉，我昨天的情绪有些失控，说了一些失礼的话。"

岑永初看到她客气的样子轻叹了一口气，说："在我们还小的时候我就跟你说过，我们之间如果有错的话，那么有错的人一定是我，是我没有做好，你永远都不会有错。"

他停顿了一下，说："所以你不需要向我道歉。"

他的目光深邃，似能看进她的心里，她的心里不知道为什么生出了几分慌乱。

她听到这话后想起他们年幼时发生的事情，那些事情明明已经过去了很久，但是现在听着觉得就是昨天发生的事。

她压下心里翻涌的情绪，轻声说："我以前年纪小不懂事，太过任性，这世上哪有人不会犯错？感谢你不计较我的年幼无知。"

岑永初苦笑一声："你就一定要跟我划清界限吗？我这些年来其实一直特别后悔去日本，我如果不去的话，你是不是就不会对我这么疏远？"

施梦瑜笑了笑："我们都长大了，往后都会有自己的人生，都会结婚生子，就算我们从前的关系再好，各自结婚之后总会慢慢疏远。这事其实和你去不去日本留学并没有绝对的关系，我只是提前适应日渐生疏的关系罢了。"

岑永初皱眉："各自结婚？"

施梦瑜笑了笑："是啊，各自结婚，你有你喜欢的人，我也有我喜欢的人。"

岑永初被气着了："我喜欢的人只是你，你喜欢谁？宋以风？"

施梦瑜拧着眉："你们的脑子是不是有病啊，为什么每次一说到这种事情，就把我和我师父扯到一起？你说你喜欢我？岑永初，你别逗了，难道是你觉得我和你从小一起长大，就格外好骗？所以到现在还想骗我？"

25　我喜欢你

岑永初问施梦瑜："我不知道你从哪里得出这个结论，我只想知道你为什么觉得我喜欢你是在骗你？"

施梦瑜深吸了一口气，告诉自己要冷静："我注重的是事实，而不是感觉。我不知道你的脸皮有多厚，如今才会把这些事情说得如此理直气壮！岑永初，你敢对天发誓你不喜欢苏云间，不想娶她为妻？怎么，出国几年被她甩了，就又想起和你一起长大的我，又想来骗我吗？"

岑永初一脸的莫名其妙："苏云间？我和苏云间怎么了？小鱼儿，这事你今天得说清楚！"

苏云间是他的大学同学，她喜欢他的故事在他们毕业之后依旧在西交大流传。

施梦瑜没料到，她把话说得如此清楚明白，他居然还敢这样否认，他还要脸吗？

她被气着了，冷笑一声："我本来想着不管怎么说我们也是从小一起长大的，得给对方留点脸面，但是你既然这么放得开，我也就不需要再跟你客气。"

她深吸一口气说："你出国的消息大家都知道了，而我是最后一个知道的，这事要是苏云间不跟我说，我只怕等你和苏云间一起在日本双宿双飞的时候都不会知道。"

岑永初去日本留学的时候，苏云间确实也跟着一起去了日本，但仅此而已。

施梦瑜接着说："这一次你是不是跟苏云间闹翻了？所以才一个人回的国？等哪天她跟着你一起回来了，你是不是还得拉着我给她介绍，说我是你的妹妹？"

她说到这里终究是压不住心里翻腾的怒火，一巴掌拍在桌子上，怒道："岑永初，我和你一起长大，你是把我当妹妹也好，女朋友也好，总归不能仗着我喜欢你，就变着法子来欺负我。"

两人相识多年，这是她第一次说出"喜欢"这种话。

岑永初听到她这话先是一愣，继而狂喜："你是喜欢我的？"

施梦瑜跟他说了这么多，他倒好，弄半天就只听进了这一句，他要是心里有她，她这样说出自己的真实想法，那是两情相悦。

她这种表白就有点自取其辱，而她并没有方玉梅的勇气和果敢。

她一说完，自己心里先后悔了。

她红着脸，伸手推他："我的话已经说完了，你走吧！"

岑永初哪里肯走，他一把将她抱进怀里，温声说："小鱼儿，你先冷静一下，听我把话说完！"

施梦瑜的脸已经红得不成样子。

她凶巴巴地瞪着他："好啊，你说，我倒想听听你还能编出什么借口来。"

她说完把他的手推开，往后退了一步，坐回到自己的椅子上。

岑永初看着她说："首先，我为当年一直没有告诉你我要去日本留学的事情向你道歉，那件事情是我考虑不周，我不应该怕你伤心而选择最后跟你说。"

施梦瑜赏了他一记白眼，嘴硬地说："没有人会伤心。"

岑永初接着说："然后，我去日本留学是我爷爷的意思，和苏云间无关，我不知道她也要去日本留学，我们到日本后，基本上没有联系。她在两年前已经去了美国。"

施梦瑜冷笑道："果然被甩了。事到如今，苏云间不在国内，还不是你想怎么编就怎么编。"

岑永初深吸了一口气，说道："最后，我从来就没有喜欢过苏云间，我喜欢的那个人一直是你。我之前没跟你说，是因为你当初在念高中，怕影响你的学业。"

他本以为她考上大学，两人一起学习一起进步，来日方长，他以后可以慢慢告诉她他埋藏得最深的心事。

然而，造化弄人。

施梦瑜冷冷地看了他一眼:"这样说的话,我是不是还得感谢你为我考虑周全?"

岑永初知道她还是不信他的话,他看着她的眼睛说:"小鱼儿,从小到大,我有骗过你吗?"

施梦瑜愣了一下,她和岑永初一起长大,抛开这件事情外,他还真没有骗过她。

她轻咬了一下唇说:"你是一般不骗我,真骗起我来的时候就能将我骗得团团转。"

岑永初头疼,既然施梦瑜这么认为,他总觉得事出有因,便问她:"你为什么如此断定我喜欢苏云间,而是在骗你?"

施梦瑜回答:"那是因为我亲眼看见你把苏云间抱在怀里,亲耳听见你说你喜欢她,说我……只是你的妹妹!"

她越说越生气:"这种铁一般的事实,你该不会还想抵赖吧?"

岑永初愣了一下,仔细回想了当年的事情,只想起一件和这事有关的事。

他伸手按了按眉心,施梦瑜冷笑:"怎么?编不下去了?"

岑永初摇头:"不是编不下去,而是我在想要怎么跟你解释你才会相信我的话……这样说吧,我去日本留学前,话剧社那边排过一个话剧,男主角在上台的前两天摔断了腿,老师就拉我过去凑数。"

施梦瑜明显不信:"有这么巧合吗?还刚好有这么不可思议的剧情?岑永初,你是不是觉得我特别好骗,才会编出这种谎话来骗我?"

岑永初就知道会这样,毕竟那个话剧的剧情实在是太夸张,还和他们的现实有些贴近,她在不知情的情况下很容易对号入座。

他深吸一口气。"这事我可以解释",他说完拿手机拨了一个号码,然后开了免提。

电话很快被接通,话筒那边传来兴奋的声音:"学长,好久没联系了,你这是回国了?"

岑永初看了施梦瑜一眼说:"是的,回国有一段时间了,胖子,问你件事。"

电话那头笑了起来:"学长还有事要问我啊!真的是太荣幸了,学长问吧!"

岑永初也不拐弯抹角:"还记得大三那年我们班排演的那个话剧内容吗?"

"怎么突然问这事?"胖子笑了起来,"当初不是小枫摔断腿了,然后临时拉你去顶嘛,因为你参演了,当年的那场晚会火爆至极,至今没人能打破你创下的纪录……"

26　事情真相

岑永初知道胖子是个话痨,真由得他说他能说到明天,忙打断他的话:"我问的是当时的内容,你还记得吗?"

胖子有些嘚瑟地问:"学长不是有过目不忘的记忆力吗,怎么会忘了这件事?我居然还有幸提点学长,真的是太开心了!当时那个话剧我记得是苏云间做编剧,大概内容讲的是青梅和竹马从小一起长大,竹马一直把青梅当成是亲妹妹,青梅却想嫁给竹马,竹马后来遇到了他的真爱,青梅就过来纠缠不清……我大概只记得这些了,当时班上很多人都说这剧情老套加夸张,苏云间说文艺会演要轻松和夸张看的人才多,才好拉票得奖,后来你们一起演,果然轰动全校——"

岑永初听到这里觉得就够了,便说:"胖子,我这边还有点事,就不跟你聊了,下次请你吃饭!"

他说完不顾对方的意愿,直接就掐断了电话,然后问施梦瑜:"现在信了吧?"

她没想到事情的真相居然是这样!

那她生了这么多年的气岂不是白生了?

她觉得有点尴尬,心情有些复杂。

岑永初问出了他想最关心的事:"这事是在学校里排演的,你怎么会知道?难道你高考完就来西交大找我了?"

施梦瑜知道他一向很懂得抓事情的重点,过去这么多年的事,被他用这种方式翻出来,且这事还跟当年的乌龙事挂上了钩。

她有些窘,却还是点了一下头。

075

岑永初轻笑了一声:"来之前为什么不先跟我说?"

施梦瑜当初想给他一个惊喜,却给了自己一个大大的惊吓,现在证明那事就是她误会他了,她哪里还敢跟他说实话,便有些别扭地说:"我想来就来了,哪有那么多为什么?"

岑永初的眼里充满笑意,问道:"你是想给我一个惊喜吧?"

施梦瑜微微侧首不看他,他轻轻拉过她的手问:"以你的性格就算是想要给我惊喜也不至于突然跑过来,跑过来看到我和苏云间排演节目也不至于气成那样,当时你是打算来向我表白吗?"

施梦瑜的脸红了,立即否认:"没有的事!谁要向你表白了。"

她觉得岑永初这人优点很多,缺点也很明显,跟他说一件事,他就能往前往后连推好几件,且都能推得相对精准,在他的面前,就别想着说透之后还能有什么事瞒着他。

岑永初说:"当初就算你不跟我表白,我也打算回去后跟你表白的,只是没料到爷爷突然安排我出国留学。"

他说到这里,感叹道:"你当时又躲着我,我因为瞒着你去日本留学的事有些理亏,没敢去找你,这一耽误竟就耽误了这么多年。只是小鱼儿,我们从小一起长大,我是什么样的人你还能不知道?你怎么能那样怀疑我?如果我不追着你问清楚当年的事情,你是不是就想一辈子都不搭理我?然后我们这一辈子就这样擦肩而过?"

施梦瑜微微低着头,轻咬着唇,没说话。

他将她的手握得紧了些,"我不会允许那种事情发生的!你是我的命,我不会允许你离开我的。"

施梦瑜轻声说:"你这话有点夸张了,这事你让我缓缓,我……"

她说到这里说不下去了,岑永初看着她说:"让你缓缓肯定没有问题,只是以后不许再躲着我,看见我就当没看见,你是不知道,这些日子我看着你和宋以风走得那么近,我很难过。"

施梦瑜把手抽回来,"我们之间的事情不要扯上师父,我和他从头到尾就什么都没有。"

岑永初信她在面对宋以风的时候心怀坦荡,但是宋以风就未必如此,只是这事他也不会在她的面前说透，便说："好，以后都不说了。等测试完成之后，你跟我回家一趟好不好？我爸妈一直在念叨着你。"

施梦瑜推了他一把："这事以后再说，你先回去，我要一个人坐坐。"

岑永初今天把所有的事情说透，积在心里的阴霾彻底散去。他知道她的性子，此时当然会听她的，离开的时候说："中午一起吃饭！"

他离开后，施梦瑜就伸手挠头，她生了那么多年的气，为这事夜里没人时流过好多次眼泪，现在却告诉她，那不过是场误会。

真的是太要命了！也太丢人了！

方玉梅觉得自从施梦瑜和岑永初受伤之后，两人的关系似乎一下子就亲近了起来。

这事她倒是能理解，毕竟是救命之恩嘛！

重点是岑永初长得帅，能力强，施梦瑜会喜欢是再正常不过的事情。

她虽然不是八卦的人，却也忍不住问施梦瑜："你和岑工之间是怎么回事？"

施梦瑜的腿虽然是皮外伤，但是行走多少有些不便，而岑永初的伤虽然比她的要重得多，但是因为伤在胳膊上，反而不太影响平时的行动。

他这几天带伤去安装现场指导回来后，总会带点东西过来，虽然他带过来的都是两份，但是明显都是带给施梦瑜的，方玉梅只是附带。

最初方玉梅没太在意，次数多了之后，她也觉察出了异常。

施梦瑜轻咳了一声："没什么，只是他这一次救了我，我很感激他。"

方玉梅一点都不信："你感激他难道不应该是你买东西送他吗？为什么现在反过来呢？说吧，你们在宿舍里休息的那一天，到底发生了什么？"

施梦瑜知道这事瞒不过方玉梅，也没法瞒，便说："也没什么，只是救命之恩无以回报，我便想以身相许，然后他答应了。"

方玉梅正在喝水，一口水直接喷了出来，把她还呛了一下："啥？以身相许？小施，你逗我玩了。"

施梦瑜递了张纸巾给她："对啊，逗你玩的。你还真信啊！"

方玉梅意识到自己被耍之后伸手去挠施梦瑜，俩人笑成一团。

27　初次调试

安装彻底结束的时候，施梦瑜和岑永初的外伤都好得差不多了，就一起去医院里拆了线，岑永初胳膊上的夹板还不能松，医生说他要等骨头彻底长好之后才能拆。

接下来就是电力动车的运行调试了。准备调试的那天，所有工程师一早就到了调试地点。

方总工问岑永初："你的胳膊有伤，要不这两天的调试你先不要参加？"

岑永初回答："我这伤并不要紧，调试时也不需要我亲自动手。"

调试的时候每个工程师身边都会配个技工，遇到问题大多是技工去拆装，工程师在旁指导。

遇到技工一个人拆不动的元器件时，工程师也会帮忙，只是现在没有人知道测试过程中会发生什么事，需要动手到什么程度，所以就算岑永初有伤也不会影响调试的工作。

方总工坐镇车头指挥，其他几个工程师分组安排在动车可能会出现问题的各个车厢。

调试一开始，动车就出了问题，控制室里亮起了红灯。

方总工判断出问题在哪里，立即让技工调整。

这一上午的调试磕磕绊绊，并不顺利，动车暴露出来了好些问题。

施梦瑜这才发现，他们之前算得精准的数据，到实际应用的时候，受工作环境、实际运行时摩擦力等因素的影响，那些数据就显得不那么精准了，很多地方都得做出相应的调整。

岑永初见她有些沮丧，便说："理论和实际会有差距是一件非常正常的事情，就算是在日本，第一次安装调试新型动车时也会有各种各样的问题，日本现在用的700系列的动车，之前调试的时候还出了点小事故。"

宋以风接话:"没错,尤其是刚刚安排好的机车,现在我们的工艺还不娴熟,发生这种情况是很正常的,完全调试好之后,才会进行速度测试,这事不急,要一步一步来。"

接下来两天,他们比之前安装的时候还要忙,所有的部位都没有问题后,开始正式测试。

测试时动车在一百五十公里以下运行时没有问题,速度提到一百五十公里之后就暴露出了一些问题,某些元器件过热,轮轴转向时系数过大。

在这个工程中,施梦瑜见识了方总工的本领,他在控制室里只听声音不需要看故障诊断系统就能知道问题出在哪里,然后就让人做出相应的调整。

一个月忙下来,动车运行就变得极为顺畅,再没有出现任何问题。

在北京测试的路段最多只能跑到两百公里左右,而之前设定的正常行驶速度是两百五十公里以上,这样的速度再测试就需要换地方了。

从本质上来讲,这一次的测试已经完成,且十分成功。

整个研发团队喜气洋洋。

方总工将最后的测试报告送进部里的时候,部领导都很高兴,当面表扬了方总工,并设定了新的测试地点,以便做动车的高速冲刺测试。

方总工带着这个消息回来的时候,和所有参加安装测试的工程师们一起开了个会。他说:"现在动车运行基本没有问题,但是还是不能掉以轻心。这一次的测试你们跟我一起去,如果有问题的话,就立即解决。"

宋以风点头道:"根据我以往的经验,两百公里以下测试没有问题,不代表两百公里以上测试就没有问题,但是我对我们团队很有信心。"

方总工笑了起来,说:"有信心是好事,大家这段时间都累坏了,现在距换地方测试还有两天的时间,刚好休息放松一下。"

他们到北京已经有一段时间了,却一直没有时间出去玩,难得有两天的休息时间,方玉梅立即就拉着施梦瑜去逛街。

两人出门的时候恰好遇到岑永初,方玉梅客套地问他要不要一起去,他虽然并不喜欢逛街,但是有施梦瑜在,他就同意了。

三人下楼的时候又遇到宋以风,这一次方玉梅没说话,施梦瑜问他要不要一起去,他看了岑永初一眼,就跟着他们一起去逛街了。

逛街两人组变成了四人组,气氛反而有些奇怪。

施梦瑜趁宋以风落在后面时,轻声问方玉梅:"需要我给你们创造单独相处的机会吗?"

方玉梅的脸有些红,想起之前宋以风对她的态度,心里有点犯怵,只是她喜欢宋以风那么多年,之前一直没有单独相处的机会,现在难得有这个机会,让她放弃,她又有些不甘。

施梦瑜一看她这样的表情心里就明白了,冲她眨眼,小声说:"那就这么说好了,一会我会拉着岑工先离开,你自己把握机会。"

方玉梅红着脸点头,轻声说:"对不起。"

施梦瑜有些好笑地说:"这个时候就不要再说这些了,加油。"

她知道,方玉梅此时向她道歉是因为方玉梅之前误会了她和宋以风之间的关系。

她之前的确对方玉梅的所作所为有点烦,却并没有放在心上,她和方玉梅熟了之后,就更加不介意了。她腿受伤的那段时间,都是方玉梅在照顾她,她也盼着方玉梅能幸福。

等宋以风跟上来的时候,施梦瑜便说:"那边有人在表演节目,我想过去看看。"

她说完就看了方玉梅一眼,方玉梅会意:"那边人太多,我不想去挤,我就在这里等你吧!"

宋以风一向讨厌人多的地方,他微微皱眉:"真弄不明白你们女孩子为什么那么喜欢凑热闹,那边人多危险,我陪你过去吧!"

施梦瑜立即拒绝:"我知道师父关心我,但是我也知道师父讨厌人多的地方,师父就不用管我了,岑工陪我去吧!"

岑永初是人精,他刚才看见施梦瑜和方玉梅咬耳朵,隐约猜到了她的意思,当即点头同意。

宋以风看了施梦瑜和岑永初一眼:"那你们早去早回。"

施梦瑜应了一声,拉着岑永初便走了,宋以风和方玉梅在原地等他们回来。

方玉梅倒是想找他说话,他却一直板着脸,也不知道在想什么,她终究没胆子鼓起勇气主动跟他说话。

28　一起约会

宋以风和方玉梅等了约莫半个小时，施梦瑜和岑永初还没有回来，宋以风等得有些烦了，便给施梦瑜打电话。

施梦瑜接起电话就说："师父，刚才我和岑工被人群挤得不知道在哪里了，这里我们第一次来也不认识，我们打算一会打车回去，你和玉梅就不要管我们了，你们自己想办法回去好了。"她说完就挂了电话。

宋以风到此时明白施梦瑜和岑永初是找借口离开约会去了。这段时间岑永初和施梦瑜走得近的事情他看在眼里，虽然有些着急，但又无能为力。

经过这一次的事情后，他知道自己是彻底没机会了，心念一沉，脸色不好看。

方玉梅在旁问："小施怎么说？"

宋以风虽然心情不好，但也不能把方玉梅一个人丢在这里，便说："他们自己去玩了，我们回去吧！"

方玉梅不愿意放弃和他单独相处的机会，便说："小施也太过分了，自己和岑工跑去玩了，把我们丢在这里，现在时间还早，就这样回去也太扫兴了。宋头，这里离香山很近，要不我们去香山走走？"

宋以风斜斜地扫了方玉梅一眼："你要想去，就自己去吧。我刚想起来还有事情没有处理，我先回去了。"

他说完就要离开，方玉梅一急便将他拦住："现在测试都结束了，没什么紧急的事情需要你现在回去处理，我们到北京了，不去香山看看多可惜啊！"

宋以风目光清冷地看了方玉梅一眼："北京可看的景点太多了，还有长城和故宫，你这么闲自己一个人挨着逛去，我没空。"

他扭头就走，方玉梅的脸顿时煞白，她的眼泪大颗大颗地往下掉，哭道："宋以风，我到底做错了什么，让你这么讨厌我？"

宋以风头都没回，直接走了。

另一边施梦瑜和岑永初已经到达香山，施梦瑜有些担心他们，说道："也不知道师父和玉梅那边怎么样了？"

岑永初觉得以宋以风的性格，估计不会和方玉梅单独相处，可能不会给方玉梅好脸色。

只是这事他不会在施梦瑜的面前说破，便说："这是他们的事，你帮方玉梅到这一步已经很不错了，感情这种事情外人干涉过多，只会适得其反，还是顺其自然吧！"

施梦瑜觉得他说得有理，轻叹了一口气。

他拉住她的手说："现在你和我在一起，我觉得我们应该珍惜这种相处的机会，毕竟一回去，身边就又围了一大群人，没有单独相处的机会。"

施梦瑜笑着说："也是。"

香山虽然不算太高，但是这样徒步往上爬有些累，好在两人的目的也不是为了爬山，而是找个清静的地方说说话，聊聊天。

今天不是节假日，也不是枫叶正红的时候，所以山上的游客并不多，十分清静。

他们爬得很慢，走走停停，说说闲话，看看沿途的风景。

岑永初自从知道她对他的误会解除之后，就再也没有提起过之前的事情，她则觉得之前误会太过丢人，所以两人都对之前的事情只字不提。

走到半路施梦瑜觉得有些饿了，岑永初打开背包，她发现包里装了一堆吃的。

她有些好奇地问："你不是临时起意跟我们一起出来逛街的吗？怎么包里会有这么多的零食？"

那些零食还都是她爱吃的。

岑永初回答："刚才逛街的时候，你们在前面走，我怕你饿，就顺手买了一点。"

今天就算施梦瑜不撮合宋以风和方玉梅，他也会找机会把她拐走，所以他早有准备。

施梦瑜虽然和他分开几年，他这几年变化还挺大，只是他的变化再大，从本质上来讲还是她熟悉的那个少年。

她很快就猜到了他的心思，便轻撇了一下嘴："你这心思还真是一如既往地深。"

岑永初轻笑了一声："还行吧，你那么笨，我要是不聪明一点，以后我们结婚了，这日子可怎么过！"

施梦瑜的脸顿时就红了："谁要跟你结婚啊！"

"是我想跟你结婚！"岑永初看着她说，"我也到了成家立业的年纪了，想和自己喜欢的人结婚，这事应该没有问题。"

施梦瑜此时一点都不想跟他讨论他们结婚的可行性，便说："我才刚毕业，我还不想结婚！呀，那边的那棵树长得真特别，我去看看！"

岑永初笑了笑，背着包跟了过去，结婚这事急不来，他今天跟她说这事也不算是求婚，只是想告诉她他的想法，算是在她的心里为结婚的事埋下一个伏笔。

他知道她在感情方面一向慢热，所以他在她的面前多说上几回，时不时提醒一下她，她会正视这件事情。

对他而言，今天能跟她一起共游香山就很值了，至于其他的，不急。

施梦瑜回到宾馆的时候已经是傍晚了，她一打开门就看见方玉梅红着眼睛躺在床上哭。

施梦瑜吓了一大跳，忙关上门走到她的面前问："怎么了？"

方玉梅一边抹泪一边说："他一直认为我表姐和他分手是我捣的鬼，这么多年了，他一直都很讨厌我，一点机会都不肯给我！"

施梦瑜听到这几句话，一脸的莫名其妙，问道："表姐？分手？你嘴里的他是师父吗？"

方玉梅意识到自己说了不该说的话，又觉得现在她和施梦瑜算朋友了，这些事情憋在心里很多年，没有对人说也难受，现在都这样了，告诉施梦瑜也没什么。

她便接着说："是的，这事厂里没有人知道！其实在他进厂之前我就认识他了，他之前是我表姐的男朋友……"

施梦瑜觉得她好像听到了什么了不得的八卦，一时间有些反应不过来。

方玉梅在说出第一句话的时候还觉得有些难为情，说开之后就觉得没有什么不能说的，便把事情的来龙去脉都说给了施梦瑜。

29　没有可能

原来当初宋以风和方玉梅的表姐是同学，两人已经到了谈婚论嫁的时候。有一次，两人约着一起出去玩，方玉梅当时性子张扬又贪玩，就死缠硬磨非要跟他们一起出去，她表姐就把她带上了。

他们玩得很开心，晚上三个人都喝了点酒，然后方玉梅糊里糊涂地就进了宋以风的房间，被她表姐撞见了。

施梦瑜觉得方玉梅这事比她的事还要不可思议！

方玉梅红着眼说："不是你想的那样，当时什么都没有发生，我只是喝得有点多，进错了房间，当时他睡在床上，我睡在沙发上。但是表姐不相信，再加上我是死皮赖脸非要跟着去的，表姐就以为我和他之间有问题。"

施梦瑜叹了口气，这种事情还真的解释不清楚。"那后来呢？"

方玉梅轻轻吸了吸鼻子："后来表姐跟他分手了，不管我跟表姐怎么解释，表姐都不相信。没过多久，表姐就找了新的男朋友，现在已经结婚，在国外定居了。我也跟他解释过这件事情，但是他并不相信，我觉得自己对不起他，就变着法子对他好，他进了八方之后，他的优秀让我心动，后面的事情你就知道了。"

施梦瑜觉得这种事情原本就说不清楚，现在方玉梅喜欢宋以风，就更证实了某些猜想，只怕宋以风会更加讨厌方玉梅。

她轻声问："你真的很喜欢我师父？"

方玉梅点头："是的，很喜欢，但是我也知道，他不会喜欢我的，因为我心里对他有愧，所以他对我再冷淡我也不介意。我之前天真地觉得只要把那些事情说清楚了，我和他是能在一起的，但是我现在知道，我和他之间怕是再没有任何可能了。"

施梦瑜轻声说:"感情的事情是不能勉强的,既然你知道你和我师父之间没有可能,那不如放下吧!"

方玉梅哭着说:"我放不下。"

施梦瑜叹了一口气:"当初你是无心之失,现在这件事情已经过去这么多年,就算你有错,也不能用这个错一直惩罚你自己。"

方玉梅抽泣着说:"我知道你说的是对的,但我就是不能释怀,他连着给了我好多次难堪,我都觉得我能忍,但是今天他看我的那一眼,让我绝望。"

施梦瑜不知道当时宋以风看方玉梅的那个眼神到底是怎样的,竟让她的心里生出了绝望的感觉。施梦瑜轻声说:"既然对他绝望了,那就放过自己吧!你往后的路还长着呢,总不能一直想着过去的事,我师父的性子那么急,也不适合你。"

方玉梅一边哭一边说:"这事你一个人知道就好,千万不要告诉李伊若,她要是知道了,一个小时不到就能把这事传遍整个八方,到时候我都没脸在八方待了。"

施梦瑜轻声说:"好,我保证不会跟伊若说!你今天也累了,早点休息。"

方玉梅轻轻点了一下头,或许是把心里的秘密说了出来,她的内心轻松了些,又或许是她太累了,很快就沉沉睡去。

施梦瑜看见方玉梅的样子轻轻叹了一口气,她有些后悔今天去撮合方玉梅和宋以风。

就现在看来,方玉梅和宋以风两人基本上是死局,完全没有在一起的可能。

施梦瑜觉得这一次要是能让方玉梅死心,那也算是一件好事,毕竟以后的人生还长,人总不能一直活在过去。

方玉梅因为哭得太狠,第二天起来眼睛肿得厉害,施梦瑜从食堂帮她拿了两个水煮蛋,剥了皮给她敷了敷,肿才消下去了些。

方玉梅轻声问:"你是不是也觉得我是个心术不正的人?"

施梦瑜这段时间和方玉梅同住一个宿舍,对她的了解也更多了一些,便说:"感情这种事情问心无愧就好,你不需要在意别人怎么看。"

方玉梅看着她,她微微一笑补了句:"我觉得你不是那种人。"

方玉梅轻轻吸了吸鼻子:"谢谢。"

施梦瑜朝她笑了笑。方玉梅轻轻呼出一口气,轻声说:"这事压在我心里很久了,我连我父母都不敢说,没想到却跟你说了,真奇怪。"

施梦瑜认真地说:"我不但长得可靠,为人也绝对可靠。你真有眼光。"

方玉梅被她逗笑了:"我也觉得我眼光很好。"

两人相对一笑。

此时隔壁的岑永初问宋以风:"听说昨天你自己先回来了?方工是个女孩子,你把她一个人丢下会不会太不绅士了?"

宋以风冷冷地扫了他一眼:"我什么时候说过我是绅士了?"

岑永初朝他看了一眼,他接着说:"我是不是该祝你得偿所愿?"

岑永初淡淡一笑:"谢谢!"

宋以风再次看了岑永初一眼,问道:"你和岑老是什么关系?"

岑永初回答:"同姓的关系。"

宋以风说:"我听说岑家有个才能出众的孙辈,从小非常优秀,前几年去日本留学了,仔细想想,以岑老的性子,不可能会让自己的孙子一直留在国外。算一下时间,过了这么多年,也该学成归国了,你说对不对?"

岑永初点头:"若论高铁技术,日本现在的实力远胜于我们,我们的经济发展得很快,但是交通跟不上,铁路提速已经是势在必行的事情了。挑选优秀的人才去国外进修,学习先进的技术,学成后为国尽一份力,这件事情不管从哪个层面来讲都没有错,宋工作为最早被挑中的一批,在国外开出极优渥的条件后依旧不为所动,毅然回国。我走的不过宋工曾经走过的路,至于家里的长辈是谁我觉得并不重要,重要的是我们都有一颗爱国的心,都想造出全世界最好的动车。"

宋以风笑了起来:"虽然你岔开话题的方式有些生硬,但是这话我听着很舒服,是我狭隘了。"

30　测试成功

岑永初对宋以风伸出手:"合作愉快!"

宋以风看了看岑永初,缓缓伸出手:"合作愉快。"

他们同在八方,现在电力动车的项目不过是才刚刚开始,以后继续合作研发的可能性非常大,就算他们多少有着自己的私心,在大是大非前,两人的心里还是跟明镜一样,不会把私人感情带到工作中来。

宋以风明白岑永初的意思,而他也不是那种格局小、目光短浅的人,所以很多事情,不需要说得太透,个中意思,彼此明白就行。

宋以风觉得岑永初也是个人物,这么轻飘飘地就把他心里的那些怒意和不满化解于无形之中。

他心里刚刚露出一点情意被人折断了,等心里的怒意散了之后,又觉得自己的那些情绪来得有些莫名其妙。这件事情从本质上来讲,他有点自作多情。

毕竟施梦瑜从始至终只把他当作师父,从未对他表露过一点工作之外的心思,他不由得叹了一口气。

最后的测试是在第一条铁路快速专线上进行的,为了给他们测试的时间,部里特意做了安排,将那个时间段里所有的火车暂停,为他们让道。

他们和之前在北京的测试一样,将所有的工程师和技工们分到各个车厢,方总工坐在车头的位置。

部里非常重视这件事情,派了两位领导跟车测试。

到了开始测试的时间,随着方总工"开始"的指令,司机按下启动键,动车便缓缓驶出了站台,然后慢慢加速。

此时火车上所有的测试人员都有些紧张,因为这一次测试非常重要。

时速很快就到达一百五十公里,然后不断提速,一百八十公里,两百公里,两百二十公里,两百四十公里……

到这个速度时，一切正常，方总工闭着眼睛听着控制室里所有的动静，哪怕再细微的动静都逃不过他的耳朵。

两位部里的领导眼睛死死地盯着故障诊断系统，生怕表盘上亮起红灯，当速度到达两百七十公里的时候，一切数据都很平稳，并没有任何异常，更没有红灯亮起。

两位领导的脸上满是笑容，其中一位拍了一下方总工的肩膀说："老方，辛苦了！"

部里下达的文件要求是造时速两百五十公里以上的动车，方总工带着众人设计的时速是两百七十公里。也就是说，列车稳定安全运行的最高时速是两百七十公里，现在已经到了这个速度，从本质上来讲，他们的设计是成功的。

方总工微微一笑："不辛苦，这是我的工作。"

施梦瑜从动车测试开始就很紧张，生怕动车出什么事故。她站在车厢里，看着手里的测速盘，看到速度指向两百七十公里的时候，她的心跳不自觉地快了起来，生怕会出什么问题。

岑永初就站在她的身边，看到她紧张的脸，拉着她的手说："你要相信自己，相信我们的团队。"

施梦瑜轻声说："可能是因为之前调试的时候出了一点问题，我心里总觉得有些不安。"

岑永初看着她说："你有这样的想法我能理解，但是我觉得不需要紧张，因为我们都很努力了，已经做到最好。有问题我们想办法解决，没有问题自然皆大欢喜。"

他的声音平和，带着一种说不出来的沉静，让施梦瑜的心也跟着静了下来。她朝他一笑："也是，不用紧张。"

两人相对一笑，施梦瑜深吸了一口气，整个人渐渐放松了。

动车的速度也渐渐慢了下来，到下一个站点停靠。

动车完全停下来的时候，所有的工程师和技工都去了车头，方总工朝他们微微一笑："这一次的测试无故障，完美！"

众人听到这句话的时候如同吃了定心丸，一起欢呼起来了。

施梦瑜开心地抱住了岑永初，喊道："太棒了！"

她这一抱，所有的目光都落在他们的身上，方总工看着他们笑吟吟地说："小岑，小施，你们这是有喜事？"

　　施梦瑜的脸瞬间红了，她才发现自己刚才的动作有点大了，她顿时感到很尴尬。

　　岑永初倒是一脸坦然，拉着她的手笑着说："我们已经确定了男女朋友的关系，她现在是我女朋友。"

　　这样算是完全公布了两人的关系，方玉梅笑着说："好啊小施，你都和岑工谈恋爱了，居然还瞒着我，这也太不够意思了吧！"

　　施梦瑜躲到岑永初身后，她觉得自己刚才的样子有点得意忘形了，她刚才抱方玉梅也比抱岑永初好啊！

　　宋以风看了两人一眼，轻声叹了一口气，说："岑工，你把我的徒弟拐走了，也不跟我这个做师父的说一声，太过分了吧？"

　　旁边有技工开玩笑说："就是，太过分了，必须请大家吃糖！"

　　宋以风则说："岑工，叫声师父听听！"

　　岑永初十分坦然地说："我一会就去买糖。"

　　众人哄笑成一团，一时间气氛极为轻松。

　　方总工看到他们的样子，眼里充满笑意。

　　他看到岑永初和施梦瑜这样站在一起，就觉得两人极为般配，真正的郎才女貌，他乐见其成。

　　动车测试成功，他们又宣布在一起，这事算是双喜临门，他笑着说："走吧，我请大家吃早餐！"

　　昨夜他们忙了一整夜，这会天刚刚亮，他们也都饿了，也不跟方总工客气，一行人开开心心地找地方吃早餐去了。

　　他们一起工作了这么长时间，都熟悉了，吃早饭的时候不时有人开几句岑永初和施梦瑜的玩笑。

　　施梦瑜到早餐店之后，不管是谁开她和岑永初的玩笑，她都回以一笑，并不说话，让岑永初去应付。

　　岑永初也是见过大风大浪的人，面对众人善意的玩笑，他始终进退有度，不时含笑看施梦瑜一眼，目光温暖。

31　打破纪录

　　吃完早餐之后,众人便回宾馆休息了。这一次测试成功,证明他们研发的电力动车无论性能还是速度都达标了,他们就可以回八方了。
　　一时间,所有人心中的巨石都放了下来,感觉非常轻松。
　　施梦瑜前两天因为测试的事情,紧张得连觉都睡不着,现在终于能睡一个好觉了。
　　一回到房间,方玉梅就八卦地问:"你和岑工什么时候开始的?"
　　施梦瑜也不瞒着她,粗略地说了一下她和岑永初的事,方玉梅的眼睛睁得大大的:"原来你们从小就认识啊!岑工刚到八方的时候你对他爱答不理,原来是有误会!不过现在这样也挺好的,你们这也算是守得云开见月明了!"
　　方玉梅说完又满心感叹地说:"你们这样真的挺好,有误会解开了,就什么都好了!你很优秀,岑工也很优秀,你们真的很般配!"
　　施梦瑜笑着说:"谢谢!你以后也一定能找到真心喜欢你的人。"
　　方玉梅摊手:"希望吧!借你吉言!"
　　施梦瑜知道她还没有完全从宋以风的事情里走出来,这事也不好多劝,便轻轻抱了她一下。
　　隔壁的宋以风看着岑永初:"你还真会顺竿爬,趁这个机会公布你和小施的恋情。"
　　岑永初淡声说:"小鱼儿性格好,长得好,能力也好,早点定下来我才能安心,省得夜长梦多。"
　　宋以风斜斜地看了他一眼:"真看不出来你还挺有危机意识的,但是只定下男女朋友的关系我觉得还不太牢靠,得把结婚证领了,才算是真正的稳妥。"
　　岑永初回看他一眼,嘴角露出一点假笑:"宋工的话很有道理,这事我会努力的,争取早日把小鱼儿娶回家。"

宋以风皮笑肉不笑地说："那你可得加油了。"

岑永初脸上的笑更多了。

白天补觉是很难睡好的，到中午的时候大家差不多就都醒了，去餐厅里吃饭的时候大家开始讨论回去的事情了。

从他们过来安装开始，到现在已经过去了差不多两个月，这个差出得够久了，此时事情圆满结束，就多少有些归心似箭了。

岑永初在心里计划着带施梦瑜回家，岑家和施家两家关系一直很好。岑母一直都很喜欢施梦瑜，之前施梦瑜不理他的时候，岑母还训过他。

他要是把施梦瑜带回家的话，岑母估计会很高兴。

他想找机会跟施梦瑜说这件事的时候，方总工进来了。方总工大声说："部里决定，今天晚上再做一次冲刺测试，看看我们的动车极限速度会是多少，下午大家先在宿舍里休息，晚上再辛苦大家一回。"

众人点头同意，他们也想知道辛苦这么长时间造出来的动力机车的极限速度，晚回去一天也是能接受的。

施梦瑜问岑永初："极限速度会不会对动力系统造成损伤？"

岑永初粗略想了一下后说："理论上来讲是不会的，所谓极限速度，指的是在安全的情况下正常运行的速度，有方总工在控制室里坐镇，他会根据他的经验来让司机控制速度。"

施梦瑜这才放下心来，岑永初看到她的样子就知道她在想什么，笑着说："你要对我们造出来的动车有信心，一辆动车要是试几次就试出问题来，那也是不能投入使用的。"

施梦瑜知道他说的是对的，说到底还是她太过紧张。

晚上测试的时候，和昨天一样，车上有好几个部里的领导。

车是慢慢加速的，只是今天加速的时间比昨天明显来得要快一点，而速度在爬到两百六十公里之后继续攀升，动车还在安全范围内。

方总工让司机继续加速，他闭着眼睛听着列车的声音，司机轻声说："三百公里了！"

这个速度是中国铁路建成以来从未达到的速度，司机有些紧张。

方总工点头："继续加速。"

司机看了方总工一眼，见他一脸平静，深吸一口气，听他的安排继续加速。

此时守在车尾的施梦瑜看着测速盘，手不自觉地扶着一旁把手，轻声对岑永初说："时速三百公里了！"

岑永初十分肯定地说："现在列车运行还是平稳的，行驶的声音也没有任何异常，这还不是极限速度。"

施梦瑜却紧张得手心里捏了一把汗，呼吸都跟着急促了起来。

岑永初握着她的手没有说话，而是仔细在感觉列车的速度以及车厢的震动情况，他虽然不如方总工经验丰富，但是他在日本的这些年，有空了就会去坐新干线列车，知道各速度下新干线列车的运行情况，能和现在的速度做对比。

当列车的时速达到三百一十公里的时候，司机有些不淡定了，看向方总工，方总工沉声说："继续加速。"

施梦瑜看着测速盘深呼吸，岑永初的眼神沉稳冷静，他看着测速盘上的数字继续往上走，当表盘上的数字到三百一十八的时候，他轻声说："快到极限了。"

方总工睁开眼睛，沉声说："停止加速！"

司机松了一大口气，表盘显示："321.5km/h！"

方总工微微一笑："不错！"

这个速度除了打破现有火车的速度外，放在国际上，都是一个亮眼的数据。

施梦瑜看着测速盘上的数据冲到321.5m/h，咽了一下口水。岑永初轻声说："这应该是我们冲刺的极致速度了。"

施梦瑜问他："你确定？"

岑永初点头，她看向测速盘上慢慢降下来的速度，她朝他笑了起来，对他竖起大拇指，他回以一笑。

作为一个优秀的机车工程师，对于机车运行的速度和性能，是有着全盘的把握的。

施梦瑜之前就知道他很厉害，这一次近距离感受了一回，她发现自己和他的差距挺大，她还有很大的进步空间。

岑永初的嘴角微微上扬，眼里笑意浓了些："整个运行过程堪称完美，小鱼儿，我们真棒！"

施梦瑜咧着嘴笑了起来:"是啊,我们真棒!"

32　A级故障

等列车停止运行的时候,他们一起去找方总工,方总工的脸上满是微笑,他们就知道这一次冲刺实验很成功。

有了昨天的事情后,今天众人虽然依旧喜气洋洋,却没有昨天那样激动了。

外面已经围了很多媒体,部里的领导跟媒体说了测试和冲刺的数据,立即赢得一片掌声。

施梦瑜的心里充满了自豪,她从头到尾参与了电力动车的设计和测试,虽然并不是非常重要的研发人员,却为中国的铁路事业贡献了自己的一份力量。

这一次测试成功后,只要有关部门一认可,将来他们设计的电力动车就会批量生产,然后行驶在我国的铁路线上。

此事一经报道,立即在全国引起轰动。

部里的几位领导立即把这件事情上报,部里的大领导听到这个消息后十分高兴,决定第二天试乘。

这事很快就通知了方总工,方总工将几位工程师叫过来开了一个简短的会议:"虽然我们这两天的测试和冲刺都十分顺利,但是为了保险起见,明天一早,我们再试运行一下,以保万全。"

第二天早上六点多钟,所有人集合完毕,上车进行最后的测试。

施梦瑜在经历过前两天的测试和冲刺之后,今天已经变得十分淡定,她知道电力动车不会有大的问题了。

果然,前面一直都运行得十分顺利,列车降速缓缓进站的时候方总工的眉头微微皱起,站在他身边的一位部里领导瞪大眼睛说:"老方,红灯亮了!"

方总工看到检测器上亮了的红灯眉头皱得更加厉害了,那位领导急了:"这是怎么回事?出故障了吗?"

方总工表情严肃，说："有根轴承出问题了。"

那位领导看着他说："这个时候怎么能出问题？大领导现在就在外面等着坐车！"

方总工还算冷静："老王你别急，我先过去看看。"

那位领导叹气："这能不急吗？今天是检验成果的时候，列车却出了问题，这事……"

他说完长长地叹了一口气。

方总工脸上淡定，其实心里比谁都要急，整个八方车辆厂为这辆动车付出了无数的心血，是整个研发部辛苦了好几个月的结晶。

他一下车，八方车辆厂的工程师们便围了过来，他们一看方总工的脸色，就知道出事了。

岑永初问方总工："哪里出问题了？"

刚才试运行的时候岑永初并没有发现任何异常，但是现在的情况明显不对。

方总工没有说话，直接就钻到了车头的底部，他钻进去之后，就看见有根轴承拖座在冒烟。他看到这一幕深吸了一口气。

岑永初则冲进了控制室，他看到检测器上显示某根轴承的温度已经达到109℃，他看到这个数字后脸立即就沉了下来。

施梦瑜也跟了进来，看到上面的数字后问他："很严重？"

岑永初点头："轴承运行时的温度严重超标，不管按国际还是国内的标准，都属于A级故障。"

A级故障是重大故障，发生在运营的火车上，是要停运的。测试期的火车，很可能需要重新检测和设计。

施梦瑜的脸色发白："之前都还好好的，怎么在这个时候出了问题？"

岑永初摇头："现在情况还不清楚，不知道是设计的缺陷还是轴承的品质有问题，不论什么问题，都是大事。"

施梦瑜有些急了："那现在怎么办？"

岑永初回答："正常来讲是要把那根轴承换下来，但是那根轴承是进口的，造价昂贵，当时并没有准备备用品，要更换的话，最快也得一个星期。"

施梦瑜问岑永初："还有别的法子吗？"

岑永初摇头。

那边方总工已经让人去拿红外测温计，这一测，上面的显示的温度是97℃，他长长地叹了一口气。

他从车头出来的时候，守在外面的那位领导便问："怎么样？"

方总工看着他，沉声回答："我刚用红外测温计测过温度了，出问题的轴承温度远超正常运行时的安全温度。"

那位领导问："还能运行吗？"

方总工叹一口气，说道："这一类的故障属于A类故障，为了安全起见，零件没有更换之前，最好不要运行。"

那位领导对方总工说："老方啊，这可是大事啊！之前不是都好好的吗，怎么偏偏在这个时候出问题？你和我一起去把情况给上级领导汇报一下吧。"

方总工跟着这位领导给上级领导汇报了相关情况。因为列车出了A级故障，不能乘坐，几位领导很快便走了。

之后，方总工来到休息室里，几位工程师坐在他的对面，整个屋子里的气氛十分沉闷。

施梦瑜轻声问："方总工，现在怎么办？"

"等部里的决定。"方总工回答，"出现这样的事故，大家要做好心理准备。"

这个时候要做什么样的心理准备，他虽然没有明说，但是所有人心里都清楚。

在部里下达文件让八方车辆厂设计研发电力动车之前，部里就为"轮轨"还是"磁悬浮"吵得不可开交。

除此之外，还有其他的声音，比如说引进国外成熟的动车组。

这一次的事情如果处理不好，整个项目都会因此搁浅。

施梦瑜知道这些事情处理起来十分麻烦，他们的动车在领导的面前出了问题，很可能会让领导们对他们研发的动车失去信心。

33　项目暂停

宋以风和岑永初的脸色都不好看，施梦瑜能想到的，他们能想到，她想不到的，他们也能想到。

方玉梅轻声说："事已至此，大家也不用太过着急，事情未必就会往最坏的方向发展，至少我们之前的测试是没有问题的，我们的速度也打破了国内的记录。且在这一次的研发中，我们的动车在动力系统、转向架、高速制系统等方面已经取得了非常丰硕的成果，各项技术比之前也有了很大的突破。这一次出了问题，大不了我们重新来嘛！"

宋以风沉声说："就怕部里不会给我们重新来的机会了。"

方玉梅愣了一下，正在此时，旁边的电话响了起来。

方总工起身去接，电话接通之后他先说了几句客套话，然后他的脸色越来越难看。

他沉声说："这一次试车虽然出了A级事故，应该不是设计上的事情，而是某个零件的质量出了问题，只因为这一件事情，就否认整个研发成果的话，是不是有欠妥当？"

也不知道对方说了什么，好半晌之后他才说："我相信只要再给我们一点时间，我们一定能研发出属于我们自己的电力动车，且能保证安全性和稳定性……好……我尊重组织的决定。"

他挂完电话后面色苍白，整个人看起来一下子老了好几岁。

方玉梅小心翼翼地问："爸，现在是什么情况？"

方总工看向对面那一双期盼的眼睛，他的脸上满是无奈，长长地叹了一口气说："部里让我们暂停电力动车项目，他们决定先开会仔细研讨我们的电力动车设计的方案是否可行。"

这事虽然没有一下子全盘否定他们的研发成果，但是要将他们的研发成果摆在桌上让人评估。

施梦瑜问方总工："他们会找哪些人来研究我们的机车？"

方总工回答："应该是国内相关部门的专家，但是这事不管最终的结果是什么，我希望你们都不要太放在心上，毕竟我们这一次研发成果还是很不错的。在这个研发过程中，你们都有长足的进步，都学到了很多知识，这对我们而言就是巨大的财富。"

宋以风说："话是这样说，但是如果部里真的叫停的话，我们该怎么办？"

"动车出问题是事实。"方总工说，"这事不管最后证实是设计的问题，还是那根轴承质量的问题，都是我们失职。既然失职了，那么就是我们的工作没有做好，工作没有做好，那就需要再学习和磨砺，把工作做好。"

宋以风腾地站了起来，转身走了，方总工没有喊他，说："大家辛苦了这么久，都累了，都回房休息吧！"

众人回房休息了，只是出了这样的事情，大家心里都平静不下来，没有人能真正休息。

施梦瑜和岑永初站在宾馆前的喷泉旁。施梦瑜长长地叹了一口气，问他："我们该不会就这样打道回府吧？"

岑永初单手插在口袋里，说："可能会这样，毕竟这事是我们出了错。"

施梦瑜用脚踢了踢旁边的小石子："话是这样说，但是我心里总觉得有些不甘心，我们之前测试过好多次，都没有问题了，为什么偏偏就今天出了问题？"

岑永初站在她的身边说："这说明我们的技术还不够成熟，才会出这种问题。动车的安全系数永远都是排在第一位的。因为是用来载人的，所以就算这一次问题出现的时机不太对，但是整体来讲也是好事，不是在正式运行的过程中出问题，没有任何人员的伤亡。而我们要做的，就是把还不够成熟的技术成熟起来，做到更安全更可靠。"

施梦瑜在台阶上坐下，单手拖着腮说："可是到现在，我已经有些迷糊了，不知道什么才是安全可靠，我们检查了那么多遍，所有的数据都没有问题，为什么运行中就出了这样的问题？"

岑永初伸手摸了摸她的脑袋："你所谓的数据都是理想状态下的，而实际运用的时候是完全不一样的。如果零部件的质量不合格，很可能都会造成巨大的问题。"

施梦瑜心里很难过。

原本开心激动的一行人，一个个像霜打的茄子一样。

岑永初坐在她身边轻声说："别难过，现在这事还没有完全定下来，最后的结果未必就是最坏的。"

施梦瑜将脑袋往他的方向靠了靠，轻声说："我知道，不管部里最后是什么样的决定，我都能接受，只是外公他……"

她一想到郑国勤，眼圈就不自觉地泛红。

岑永初轻抚着她的背，温声说："别担心，郑爷爷一定能看到我们自主研发的动车。"

施梦瑜知道他只是在安慰他，而事实会如何，没有人会知道，她轻轻叹了一口气："但愿吧！"

她看着静静地停在那里的电力动车，它沉静乖巧，车身上白下蓝，有说不出的可爱。她想到它未来可能面对的命运，心里一时间极为难过。

此时宋以风也在那里看着他们一手研发出来的电力动车，他伸手轻轻摸了摸它，此时天气已经有些冷了，入手冰冷，一如他此时的心情。

关于新研发出来的电力动车的会议，部里只要求方总工一人参加，其他的工程师和技工都可以先回八方车辆厂。

回去的时候，他们远不如来时那样踌躇满志，一路上，众人都十分安静。

施梦瑜看着绵延向远方的铁轨，感受着特快列车的速度，心情十分低落，这样的速度来时觉得不算慢，但是在经过动车的测试速度以及冲刺速度后，她就觉得这速度真慢。

34　积极应对

岑永初在施梦瑜的身边说："发达国家的高速铁路和新干线已经纵横交错，

我们国家的经济这些年来快速发展,铁路提速已经是迫在眉睫的事情。不管外购,还是自主研发,最后的结果总归是好的,只是时间的问题。"

方玉梅在旁附和:"就是啊,我觉得这一次最终的结果未必就是坏的,我们的团队很强大,造出属于自己的电力动车只是迟早的事。"

宋以风说:"我觉得与其我们在这里胡乱猜想,还不如好好想想研发上的事情,如果这一次我们的电力动车被全盘否定,我们要如何改进?"

他这话倒是一下子就把事情落到了实处,施梦瑜问他:"师父有什么好的想法吗?"

宋以风说:"暂时还没有,但是如果不想的话,肯定会一直没有,认真去想了,就迟早会有。"

他这句话把大伙都逗笑了,施梦瑜朝他竖起大拇指,说:"师父说得对!"

宋以风见她又打起了精神便笑了笑:"我觉得你现在可以为这一次的事情写个总结,总结一下问题以及你觉得可以改进的地方,而不是等着我这个师父来做这些事情。"

施梦瑜在心里说:"果然,魔鬼师父就是魔鬼师父,一不留神又回来了。"

旁边的众人忍不住笑了起来,原本有些沉闷的气氛顿时轻松了起来。

施梦瑜觉得宋以风的话是对的,不管最终的结果是什么,他们这些人都需要努力研发,只有这样才能尽早让他们造出来的动车奔驰在祖国的土地上。

岑永初感觉到她心态的变化,他的嘴角微微上扬,她还是和以前一样,再大的挫折也不能打倒她,她也许会有些沮丧,但是很快就能调整过来。

他们回到八方车辆厂之后,宋以风专门开了个会讨论了这件事情,这一次的会议所有工程师都参加了。

宋以风的这个会议,不仅仅是讨论现有技术问题,还起着激励的作用。

雷运来叹气:"我们的运气也真的太不好了,什么时候不出问题偏在那个时候出问题。"

周飞扬则说:"出问题不可怕,可怕的是项目搁浅,宋头,如果这个项目真的搁浅了,我们该怎么办?"

"继续研发。"宋以风的语气十分坚定,"我和方总工讨论过最坏的结果,我们虽然归部里管,但也是独立运行的企业。只要我们造出来的动车性能不输给国外的企业，我相信部里的产品招标一定优先选我们的。"

周飞扬小声说："话是这样说，但是这事哪有那么容易？不说别的，光是日本在电车动力这个项目的研究就早了我们好几十年，想要达到他们那样的水准谈何容易。"

宋以风扫了他一眼，岑永初在旁说："日本现在的技术是比我们的好，但是不代表无法超越他们，如果我们还没有开始就认输，那么就永远也不可能超越他们。如果我们的水准远逊于他们的话，就算部里想要用上我们自主研发的动车，那也太牵强了，而这一次我们自主研发的动车，在各项重要的参数上，都比之前有了大的进步，甚至有突破性的进展。做到这些，我们只花了不到一年的时间，这么短的时间我们能做到这个程度，为什么没信心在未来超过他们？"

周飞扬愣了一下后说："是啊！我们只花了不到一年的时间就能做到这一步，再给我们十年的时间肯定能超过他们。"

宋以风瞟了周飞扬一眼，他见所有人都朝他看了过来，顿时就有些心虚，轻声问："我说错什么了吗？"

宋以风说："你没说错，你说的都是对的。"

周飞扬觉得他这话里带着几分嘲讽的味道，却又拿捏不准他是不是在骂人，干脆缩着脖子没敢再说话。

施梦瑜看到他的样子笑了笑，反超造动车经验丰富的国家和企业，不是那么容易的事情。

他们在进步，国外的企业也在进步，他们只有付出比国外企业更多的努力才有机会，这也就意味着未来十年，他们要拼命追赶，才有可能追得上他们并反超。

而岑永初看得比她更远一点，散会后，他跟宋以风说："虽然我们这一次取得了巨大的进步，技术上相较之前有很大的突破，怕就怕部里等不及，不能给我们足够的时间去研发。"

宋以风和他想到一块去了，这一次他们在北京安装调试的时候，部里的领导对于他们的工作表现得非常关心，而关心的背后，却隐含着着急。且现在部里对自主研发电力动车项目有不同的声音，这件事情很可能还会有其他的变故。

他说："你担心的很有道理，所以我们现在只能做自己力所有能及的事情。"

岑永初点头："你说得没错，我们作为研发人员，除了尽自己最大的努力去做自己力所能及的事情外，并没有其他的选择。而所谓的力所能及的事情，其实还有着巨大的改进空间，如你所言，如果我们能在最短的时间内拿出能与国外动力相媲美的动车，部里不可能不选我们。"

宋以风看着他笑了笑："岑工说得没错，不知道你有没有具体的计划？"

岑永初笑着说："和宋工一样，暂时还没有具体的计划，但是钻研技术上的事情是绝对没有错的，往后的研发工作，还得请宋工多多帮忙。"

"这也是我想说的。"宋以风朝他伸出了手，"岑工，合作愉快。"

在北京的时候，因为施梦瑜，两人明里暗里地试探对方好几回，虽然彼此没有敌意，但是绝对算不上友好。

只是很多事情他们心里清楚，并没有闹起来。

35　女人善变

他们甚至都没有为这事吵过，两人从始至终都表现得很克制。

他们作为国家送出去学习国外动车技术的人才，虽然留学的国家不同，但都是其中的佼佼者。

两人的专业不完全一样，各有擅长的地方，研发电力动车，是个大项目大工程，不可能凭一人之力能完成，需要群策群力和齐心协力。

这一次岑永初主动向宋以风示好，宋以风就觉得他的格局不能太小，更不能因私废公，所以他在明白岑永初的意思之后，主动伸出了手。

岑永初笑了笑，握住了他的手。

经过这一次事情，岑永初对宋以风的了解多了一些，对他多了几分尊重，宋以风绝对不是那种气量小的人，能力就更不用说了，能有这样的合作伙伴，他觉得是一件非常幸运的事。

宋以风这段时间对岑永初也仔细观察过，岑永初的专业能力绝对是研发部里除了方总工之外最强的，难得的是，岑永初并不孤傲，相反，他做事八面玲珑，和人相处，懂得把握分寸。

这样的一个人，是个强大到可怕的对手，好在他们更多的时候是合作伙伴。动车的研发，不怕队友强大，只怕队友弱小和离心。

中午下班的时候，李伊若开开心心地拉着施梦瑜的手一起去吃饭，方玉梅则挽住了施梦瑜的另一只胳膊，挑衅地看了李伊若一眼。

李伊若一直有点怕方玉梅，忙用眼神问施梦瑜示好。她们之间的关系什么时候这么好了？

施梦瑜朝她眨了一下眼睛，笑着说："我们研发部就我们三朵金花，以后我们要团结友爱，这样才能所向无敌。"

方玉梅觉得她这口号喊得真烂，便说："行了，什么团结友爱，我只是想以后在研发部能有个说话的人。"

她说完又看着李伊若："你以后没事的时候多学点专业知识，少传八卦，上进一点，别整天一副混吃等死的样子。"

李伊若："我也想上进啊，可是我上学的时候学的是文科，那些图纸上的符号我都认不全，怎么上进啊！"

方玉梅瞪她："就算你上学的时候学的是文科，你都进厂快四年了，连图纸上的符号都认不全，李伊若，你还能更蠢一点吗？"

李伊若："能！"

施梦瑜眼看她们又要吵起来了，忙在旁打圆场："学文学理是有天分的，有的人天生就对理科不开窍，这事强求不来。不过伊若进厂四年连图纸上的符号都认不全的话，那就有点过了，你还是要花点心思了解一下我们的产品的。"

李伊若叹气，方玉梅则说："就是，要不然就你这样的，出去别说是我们研发部的，太丢人了。"

李伊若："我学，我从今天开始就认真地学，这样总行了吧！"

方玉梅笑了："这才差不多。"

李伊若看见方玉梅笑，倒有些意外，毕竟以前方玉梅看到她可没什么好脸色，她第一次发现，方玉梅好像也不是那么难相处。

到食堂后，她们三人刚坐下，岑永初就端着餐盘在施梦瑜的身边坐下。

李伊若一看到岑永初就开始冒星星眼，心里乐开了花：岑工坐我对面了，哇，岑工好帅啊！我要是没男朋友一定就追他。

然后，她就看见岑永初把他餐盘里的一个鸡腿放到施梦瑜的餐盘里："你太瘦了，多吃点。"

李伊若顿时觉得自己的心碎了一地，忙朝施梦瑜看了看，见她十分自然地说："今天不想吃鸡腿了，想吃红烧牛肉，刚才排队的时候看那边人多就没去打，要不你再帮我看看还有没有？"

岑永初应了一声，就去帮她打红烧牛肉。

李伊若觉得自己快疯了，全身的八卦因子都在叫嚣，所以岑永初一走，她就问施梦瑜："你和岑工怎么回事？"

施梦瑜还没有说话，方玉梅说："还能怎么回事？当然是他们谈恋爱了呗！"

李伊若一脸的不可思议："我怎么觉得你们去北京一趟，这个世界都变了样。"

和施梦瑜不和的方玉梅与施梦瑜成了朋友，施梦瑜以前看不顺眼的岑永初成了施梦瑜的男朋友。

这一次的安装调试到底发生了什么事情？怎么所有事情都变了？

方玉梅看了李伊若一眼："这事有什么好值得大惊小怪的？"

李伊若没理她，问施梦瑜："你之前不是很讨厌岑工吗？怎么这么快就和他处朋友了？"

施梦瑜轻咳了一声："你有没有听说过女人都是善变的这句话？"

李伊若第一次感觉到这句话对她造成了巨大的伤害。

她深吸一口气说："我觉得我受到了很大的惊吓，这样的惊吓只有十包辣条才能压下去。"

吃完饭后，施梦瑜被李伊若硬拉着到厂区里的小卖部买了十一包辣条才算暂时有了个交代。

方玉梅也分到了一包，她有些嫌弃地撕开辣条的包装："真不明白为什么会有人喜欢吃这种垃圾食品！"

她话是这样说，拿起一根就塞进嘴里，吃得还挺香。

事后，李伊若非要施梦瑜跟她说她和岑永初的事，施梦瑜鉴于她的大嘴巴，当然不会跟她说实情，只说是岑永初为了救她而受了伤，她十分感动，所以才会和他在一起。

这个理由完全符合李伊若的八卦精神，也符合言情小说里桥段，她十分满意。

方玉梅在旁听着施梦瑜给李伊若编故事，她这个唯一知道内情的人就觉得十分欣慰。果然，施梦瑜最好的朋友是她，才会把这样的秘密告诉她。

方玉梅因为有了这种想法，所以再看李伊若的时候就觉得顺眼了不少。

三个女孩子之间的友谊，就这样正式展开。

施梦瑜终于把李伊若安抚好了之后，伸手摸了一把额角的汗，李伊若不愧是八方车辆厂的八卦王，这刨根问底的能力实在是让人叹为观止。

她和方玉梅交换了一下眼神，心照不宣笑了起来。

36　他的女孩

周末的时候，岑永初带着施梦瑜去了岑家。

岑母一看见岑永初把施梦瑜带回家，眼睛都亮了，把家里的好吃的翻了出来，热情地招呼施梦瑜。

她笑眯眯地说：“小鱼儿，以后有空了就多到家里来玩，永初要是敢欺负你，你就跟阿姨说，阿姨帮你收拾他！”

前几年施梦瑜除了逢年过节会给她打电话问候，偶尔来家里一趟，还一直躲着岑永初，岑母很着急，问了岑永初好几回他和施梦瑜是怎么回事。

现在她看见两人和好如初，她心里乐开了花，自己从小看着长大的姑娘，无论模样还是人品都很好，是她心目中理想的儿媳妇。

施梦瑜想起前几年她和岑永初闹别扭，虽然并没有迁怒岑母，但是关系终究是冷淡了不少，她心里也有些过意不去，便说：“乔阿姨，永初挺好的。”

岑母笑了起来：“我自己的儿子我知道，永初这孩子从小就仗着自己比别人聪明，没少瞧不起人，你不用跟他客气，该收拾的时候就收拾。”

施梦瑜笑出了声,岑永初在旁说:"妈,我算是看出来了,小鱼儿才是你亲生的。"

岑母轻哼一声:"你这小子闷得不行,让你坐下来跟我说话就一脸的不耐烦,说不到三句话就找借口溜,一点都不招人喜欢!你去跟你爸说话吧!别耽误我和小鱼儿话家常!"

岑永初算是发现了,自家亲妈是有了施梦瑜就不要他这个儿子了,这种感觉居然还不错。

他刚好有事要找父亲,便笑了笑,上楼去了,上楼的时候看见母亲往施梦瑜的嘴里塞了一颗巧克力。

他安慰自己,都说婆媳关系紧张,他和施梦瑜结婚之后,应该没有这方面的担忧了。

他上楼的时候父亲正在打电话,见他进来便让他在一旁等着,他听了一下,说的刚好是电力动车的事情,他听了一下,眉头就皱了起来。

约莫十来分钟后父亲才挂断了电话,却伸手将眼镜摘了下来,按了按眉心,眼里有几分疲惫。

岑永初有些担心地问:"部里的意见下来了?"

父亲回答:"也不能说是定下来了,而是部里现在有不同的声音,为这事吵得不可开交,各有各的考量,没有绝对的对错。"

岑永初的眉头微皱,父亲把眼镜重新戴上,看着他,说道:"不过你们要做好项目搁浅的心理准备,毕竟八方的动车确实是出了问题,且问题还不小。"

父亲说到这里长长地叹了一口气:"现在国内的情况你也知道的,留给我们这些铁路人去研发自己的动车的时间并不多,就现在的情况,我们的铁路交通已经赶不上国内的经济发展速度了。在这种情况下,铁路提速已经迫在眉睫了,我们自己能把动车造出来当然是好,但是时间不等人。"

岑永初的眉头皱得更加厉害了:"但是如果项目搁浅,直接外购电力动车组的话,我们很容易被人卡脖子,到时候情况可能会更坏!"

父亲摇头:"情况没有你想的那么严重,现在我们虽然是被动了些,但是主动权还在我们的手里,退一万步讲,八方造出来的动车时速已经达到每小时两百七十公里。这事报道出来之后,不但全国轰动,国外的那些企业也很震惊,他们之前就算是看不起中国的企业，但是这件事情还是给了他们心理上巨大的压力。"

岑永初冷笑道："光让他们有压力有什么用，现在这个项目都要搁浅了，如果不继续研发的话，就算我们现在取得了这样的成绩，也只是个笑话。"

父亲站起来伸手拍了拍他的肩："你这想法有点过激了，你们能造出这种时速和动力的电力动车，就足以证明你们的实力。经过这一次的事情，我相信你们在技术上会有长足的进步。如果在这个基础上，能让国外的公司把他们的技术转让过来，你觉得会不会对你们的研发有更大的帮助？"

岑永初的眼里满是震惊："让国外公司把他们的技术转让？这怎么可能！远的不说，单说我之前在日本山崎上班的时候，因为我是中国人，他们防我像防贼一样，那些重点文件，完全不让我接触。"

岑父的眼睛微微一眯："以前是以前，现在是现在，你在山崎的时候只是一个人，往后可能是部里出面，还可能是国家出面，性质是完全不一样的。"

岑永初定定地看着父亲，父子两人四目相对，岑永初轻叹了一口气，心里远没有父亲那么乐观。

父亲看到他这副样子倒笑了起来："永初，之前我看到你们自主研发的动车达到时速三百多公里的时候，我为你们感到骄傲，不管最后部里是什么决定，你们都做得很好。"

岑永初问："爸，这事你能想办法干预一下吗？我不想让项目搁浅。"

父亲摇头："这事我现在能做的很少，以我一人之力也不可能改变整个局面。"

岑永初的心里有些发闷，现在结果还没有出来，事情却基本上已经定了。

父亲看着他说："这些事情你就不要去管了，去陪小鱼儿吧！"

岑永初听到这话有些意外，父亲平时一直忙工作的事情，对他的私事从不过问。

父亲冲他挤眼睛："我天天听你妈唠叨，实在是烦，你早点把小鱼儿娶回家吧！"

岑永初笑了笑："好！"

他也想早点结婚，只是这事不是他急一急就能急来的，回头还得跟施梦瑜好好商量。

从岑家离开的时候，施梦瑜问岑永初："电力动车的项目是不是搁浅了？"

岑永初愣了一下，施梦瑜轻撇了一下嘴："还想瞒着我？你和岑叔叔在楼上说的话我都听见了。"

岑永初伸手刮了一下她的鼻子："你真是长了顺风耳啊！偷听的本事还和以前一样，一等一地厉害！"

37 一切从严

岑永初和父亲在楼上说话的时候，施梦瑜刚好去洗手间，当时他们说话的声音虽然不算大，但是屋子里没人说话，所以她就听清楚了。

施梦瑜把他的手推开，瞪了他一眼："你还笑话我。"

岑永初顺势拉住她的手："我这不是笑话你，是很佩服你，只是我和我爸除了说这事之外，还说了其他的事情，你怎么看那件事？"

施梦瑜立即装傻："你们后面还说其他的事情吗？我当时一听到电力动车项目搁浅了，就心神不宁，什么都听不见了。"

其实，她听见岑父让岑永初早日把她娶回家的话，但是这事她才不会承认她听到了，他连婚都没有求，让她跟他提起结婚的事，门都没有。再说了，她年纪还小，还不想结婚。

岑永初和她从小一起长大，她是什么心思他一眼就能看穿，只是在这种事情上，他也不会揭穿她，便笑着说："没听见就没听见吧！要不我亲自跟你说？"

施梦瑜就有些慌了，四下看了看："呀，今天风好大，你接下来说的话我可能一个字都听不见了。"

岑永初听到她的话有些哭笑不得。行吧，她现在不想跟他说这事，那么下次再找机会。

而此时关于八方车辆厂研制出来的新型电力动车的事情，经过专家组的仔细分析，结果已经出来了，众专家的意见是：八方车辆厂的新型动车比起之前的电力机车而言，在技术上有很大的突破。采用计算机控制面板就是其突破点。

但是也有着明显的不足,比如说现有的重要零部件,国内根本就生产不出来,都是外购的。外购的零件从本质上来讲,质量就不由他们掌控,这一次出问题的零件就是外购的,检查结果也出来了,那根轴承的品质不达标。再拿舒适度和生产工艺来比,和外企还有着巨大的差距。最后也是最重要的一点,就是动车的动力系统的分布差距极大,八方车辆厂的动车设计的动力系统,是前拉后推的模式,都集中在车头,和国外动力系统分散布局完全不同,这种设计一旦出了故障很可能就是毁灭性的。

所有的一切都表明:八方车辆厂生产的电力动车从成熟度和可靠性方面来讲,远不如国外企业生产的动车。

方总工听到这些就已经能预料到这个项目的前景,他据理力争:"我们研发电车动车项目的时间还短,这些问题只要给我们一些时间就一定能解决。"

有专家就问:"我们也相信时间是能解决这些问题,但是现在我们还有多少时间?"

这个问题方总工无言以对,后面他们再说什么他都听不下去了。最后部里的领导决定给铁路干线提速,部里先从国外采购一批动车,先将这些动车投入使用,当然,研发的工作也不能停。

方总工虽然之前早就料到会有这个结果,但是真的当结果公布的时候,他的心里不是滋味。部里先从国外采购动车,就意味着他们设计的这款动车不会投产,也不会投入使用。

他带着这个消息回到八方车辆厂的时候,甚至不知道要怎么把这个结果告诉前段时间夜以继日研发动车的工程师们。

他一回来,就把自己关在办公室关了一天,到下午快下班的时候宋以凤敲开了他办公室的大门。

他苦笑一声:"你怎么知道我回来了?"

宋以凤回答:"你回来的时候我就看到了,部里的结果出来了?不太好?"

他说完看向方总工桌上的烟尘缸,平时方总工很少抽烟,只有遇到烦心事才会抽,这一次抽了这么多,足以表明方总工心里十分苦闷。

方总工对于自己一手提拔出来的宋以凤是放心的,这种事瞒不住,他也没打算瞒,便说:"也不能算是不太好,意料之中罢了。"

宋以风在方总工的对面坐下,从烟盒里抽出一根烟,他点燃之后抽了一口,觉得更烦,直接就把烟掐灭了。

方总工看到他的样子倒笑了:"走吧,召集大家开会,把这个消息公布了吧!"

宋以风的反应让他明白了一件事情,八方车辆厂是一个整体,不管是好消息还是坏消息,都需要一起面对,而这事也不能算是绝对的坏事。

在会议上,方总工讲了评估会上专家的建议,同时还有部里的规划。

他说:"虽然我们现在造出来的电力动车还有这样或者那样的问题,部里也决定先从国外采购一批动车来先投入使用。但是部里同样迫切地希望我们自主研发的动车能行驶在祖国的大地上,就算这一次我们研发失败了,我们以后还有机会参加部里的招标。"

这件事情研发部的众人之前就有心理准备,最近再经过一系列的调整,此时听到最终结果虽然有沮丧,但是知道这事已经成了定局,他们除了面对,并没有更好的法子。

方总工看到他们这样的反应,有些出乎他的意料,他笑了笑:"看来这段时间小宋和小施给大家的思想工作做得不错,大家有什么想法?"

周飞扬最先说:"我想问一下,电力动车的项目我们还要继续吗?"

方总工点头:"当然要继续,虽然我们上次研发出来的动车出了问题,但是也取得了非常不错的成果,就此搁置,不是我们八方研发部的做事风格。"

众工程师听到这事先松了一大口气,只要不是停止这个项目,这事他们就都能接受。

他们知道自己现有的技术和国际上一流水流的电力动车研发公司是有着差距的,只有继续深入研发,才有机会赶超。

虽然之前宋以风跟他们说过这些事情,但是方总工这么一说,才算是让他们都吃了定心丸。

雷运来则问:"我们上次研发的电力动车,主要问题出在进口的轴承上,如果我们继续研发的话,工艺上没有问题,怎么避免这种零部件出问题的事情?"

38　开始准备

方总工回答:"解决这事只有九个字——严格把控零部件品质。"

至于如何把控零部件的品质,方式很多,说到底,就是从严要求,从严检测。

岑永初对这事的看法更透彻一些:"八方车辆厂在1983年就跟日本的山崎重工签订了友好协议,这些年来关系也算密切。我有一个想法,既然现在部里要从国外采购一批动车,山崎公司应该能中标,我们可以利用这一次的机会和山崎合作,或许能在技术上有大的突破。"

方总工看向岑永初的眼神添了几分欣赏:"小岑说得非常有道理,我们对山崎公司很熟悉,既然和外资合作是必然的事情,那么不如找个自己最熟悉的公司。"

这事从某种程度上讲,岑永初和他想到一块去了。

宋以风更倾向于跟欧美的公司合作,只是依照现在的实际情况,他觉得山崎确实更合适一些,只是要促成这事并不是一件容易的事。

他看向岑永初:"岑工之前在山崎上过两年班,跟那边应该很熟悉吧,要不这件事情就由你来处理?"

岑永初看向方总工,方总工点头,岑永初确实是最合适的人选。

岑永初便说:"既然方总工同意,那这件事情就交给我处理。"

施梦瑜则问:"方总工,部里第一次招标在什么时候?时间定下来了吗?"

方总工回答:"应该是在明年年初,具体时间还没有正式定下来。"

施梦瑜在心里算了一下时间,现在已经到年底了,他们就算是加班加点地研发,也不可能赶得上这一波,且在没有国外技术支持的前提下,他们在这么短的时间内在技术上也不会有大的突破。

她便又问:"明年初招标的动车规格定下来了吗?"

方总工看着她说："我回来的时候初步定下来了，部里的领导考虑到我们现在快速铁路线路的具体情况，应该会先采购时速两百公里的动车组。"

时速两百公里的动力组指的是稳定运行的速度为200km/h以上，这个数据比之前部里下达的250km/h要略低一些，但是这些动车的冲刺时速应该都会接近300km/h。

宋以风想了想后说："能稳定安全地达到这个时速的国外公司并不算少，山崎也在这里面，他们应该会竞标。"

竞标这事，从本质上来讲，知道得越早，就有越多的时间准备，中标的可能性就会越大。

岑永初点头："现在日本新干线700系列的动车最快运行速度是285km/h，如果山崎重工竞标的话，我觉得可以想办法促成700系列的动车成交。"

方总工笑着说："你了解山崎公司，这事或许可以试试。"

岑永初的心里已经有了初步的计划。

施梦瑜一看到他这副样子，就知道他又在谋划着什么。她虽然觉得这一次投标八方失去了资格有点遗憾，但是她觉得方总工说得很对，他们只要在技术上突破了，性能稳定了，他们以后就有中标的机会。

而以目前国内铁路的数量和需求量而言，让他们研发的动车行驶在祖国的大地上，还有很多的机会。

与山崎合作，从本质上来讲，对八方车辆厂整体的研发水准有益无害。

她真正着急的是郑国勤的身体情况，也不知道他能不能等这么久，就目前的情况而言，压在她身上的压力很大。

散会后，岑永初便开始着手和山崎重工沟通的准备资料，虽然八方车辆厂和山崎重工这些年来一直有合作，关系也还不错，但是之前的那些合作和这一次的合作比起来实在是不算什么。

这一次涉及的东西更多，包括技术层面的，从商业的角度来看，他们未必会愿意。

施梦瑜见他在忙便过去问："有我能帮忙的吗？"

岑永初将资料夹打开，说道："你帮我对比一下这些数据。"

施梦瑜有些好奇地问："这是一些性能参数，现在我们打算和山崎深度合作，准备这些东西做什么？"

岑永初回答："我们既然是要和山崎深度合作，那么就要找到能打动他们的点，不能让他们小看了我们，当然，我们也不能显得太过自大，所以相关材料的准备就很重要。"

"山崎研发部的总工小田次一郎是个非常高傲的人，同时也是一个很好学的人，他这样的人，一般情况下有点目中无人，要打动他，让他拿出干货来并不是一件容易的事情。"

施梦瑜有些意外："我还以为你会从他们内部的某位研发人员下手，没料到你这是打算直接从他们的老大下手，岑工，你这手笔有点大啊！"

岑永初说："既然要深度合作，那么就得想办法知道他们最重要的东西，要不然也就失去了这一次合作的意义。"

施梦瑜对他竖起大拇指："你的考虑一如既往地周全，我佩服得五体投地！"

39　请夸夸我

岑永初做事一向十分稳妥，从来不打没把握的仗，他既然在会议室里答应方总工由他去跟山崎公司联络这件事情，那么他就会想办法做好。

在他给小田次一郎打电话之前，他做了很多的准备工作，还跟之前在山崎上班时关系走得比较近的日本同事联系过，从他们那里侧面打听小田次一郎的情况，以及山崎公司最近的动态。

他做好了充足的准备后，才给小田次一郎打电话。

因为八方和山崎一直都是友好合作的关系，再加上岑永初做了大量的准备工作，他在山崎上过班，现在又是八方研发部的骨干，他本人又聪明，这一次的电话也打得相当有技巧性，整个通话过程是相当愉快的。

这一通电话他并没有说太多的东西，只告诉了小田次一郎以后八方的研发部由他来对接，期望以后能有愉快的合作，小田次一郎骨子里高傲，但是表面上还是让人觉得很亲切好说话。

岑永初给小田次一郎打完电话后，就拿出纸笔把刚才听起来只是寒暄的话做了一下划分，从里面提炼出来了一些信息，再根据这些信息做出了一些基本的判断。

然后他又给山崎研发部的副总工打了一个电话，这一次依旧是寒暄，顺便感谢他在山崎上班的时候那位副总工的关照。

他感谢完之后又跟副总工讨论国际电力动车的发展方向，畅想着未来。

如今的节奏越来越快，两人一致认为电力动车一定会朝着快捷、便捷、舒适的方向发展。

那位副总工听到这话想起了一些事情，中国这些年的发展速度，全世界有目共睹。

山崎和八方的合作可以追溯到20世纪80年代，他们之前为八方提供过技术方面的支持，说到底，他们其实也是有私心的：扩大他们在机车市场的份额。

如今八方的研发水平不算低，毕竟他们之前已经研发出来了一款电力动车，虽然因为某些问题没有投产，但已经能代表他们拥有研发能力，只是技术还不太成熟。

他很快就弄明白了岑永初打这个电话的目的：山崎要不要为八方的电力机车研发工作锦上添花。

打完这个电话的时候，副总工其实心里已经有了答案。

在年中的时候，副总工就听公司市场部经理分析，说中国将会在最近几年大批量采购电力动车。

山崎一直在网上关注相关消息，分析相关动向，他们的智囊团队猜测中国铁道部将会在最近几年招标。

此时八方如此积极询问与技术有关的事情，他觉得和招标的事情脱不了关系，和八方合作或许是将来他们在招标中胜出的最好契机。

他挂完电话后，立即去找小田次一郎，将他的分析说给小田次一郎听。

小田次一郎仔细想了想后说："如果我们的分析是对的，那么这一次和八方的合作绝对是个机会。"

副总工深以为然，说道："我们和八方之前其实一直都有技术层面的合作，只是那些合作相对来讲比较简单,但是这一次听岑永初的意思,似乎是想让我们提供更深一层的技术合作。"

小田次一郎沉声道:"关键技术肯定不能给他们,其他不是那么重要的技术可以慢慢给他们透一点。"

两人相对一笑,在这件事情上达成共识。

岑永初打电话的时候,方总工和宋以风都在旁听着,他们的日语水平都不低,能听懂岑永初和对方的对话。

他们最初不太明白他为什么要给那位副总工打电话,等他把电话挂掉之后他们就明白了。

宋以风看着岑永初说:"岑工,以前真没发现,你居然这么狡猾。"

岑永初先和小田次一郎说了以后由他对接山崎,小田次一郎的话说得虽然客气有礼却透着疏离,话里话外的意思都是让岑永初以后有事和下面的副总工联络就好。

岑永初发现小田次一郎并没打算跟他好好聊天,就果断挂了电话,干脆选副总工作为突破口。

那位副总工知道中国这些年来一直在研发电力动车,但没有太大进展,中国没有能力造出自己的电力动车,肯定会外购。

他拿出中国地图,用笔标了标,中国疆域辽阔,如果整个铁路都改造提速的话,需求量十分惊人。山崎公司哪怕将来只拿下十分之一的订单也十分可观。

他的思想就更加活络起来,立即去找小田次一郎商量如何在中国未来的电力动车招标中拿到更多的市场份额。

岑永初淡声说:"宋工说笑了,狡猾这个词是贬义词,你应该用聪明之类的褒义词来夸我。"

宋以风白了他一眼:"你这是跟小施谈恋爱恋久了,把她的那一套说话的方式学来了,真是近墨者黑,只是她喊我喊师父,你是不是也该跟着她一起这样喊我?"

岑永初微微一笑:"要不宋工帮我劝劝小鱼儿,让她早点跟我结婚,等我们结婚之后,我喊你师父,就是真正的名正言顺了。"

宋以风觉得岑永初真是不一般,这种话居然能说得如此的理直气壮,让他去劝施梦瑜嫁给岑永初,简直莫名其妙。

他皮笑肉不笑地说:"你这么想名正言顺地喊我师父啊?那你可得加油了。可千万别得意忘形,让别人有机可乘。"

岑永初满脸淡定:"多谢宋工关心,我不会让这种事情发生的。"

如岑永初所料,没过几天,小田次一郎的电话果然打了过来,相对于上次岑永初给他打电话时他的温和疏离,这一次他显然要热情得多。

岑永初在接到小田次一郎的电话时,悬在半空的心就彻底落了地。

他就知道山崎也在关注国内市场,关注八方的研发情况。

只是这一次山崎和八方要如何合作,合作到什么地步,那得看他们的交涉情况。

山崎想以八方作为拿下招标的突破口,八方则想要山崎电力动力的研发技术。

从本质上来讲,他们是各取所需,他们心里都有自己的一杆秤,但是这也不妨碍这一次整个通话过程的愉快。

小田次一郎笑着说:"岑先生做事很是有趣,我非常期待以后和八方的深度合作。"

岑永初也笑着说:"小田先生学识渊博又风趣幽默,能跟您合作是我的荣幸。"

挂完电话后,小田次一郎看了一眼摆在他面前岑永初的资料,他笑了笑:"聪明的中国人。"

单看岑永初的个人资料,哪怕是放在人才济济的山崎重工也依旧很出色,这样的一个人,让他感觉到了一些压力,因为他知道只要给岑永初透露一点关键的技术参数,岑永初就能参悟很多。

正在此时,小田次一郎的秘书拿着一张传真走了进来,这张传真是八方车辆厂发过来的,内容是讨论某个研发数据。

小田次一郎看到上面的内容时轻轻皱了一下眉,这么快就把技术问题抛了过来,看来八方在研发上确实遇到了不少问题。

40　真的好学

要如何跟八方在技术上合作,这事小田次一郎之前就已经想好了。

他的电话又响了起来,是岑永初打过来的,这一次岑永初就是单纯的问传真上的某个技术参数。

小田次一郎的手指轻轻敲了敲桌面,笑着说:"岑工真的很好学啊!"

岑永初的语气听起来很温和,态度也好:"小田先生过奖了,我们厂现在在做技改,有些精确的数据第一次做,难免就有些吃不准。我之前在山崎的时候就盼着能得到小田先生的指教却一直没有机会,这一次还请小田先生不吝赐教。"

小田次一郎笑着说:"山崎和八方已经合作快二十年了,八方的成长我们有目共睹,如今八方的研发部有岑先生这样的青年才俊,以后在技术层面肯定会更上一层楼。"

岑永初微笑着说:"多谢小田先生的肯定,我们一定会努力的,我也盼着山崎重工能在部里的招标中胜出,到时候请小田先生到八方来指导我们的工作。"

挂完电话的,岑永初拿到了他想要的参数,小田次一郎认为山崎可以把八方作为突破口,等待正式招标文件公布。

小田次一次隔着无线波都能感觉得到八方研发电力动车的决心,再加上之前副总工的分析,他在心里做了一个基本判断,那就是招标大概率会在明年的上半年举行。

他想了想,打电话给市场部,让他们从现在开始为招标的事情做准备。

早一天做准备,他们的就能多一分胜算,一时间整个山崎的市场部忙成一团。

宋以风全程观看了岑永初这一次的操作,虽然他现在看岑永初有点不顺眼,但是他也不能否认,岑永初和小田次一郎的这一场心理战玩得非常好。

他们这一次其实是想让山崎中标的,因为与其和国外其他不太熟的企业合作,还不如跟相对熟悉的山崎合作。

岑永初一反常态,并没有表露出这一层的意思,而是把消息巧妙地传给了山崎,让他们早做准备。如此一来,既达到了他们的目的,也让山崎那边承了八方车辆厂的好,最大程度为八方车辆厂争取利益。

他少不了对岑永初冷嘲热讽:"岑工大才,你这么优秀,留在研发部有些屈才了,我觉得你要是去市场部,一定能为八方拉来更多的订单。"

岑永初还是一如既往地淡定,慢慢说道:"订单这东西从来不是靠嘴哄来的,而是用绝对的实力赢来的。就算我现在是在研发部,我也一样能为八方带来更多的订单,怎么,难道宋工对八方没信心?"

宋以风斜斜地看了他一眼:"我当然有信心,岑工虽然说得没有错,但是我还是为岑工感到可惜。"

岑永初的眉梢微微上挑:"多谢宋工的一番好意,如果宋工想要提升这方面的能力,我可以无条件帮你。"

宋以风瞪了岑永初一眼。

研发部每天都很繁忙,所有人每天的工作任务都排得满满的,上次的研发失败,并没有打击到研发部的众人,反而激起了他们强烈的斗志。

他们都盼着能让我国的铁路上早日出现他们自主研发的电力动车,接下来的时间里,他们每天都在思考怎样攻克技术上的难题,之前的设计,还有哪些缺陷和不足。

这段时间,岑永初和小田次一郎的联系十分密切,联系的次数多了,对彼此也就熟悉了起来,对方也就不再是之前存在于资料里的某个人,而是一个活生生的有血有肉的人了。

他们有时候也会说起一些生活上的事情,小田次一郎工作上是个严谨的工程师,生活上是个好丈夫,只是他至今膝下无子女,除了工作,也没有什么兴趣爱好,再加上他有些高傲的性格,朋友也不多。

和他相处,抛开讨论技术上的参数,其实是有些沉闷的,岑永初平时性子有点冷,遇到这种沉闷的人,他以己度人,能很快就知道对方的心思,以至于他们之间的沟通从来就没有冷过场。

施梦瑜自从进到八方车辆厂后，就参与了整个电力动车项目。她在这个过程中进步极大，整个人就像块海绵一样，疯狂地吸收着各方面的知识。

这段时间重新整理电力动车的所有资料时，她把所有不会的东西全部过了一遍，既能查漏补缺，还能让她对整个电力动车有了更加清晰的认识。

她好学上进，很快就从年轻的工程师里脱颖而出，她不但学习自己本专业的东西，还会跟着其他工程师学习其他学科的知识，就连周飞扬，也被她拉着问过很多专业的问题。

她的问题太多，周飞扬又是个跳脱的性子，以至于后面一看见她掉头就跑。

宋以风一直在观察她，对于她的好学他很是欣慰，却又有些无奈，她再这样下去，用不了多久，他就没有什么东西能教她了。

方总工则在观察整个研发部的人，他对他们的状态看得很清楚，自然也就看到了施梦瑜的努力。虽然在这个领域里，男性比女性更有优势，但是这种事情并没有绝对，他希望八方的每一个年轻工程师都能快速成长。

很快就要过年了，厂里也要放假了，施梦瑜也通过了她漫长的实习考核期，宋以风作为她的直系主管，给了她优加的评级，方总工也给了她优加的评级。

这么高的评级，自从八方车辆厂建厂以来，是十分罕见的。

方玉梅看着贴出来的考核表，长长地叹了一口气："说句心里话，我看到这个成绩是有点羡慕的，但是仅仅是羡慕，却嫉妒不起来。"

李伊若想起自己当年的良减的评级，也叹气："真的是一分耕耘一分收获，小施那么勤快，我那么懒，我就更加嫉妒不起来了。"

周飞扬则在那里起哄："恭喜小施满分通过实习期，这真是一件可喜可贺的事情！这么高兴的事情，怎么能不请客吃饭？"

雷运来在旁拆他的台："你是不是傻？明天就放假，你买的是今天下午六点的火车，你再不回宿舍收拾东西，就要赶不上火车了。"

周飞扬拍了一下脑袋："我差点忘记这事了！回我家的车次少，一天就一趟，我得赶紧收拾东西了。"

41　最可爱了

听着雷运来和周飞扬的对话，施梦瑜笑着说："正因为这样，大家要努力啊！早日研发出动车来，增加班次和运力，这样大家以后回家就会更加方便。"

周飞扬附和道："我现在就盼着去我家的班车增多一点，我不求一天十趟八趟，至少有个三四趟吧，这样我也能选一下时间，也许还能蹭一下小施的饭！"

雷运来催促道："你别惦记着小施的饭了，赶紧回宿舍收拾东西吧！万一去火车站的路上堵车，你就得哭了。"

周飞扬一脸的无奈。

施梦瑜看到他的样子有些好笑，说："我考核通过的事情是喜事，要不这样吧，等过完年之后，人齐的时候我再请大家吃饭。"

周飞扬欢呼一声："我就知道小施最可爱，最善解人意了！"

他说完还想来抱一下她，还没靠近就感觉到一道冰冷的目光朝他射了过来，他一看是岑永初，立即把抬起来的手抬得更高一点，假装去挠头。

众人哈哈大笑起来，施梦瑜也有些忍俊不禁。

施梦瑜不想那么急，回她家的火车也比回周飞扬家的多，所以她定的是第二天上午十点的车票。

今天研发部里没有人加班，大家都珍惜这难得的假期，厂里的子弟们不用赶火车，方玉梅便把施梦瑜和岑永初一起叫上去她家吃饭。

方总工叫了宋以风，宋以风的家离八方车辆厂不远，他也是明天回去。

厂里给方总工分的是一套三居室，屋子里装修很简单，收拾得干净整洁。

他们一来，不大的客厅便挤得满满当当。

方总工在自己的家里显得更加平易近人，一看到他们来了，就招呼他们吃东西。

方玉梅则拉着施梦瑜去了她的房间，展示她亲手勾织的帽子围巾，还让施

119

梦瑜从中选一件。

施梦瑜实在是没有想到平时看起来有些高冷的方玉梅居然还有这么贤惠的一面，那些东西钩织得十分精巧，搭色也很好看，图样更是精致，满满的少女心。

她对方玉梅竖起大拇指："以前真没看出来，你居然还有这样的绝活！以后谁娶到你，真是有福了。"

方玉梅笑吟吟地说："我也这么觉得。"

施梦瑜最后挑了一顶勾着米奇图案的帽子，方玉梅索性又送了她一双同色的手套。

两人正聊得开心，忽然听到外面传来哭声，施梦瑜打开门一看，便看见一个约莫三十岁、打扮十分时尚的女人坐在方家的沙发上对着宋以风哭。

方玉梅一看见那女人脸色就变了，说道："表姐，你什么时候回国的？"

表姐？施梦瑜瞪大了眼睛，有些意外地看向方玉梅，她轻轻点了一下头。

于思思抹了一下眼泪，轻声说："我刚回来，玉梅，你比之前看起来漂亮了不少，你现在和以风在一起了吧？"

她这一句话立即让原本就有些尴尬的气氛更加尴尬，方玉梅的脸涨得通红："表姐，你胡说什么呢！"

于思思抹了一下眼角说道："你喜欢以风的事情大家都知道，你和以风要是没在一起的话，他现在也不会在你家，你放心吧，当年的事情已经过去了，我不介意的。"

方玉梅的脸色更加难看了，宋以风腾地一下站了起来："于思思，你闭嘴！"

于思思泫然欲泣。宋以风的脸色铁青，对方总工说："我和于思思出去说几句。"

他说完也不管于思思是否同意，拽着她就往外走，方总工的脸色也不太好看，没有拦他们。

方母刚才一直在厨房里忙，不知道发生了什么事，此时有些茫然地问："这是怎么了？"

方总工看了她一眼："你去做饭吧！"

方母有些狐疑地看了众人一圈，就又进了厨房。

方总工笑着说:"小岑,听说你很会泡茶,我前几天买了些好茶叶,刚好试试你的手艺。"

岑永初虽然不知道中间的原委,但是他一向聪明,更不会让方总工难堪,当即便说:"好!"

方玉梅有些心神不宁,施梦瑜轻捏了捏她的手,摇了一下头。

于思思今天过来摆明了来者不善,当年的事情毕竟方玉梅理亏,宋以风现在把于思思拉出去,那就是让他们自己去解决,方玉梅要是跟下去的话,只会把事情弄得更复杂,她自己也会更加难堪。

这些道理方玉梅也懂,只是她的心里终究有些不安,整个人就有些魂不守舍。

施梦瑜索性拉着她去喝茶,说着俏皮话转移她的注意力,只是效果并不明显。

没一会方母便把饭做好了,宋以风也给方总工打来电话,说他今天临时有点事,不能在家里吃饭了。

方总工也没有多问,只说让他去忙,改天再来家里吃饭。

方母想给于思思打电话,却被方总工用眼神制止了。

施梦瑜在旁岔开话题,指着一桌子菜说:"哇,阿姨的厨艺真好,这些菜一看就色香味俱全!"

她这么一说,方母便笑了起来,招呼他们过来吃饭。

施梦瑜本身就是个招人喜欢的人,当她刻意去缓和气氛的时候,就更加招人喜欢了,饭桌上的气氛一直都极好。

而他们直到吃完饭,也没有再看见于思思进来。

施梦瑜轻声对方玉梅说:"过去的事情已经成了过去,你就不要再自责,当年的事情你也许有错,但是你表姐也做出了她的选择。"

她说完抱了抱方玉梅:"对我来讲,不管你是对是错,在我的心里,你是我的好朋友,我就站在你这边。"

方玉梅原本觉得今天这么尴尬的事情被她撞见了,她会看轻自己,没料到她说会站在自己这一边。

方玉梅轻声说:"谢谢!"

42　想要结婚

施梦瑜冲方玉梅眨眼睛,说道:"都说了我们是好朋友,就不要说'谢'这个字,再说了,我今天什么都没有做,当不得你这一声谢。"

方玉梅的眼圈微微泛红,轻声说:"小鱼儿,有你这个朋友可能是我这一生最幸运的事。"

施梦瑜和岑永初离开方家的时候她心里还有些不安,她轻声说:"我总觉得玉梅的那个表姐不是什么好人。"

岑永初看了她一眼:"不管她是好人还是坏人,我们都不好插手他们之间的事情,这种感情纠葛,外人是不能介入的。"

施梦瑜觉得他的话是对的,但还是叹了一口气。岑永初便又说:"你要是真有空的话,不如想想我们之间的事。"

"我们之间能有什么事情?"施梦瑜一脸的莫名其妙。

岑永初轻咳一声说:"小鱼儿,你晚上一个人睡觉的时候有没有觉得孤枕难眠?有没有一点点想我?"

岑永初扭头看着她,她心里有些紧张,便用上了她的另一个技能——胡说八道。

她笑眯眯地说:"我们天天见面,要想你了随时都可以去见你,你的宿舍就在我的宿舍隔壁,忽略掉那堵墙,我们就约等于睡在一个房间里。"

他拉着她的手看着她的眼睛认真地说:"小鱼儿,我想和你结婚。"

施梦瑜"啊"了一声,装作很意外的样子说:"啊!我们从小一起长大,我把你当哥哥,你也太坏了吧!"

好好的气氛被她这一句话破坏得干干净净,他伸手摸了摸口袋里的求婚戒指,一时间不知道要不要拿出来。

施梦瑜此时其实很紧张,便开始东张西望地缓解自己紧张的情绪,只是她这一看，还真看到了意想不到的一幕：远处的一个角落里，宋以风和于思思站在那里，也不知道在说些什么，两人的情绪似乎都有些激动，然后她看见宋以风扬手就给了于思思一巴掌。

施梦瑜的那点紧张刹那间全被好奇取代，她瞪大了眼睛。

在她的心里，宋以风虽然平时骂人很厉害，对他们这些工程师挺严厉的，但是做事是很有分寸的，哪怕是对周飞扬也顶多用鄙视的眼神看一眼，从来不会动手。

他今天居然会动手打于思思，这事简直太不可思议了！

岑永初也看到了这一幕，慢慢说道："宋工看起来很生气。"

"再生气也不能动手吧！"施梦瑜轻声说，"更不要说他打的还是女人。"

岑永初不想介入宋以风和于思思的感情纠葛中，他只想早点把施梦瑜娶回家，只是今天的气氛先是被她破坏了，紧接着又看到这一幕，口袋里的戒指今天怕是送不出去了。

他拉着施梦瑜的手说："我们走吧，要是被宋工发现我们看到了这一幕，他只怕会更尴尬。"

施梦瑜跟着他离开，却问他："永初哥哥，你打女人吗？"

岑永初每次听到她喊他哥哥的时候，都有一种头皮发麻的感觉，因为她每次这样喊的时候下一句就会给他挖坑。

他懒得说话，一把将她打横抱起，把她吓了一大跳，下意识地搂着他的脖子，说道："你干吗？"

岑永初看着她说："我不会打女人，我只会抱女人。"

这种答非所问让她的心里不自觉地泛起甜蜜。

岑永初又说："当然，如果被逼急的时候，我还会用自己的嘴去堵你的嘴。"

施梦瑜立即伸手捂住了自己的嘴，岑永初的嘴角不自觉地微微上扬，今天总算是没掉进她的坑里。

在他上楼的时候，施梦瑜往宋以风和于思思的方向望去，此时宋以风已经扭头朝厂区外走了，于思思坐在地上似乎在哭。

她觉得这事有些不对，如果是按方玉梅之前说的那样，那么宋以风应该是很爱于思思的，就算于思思嫁人了那也应该是宋以风心的"白月光"，怎么着都不应该动手，也不应该是今天这么冷淡疏离的样子。

如果李伊若在的话，估计能补充十个八个的情节，再加上一堆的八卦推理。

而施梦瑜此时的好奇和不解，无法得到任何所谓的合理解释，这事她也就只能随便想想。

第二天她就由岑永初陪着回了家，一看到人山人海的火车站，她心里最后的那丝关于宋以风和于思思关系的推理便抛到九霄云外了。

她原本觉得岑永初送她回家有些大惊小怪了，而当她真正直面春运的时候，才发现之前上学时寒暑假回家的场面和这场面比起来，实在是不算什么，她就觉得有岑永初送真的很好。

春运期间，火车上人多，空气流通不畅，有各种味道。等施梦瑜下车的时候，鼻子里才闻到，新鲜空气。

她拉着岑永初说："过完年，我们要加紧研发的工作，早日把动车研发出来，增加班次，然后再来个禁烟令，杜绝车厢里抽烟！"

他赞同地说："你说得对！"

施梦瑜叹气道："希望我们都能再厉害一点，早日研发出动车。"

43　你还有我

岑永初温情地说："别的不说，至迟明年春天动车的采购事宜能定下来，就算我们的产品还没有研发出来，至少能先用上动车，把速度先提起来。"

施梦瑜此时才有些明白部里的领导为什么会那么着急了，以前她对这事感触有些深，却都不如这一次深。

越是这样，她就越是着急。

造出自己的动车，似乎已经是迫在眉睫的事情了。

施梦瑜带着岑永初回家，施母非常高兴，她买了一大堆菜要给两人做好吃的。

124

上次两人吵架的事让施母无比担忧，现在终于可以放心了。

她趁着岑永初去找郑国勤的时候，偷偷地拉着施梦瑜问："误会都解开了？"

施梦瑜有些不自在地说："没有误会，是他做事不厚道，我大人有大量，不跟他一般计较。"

施母太清楚自家女儿的性子，此时也不点破，便说："那是，我家小鱼儿一向肚量大，才不跟永初那个臭小子一般计较。"

施梦瑜听到这话倒有些心虚，朝施母笑了笑。

施母又说："虽然这错都是他犯的，但是也不能总揪着不放，你们也都长大了，不是小孩子了，不能一生气就拿扫帚打人。"

施梦瑜轻咳一声，装作不想听的样子直摆手，"知道了，知道了！"

施母笑了笑，伸手点了一下她的额头，接着说："都这么大的人了，还这么调皮。你们现在和好了，有没有想过结婚的事？"

施梦瑜撇嘴："妈，你就这么想把我从家里赶出去啊！我还想再多陪你几年呢！"

"你得了吧！"施母拆她的台，"说留在家里陪我，一年也见不到你几回，之前不是忙着学习就是忙着做课题，你这样子嫁不嫁人对我真没什么影响。"

施梦瑜伸手摸了摸鼻子。

母亲看着她说："你和永初从小一起长大，知根知底，你岑叔叔和乔阿姨都喜欢你，你和永初结婚就相当于多了几个人照顾你，我很放心。"

施梦瑜嘟着嘴说："我都长大了，早就能自己照顾自己了！"

母亲的语气温和了些，"我当然知道你是个独立的女孩子，但是独立和身边有个关心你的人，并不冲突。"

施梦瑜愣了一下，母亲又有些感慨地说："你还小，以后的路还很长，总会有脆弱和生病的时候，身边有个人相扶相携，就不用担心前路艰难。"

施梦瑜知道母亲这是又想起父亲了，而父亲从本质上来讲并不是个负责的男人。

她靠近母亲，说："妈，你还有我呢！"

施母伸手轻摸了摸她的脑袋，笑了笑："妈这辈子最幸运的事情就是生了你。"

125

母女两人相对一笑，避开父亲的话题不谈。

施梦瑜已经有好几年没有见过父亲了，父亲出国前在母亲的坚持下离了婚，从那之后，基本上就没什么音讯，这些年父亲对他们母女也不闻不问，她如今想起他的次数越来越少。

她听到隔壁传来郑国勤的骂声："你这小子瞎算什么？这数据不对。"

她忙走了过去，就看见郑国勤一手叉着腰，一手指着岑永初的鼻子凶巴巴地训斥："就你这水平，居然还想着造动车。你简直就是拖累。"

岑永初跟郑国勤讲道理："郑爷爷，你这话有点不对，我这数据是最新计算出来的风阻系数，配上最先进的设备，一点问题都没有。"

郑国勤气哼哼地说："我说你是错的，你就是错的！"

他一扭头看见施梦瑜，对她招了招手："小鱼儿，你过来，你把我之前教你的计算方式算给这小子看！这小子学了点皮毛就以为自己很厉害！完全不听人劝！"

施梦瑜有些意外，郑国勤今天居然一下子就认出了她，立即站在他这一边，便说道："外公说得对，就是他错了！让他改！"

岑永初一脸无奈。

郑国勤哈哈大笑："还是我外孙女最懂我，小子，赶紧改。"

岑永初对他们拱了拱手："两位高人，是我错了，我现在就改。"

郑国勤满意地点头："这还差不多。"

于是这一下午，郑国勤都让岑永初在算动力方面的数据，他时不时地就会过来给他做调整，说哪里有问题，让他改过来。

施梦瑜在一旁偷笑，郑国勤现在很多事情都不记得了，设计动车的思路却依旧很清晰，只是有些数据他都是凭着残存的记忆在运算，有些凌乱，岑永初被他训得摸不着头脑。

他刚开始还会辩解一下，后面索性不再辩解，郑国勤说什么就是什么。

施梦瑜还是第一次看见有人这样训岑永初，觉得挺新鲜的，在旁看了一下午的笑话。

直到施母喊他们过去吃饭的时候，郑国勤才放了岑永初，他扭头看见施梦瑜在笑，他也跟着笑了起来。

郑国勤折腾了一下午，比平时多吃了半碗饭，吃完饭就觉得有些累了，睡前还跟岑永初说："你小子一下午进步很大，是个好苗子，明天继续来找我，我教你算动力问题。"

岑永初："好。"

郑国勤走后，施母笑着说："你郑爷爷现在很多事情都记不清了，永初，你可别放在心上。"

岑永初忙说："阿姨言重了，郑爷爷的身体情况似乎比上次见面要好一点。"

施母叹气道："你郑爷爷的病情时好时坏，有时候能记得一些事情，有时候又不记得，医生说这病他们也没有好的治疗方案，我现在只盼着他每天开开心心的就好。"

岑永初今天虽然被郑国勤折腾了一下午，但心情不错，这是一位可亲可敬的老人，他对动车的设计思路给了他不少启发。

因为马上就要过年了，岑永初虽然不太愿意跟施梦瑜分开，但也得回家过年，毕竟他出国留学几年，和父母聚少离多，今年过年必须陪着他们。

没料到他才回到家，就被母亲给数落了一顿，怨他没把施梦瑜带回家一起过年。

44　向她求婚

母亲还说岑永初太笨不知道赖在施梦瑜家过年，最后给他下达一个任务，让他明年把施梦瑜娶回家。

大年初二的早上，岑母就把岑永初赶出了家门，让他去给郑国勤和施母拜年。

岑永初觉得在把施梦瑜娶回家这事上，母亲比他还要积极。

他前脚刚走，父亲就对母亲说："这小子大年三十那天回到家后，就一直心绪不宁，今天再不找个由头把他从家里赶出去，估计能把他急死。"

岑父笑着说:"他急?难道你不急?"

岑母叹气:"我也着急,永初和小鱼儿从小一起长大又互相喜欢,现在也都过了法定婚龄,早就能结婚了,他怎么还是那副不慌不忙的样子?也不怕别人把小鱼儿拐走。"

她说到这里似乎想起了什么,说道:"老岑,你说会不会是这两孩子因为太熟了,所以不好提结婚的事?要不我们跟秀娟合计合计,把他们的婚事定下来?"

岑父忙说:"年轻人的事我们不好插手吧!我怕插手过多会适得其反。"

"不会不会!"岑母胸有成竹地说,"会适得其反的是那种互不喜欢的,他们摆明了是互相喜欢,互相喜欢却一直没有大的动静,那就需要外力相助。"

岑父一向不太管家里的琐事,这些事一向都是岑母说什么就是什么。

岑母忙给施母打了个电话说了一下她的想法,施母听到后笑了起来,便说:"既然我们的想法一样,要不你们找个时间到家里来坐坐?我们一起商量一下孩子们结婚的事情?"

这话正中岑母下怀,她是个急性子,这种事情择日不如撞日,她把时间就定在今天,挂完电话后就让岑父从家里拿出一些礼品,再把她之前就准备好的一对玉镯子带上,让司机开着车就去施家提亲。

他们到施家的时候岑永初刚到没一会,看到父母从车上拎下来一大堆的东西,他直接傻了眼,轻声问父亲:"爸,你们怎么来了?"

父亲看了他一眼:"你妈想帮你把小鱼儿早点娶回家,今天跟你郑阿姨商量好了,是来提亲的。"

岑永初顿时急了,怕施梦瑜不同意反而弄僵两人的关系,但是父母人都到了,拦也拦不住。

父亲一看他的表情就知道他的心思,便说:"这事是你妈定下来的,你跟你妈说。"

岑永初知道妈妈的性格,今天既然来了,那这事就没法商量了,他有些头疼,寻思要怎么先跟施梦瑜通个气,免得她生气。

父亲看到他的样子心里想笑,儿子从小就老成稳重,从来没有这么着急过。

岑永初没理会父亲,赶紧到一旁的小店去找买烟花的施梦瑜。

他才走到转角，就看见施梦瑜拿着一把仙女棒正和邻居家的小孩子玩得开心，她看见他过来塞给他一把："一起玩啊！"

岑永初十岁之后基本上就没有再玩过烟花，现在她居然给他塞了一大把的仙女棒，他没法想象他这么一个大男人拿着仙女棒的情景。

他拉着她轻咳一声说："我有话跟你说。"

施梦瑜把手里燃尽的仙女棒踩灭火星后扔进一旁的垃圾筒："你说呗！"

岑永初正做准备说话，又跑过来几个小孩："姐姐，我也想玩仙女棒！"

施梦瑜笑嘻嘻地拿起仙女棒一人又发了两根，扭头问岑永初："你要说什么，说啊！"

岑永初见她此时的注意力都在那些仙女棒上，觉得头疼不已，怎么看现在都不是求婚的场合，但是留给他的时间并不多。

他深吸一口气，把她手里的仙女棒一把全拿过来，然后找店老板要了个打火机，把一把仙女棒一下子全部点燃插在旁边的地上。

施梦瑜愣了一下："你这是要干吗？仙女棒不是这样放的。"

她想过去把仙女棒拿回来一些却被他一把拉住，然后他从口袋里掏出早就准备好的戒指，单膝跪在她的面前说："小鱼儿，嫁给我，好吗？"

事情发生得太突然，施梦瑜待在那里，满脸难以置信地看着岑永初。

他也在看她："我也许给不了你大富大贵的生活，但是我这一辈子都会对你好的，既能陪你一起看花开花落，也跟陪你一进研发室不管春秋。我们从小一起长大，我也许不是这个世上最好的男人，却绝对是最适合你的男人。"

旁边立即就围了一群看热闹的人，她这几年虽然一直在外地求学和工作，很少在家里，但是这些街坊邻居大多都是认识她的，也有不少认识岑永初。

长辈们虽然不太懂年轻人的这些事情，但看得津津有味，同辈们则在那里起哄："嫁给他，嫁给他。"

小孩子拿着仙女棒围着两人跑来跑去，跟着大人们瞎凑热闹："嫁给他，嫁给他！"

施梦瑜看看岑永初，他此时正笑看着她，原本有些清冷的眉眼此时冰消雪融，只余下暖暖的温柔有一丝紧张。

她第一次在岑永初的眼里看到紧张的情绪，终于明白这个聪明过人的男人是真的在乎她，想要娶她。

她的嘴角微微上扬，把手伸了过去，他手的微微抖了一下，旋即笑了，生怕她反悔似的，赶紧把戒指戴在她的手上。

施梦瑜把他扶起来说："虽然觉得你今天的求婚急了点，诚意欠缺了点，但是看在我们从小一起长大的份上，我就不跟你一般计较了。"

"你要记住你刚才求婚时跟我说的话，以后要是对我不好了，我可饶不了你！"

岑永初看着她认真地说："君子一诺千金，此生绝不食言！"

岑永初在别人的面前永远都是板正的模样，但是在施梦瑜的面前一直都随意，现在他这么一本正经地跟她说着这样的话，她有些不适应，心跳莫名加快了。

45　回到厂里

施梦瑜轻声说："话说得这么文绉绉的，欺负我上学的时候语文学得不好吗？"

岑永初看着她说："如果真的要欺负你没学好语文的话，刚才我就应该背上一段古代的婚书了，我只是告诉你我的决心。"

她忍不住笑了起来，他真要给她背古代的婚书的话，似乎也不错。

施梦瑜和岑永初回到家，她看见岑父岑母时，才明白岑永初刚才为什么那么急着求婚了。

她扭头看了他一眼，他回以一笑。

两人的婚事今天彻底定了下来，岑母把她的那对玉镯子戴在施梦瑜的手上后，才算是定下心来，然后就开始催他们结婚的事。

岑母笑着说："小鱼儿，你也别怪阿姨着急，我从小就把你当成是我的儿媳妇，一直盼着你和永初能早日结婚。别人推迟结婚是因为对彼此不了解，对婚后的生活会担心,你和永初从小一起长大,感情也稳定,要不五一你们就把婚结了?"

施梦瑜瞪大眼睛,五一就结婚?这也太快了吧!

施母笑着说:"五一距现在只有不到三个月了,也太赶了点,孩子们十一都有假,不如就把婚期定在十一吧!"

岑母点头:"十一也挺好的,还有七个多月的时间,到时候也能准备得更充分一点。"

施母和岑母一商量,他们的婚期就算是完全定了下来。

在旁听着的施梦瑜和岑永初一直默不作声。

两人对视一眼,都从对方的眼里看到了几分无奈,只是这些无奈的背后又透着喜悦。

这个年最让施梦瑜意外的可能是答应了岑永初的求婚,也因为这件事情,这个年也过得格外充实。

八方车辆厂初八上班,初七一早,岑永初过来接她一起回八方。

然而他们坐的这趟火车却晚点了,施梦瑜下火车的时候捏了捏脖子,又累又饿,她感叹道:"坐一趟火车,感觉跟打仗一样!"

岑永初拉着她的手说:"等动车投入使用后,晚点的现象一定能很大程度上改善。"

两人刚走出火车站准备打车的时候遇到了周飞扬。

周飞扬一看到他们非常高兴,扑过来就想抱施梦瑜,被岑永初一把拎着后衣领说:"老实点。"

周飞扬笑着说:"就抱一下嘛,岑工也太小气了。"

他话是这样说,却没有再往施梦瑜的身上扑。他们一起打车回厂区,他一个人说了一路,全程嘴就没有停过。

刚过完年,厂区里一片喜气洋洋,众人见面都会互相说句"新年好"。

方总工给研发部里的每个人都发了一个红包,周飞扬起哄让宋以风也给大伙发红包。

宋以风黑着脸说:"你小子想得美。"

施梦瑜说:"今天晚上我请大伙吃饭。"

周飞扬说:"刚过完年,都吃了一肚子的油水,现在请吃饭没诚意。"

方玉梅则说:"你爱去不去,反正小鱼儿请吃饭,我是一定要去的。"

最后是整个研发部连同方总工都去了,非常热闹,岑永初则当众公布了他和施梦瑜已经订婚的事,同时也宣布他们十一结婚。

宋以风却看着岑永初说:"岑工,你现在可以叫我师父了吧?"

岑永初大大方方地走到宋以风的面前,笑着给宋以风倒了一杯酒:"我敬宋工一杯,感谢你前段时间对小鱼儿的照顾。"

宋以风斜着眼睛看向他,他笑得十分温和,往日人前的那分清冷似乎已经散了个干净。

宋以风知道,岑永初此时这样的温和不过是另一种挑衅,他对岑永初的了解得越多,就越清楚岑永初不是盏省油的灯。

他皱了一下眉:"师父照顾徒弟原本就是天经地义的事情,不需要岑工来谢,我只关心你什么时候改口喊我师父。"

岑永初微笑:"这事得问小鱼儿。"

宋以风白了他一眼,这是来嘚瑟的吧!

46　让我缓缓

周飞扬在旁忧伤地说:"岑工,我们这些人里你最后一个进八方的,却把我们研发部里最漂亮的那朵花给摘走了,你这也太不讲道义了!"

他的话才说完,方玉梅就在他的胳膊上拧了一把:"你说小鱼儿是最漂亮的那朵花,那我呢?"

周飞扬嘴里喊着疼,手上比了个求饶的手势:"你和小施是好姐妹,就不要跟她争研发部第一美人的称号了吧!"

李伊若拎着一瓶酒放在他的面前:"在第一美人这种称号面前,哪里有什么好姐妹!说错了话,就得挨罚,来吧,把这一瓶酒喝了我们就不跟你一般计较,要不然今天让你竖着进来，横着出去。"

周飞扬苦笑道："我要是把这瓶酒喝完，只怕现在就得横着了！"

雷运来在旁边幸灾乐祸道："让你嘴欠，活该！"

周飞扬一把将雷运来拉住，说道："我们是好兄弟吧？是好兄弟就替我分担一点。"

雷运来一把将他推开，调侃道："酒桌之上无兄弟。"

众人再次哈哈大笑，最后那瓶酒周飞扬大概喝了半瓶，余下的由研发部的其他人帮他喝了。周飞扬喝醉了，是由雷运来扶回去的。

自此以后，周飞扬再也不敢招惹研发部的三个女生。

宋以风看着研发部里的众人，先是一笑，然后也不知道想到了什么，轻声叹了一口气，目光落在喝了点酒后话多的方玉梅身上，眼神里有了几分愧疚。

方玉梅此时也不知道跟施梦瑜说了些什么，正在那里哈哈大笑，再没有一点在办公室里的高冷。

第二天一早，就是研发部的例会，方总工给所有人重新制定了任务，每个人的任务都很重。

他分完任务才说"招标的文件已经正式下达了，部里将在三月份正式招标。招标结束后，中标的厂商就会陆续开始交货，交货之后，南车和北车集团公司的子公司都会和相对的国外公司对接。"

所以我希望在对接之前，我们研发部先把自己的能力再提升一番，不要让外国企业把我们看扁了。

"除此之外，我推测，明年还有一轮招标，我们今年好好练一下基本功，做好准备，明年八方争取去参加招标，大伙都打起精神来，争取明年中标！让我们自己制造的动车尽早飞驰在祖国的土地上！"

众工程师原本因为方总工布置的任务心里有些打鼓，现在听到这番话一个个斗志昂扬，齐声说："好！"

方总工对于众人的表现十分满意，他对宋以风和岑永初说道："今年的研发任务主要是落在你们两个的身上，你们一定拿出最高水准，带着下面的工程师交出完美的答卷。"

宋以风和岑永初对视一眼，他们虽然多少有点看对方不顺眼，但是那一点不顺眼根本就不会影响到他们的工作。

施梦瑜虽然工作时间是研发部里最短的，但是她的进步速度以及工作能力整个研发部有目共睹，她这一次依旧是宋以风的助手。

只是她这一次这个助手做的就不是去年那种辅助的工作，而是成为核心人员之一，掌握着关键的技术资料。

岑永初的助手是雷运来，他除了拥有扎实的专业能力外，还极为细心，做事十分稳妥。

研发部的实验车间因为各项数据都需要依靠相关的实验来完成，那里每天都忙得热火朝天。

宋以风要求高，不允许有任何基础数据的错误，施梦瑜就一遍又一遍地核算数据，帮着跑车间找各种实验用的材料和零件，一忙起来，一上午连水都顾不上喝。

施梦瑜这天上厕所的时候听见方玉梅在电话里跟人吵架，被气得骂了粗话，她一时间觉得有些尴尬，不知道要不要出去。

她和方玉梅是朋友，但是方玉梅之前没有跟她说这些事情，她在这里倒有些偷听之嫌。

方玉梅挂完电话后终究没能控制住情绪，在洗手台前哭了起来。

施梦瑜略犹豫了一下还是走了出来，方玉梅看到她的时候先是一愣，继而吸了吸鼻子，想要抹干眼泪，可是眼泪不受控制地流了下来。

方玉梅难以控制情绪，一把抱住施梦瑜在她的怀里哭了起来。

施梦瑜轻抚着她的背，轻声说："别哭了，一会李伊若要是过来上厕所，她要看到你这副模样，非刨根问底不可。"

方玉梅一边哭一边说："你让我抱一会，我缓缓。"

施梦瑜没有再劝，方玉梅抽泣了好一会才总算是把情绪稳了下来。她到洗手台前洗了把脸，把自己收拾一番后就拉着施梦瑜去了不远处的档案室。

今天研发部的众人都在实验车间里，档案室里反而没有人。

方玉梅轻声说："刚才的电话是我表姐打来的，她过年回来的目的是想跟宋头复合，但是宋头拒绝了她，她觉得是我从中搞破坏。我要是有本事能影响到宋头的话，我早把他拿下和他结婚了。如果真是那样的话，我表姐她这样骂我，我也认了。难道我当年的无心之失，真的就需要用一辈子来赎罪吗？"

施梦瑜想起年前从方总工家出来时看到宋以风和于思思的那一幕，轻声问："过年的时候是不是还闹出什么事了？"

方玉梅点头："我表姐大年初一的时候跑到我家里来闹了，说我不检点，勾引宋头，害得她一怒之下远嫁国外，却被国外的老公打了。"

施梦瑜瞪大了眼睛："家暴？"

方玉梅叹气："是的，家暴，她回来的时候身上到处都是伤，因为她是外国人，又一直没有绿卡，国外的警察偏着她的老公，我才知道她在国外的日子过得并不好。"

施梦瑜一脸无语："因为她老公打她，所以她后悔了，想跟我师父复合？而我师父现在不愿意跟她复合，她就觉得是你在捣鬼？"

47　亲密接触

方玉梅点头，施梦瑜虽然只见过于思思一次，但是印象实在不好，且于思思这一系列的操作实在匪夷所思。

施梦瑜轻声问："你有什么打算？"

方玉梅似乎是被气狠了，说了句狠话："我表姐要是一直这样的话，大不了哪天我摸黑爬进宋头的房间把他给那个了，坐实这个不好的名声。"

施梦瑜瞪大眼睛道："冷静，你千万要冷静啊！"

在外面准备进来拿资料的宋以风觉得不能再让她们两个在里面胡说八道了，便轻咳一声走了进来。

方玉梅看到宋以风的时候尴尬得要命，脸都涨红了。

宋以风没理她，而是瞪着施梦瑜说："让你拿个资料拿了半个小时都没有拿回来，这个月的奖金还要不要了？"

施梦瑜忙说："当然要，我现在就回去办理。"

她说完抱着资料就跑了，方玉梅以前是巴不得有机会能跟宋以风单独相处，但是绝对不包括现在，她随手抓了份资料也打算往外跑的时候却被宋以风一把拉住。

方玉梅结巴地问："宋……宋头，还还……还有什么事吗？"

宋以风冷冷地说："提醒你一句，这里是办公室，不要把自己的情绪带到工作上来。"

他说完就准备往外走，方玉梅刚刚消下去的火气刹那间直接窜到了天灵盖，她一把拽过宋以风，恶狠狠地把他推到墙上，再拽着他的衣领，黑着脸说："你以为我想把情绪带到工作上？还不是被你们逼的！你不是一直对于思思念念不忘吗？她现在好不容易回来了，你要么去跟她破镜重圆，要么告诉她——你我之间什么关系都没有。"

宋以风皱着眉头，看了方玉梅一眼："把手松开！"

方玉梅刚才心里生出来的那一把火在说完这句话后就熄了，要再面对他那张带着怒意的脸瞬间就服软了，但又觉得她今天真要这么松手了，那她不管里子还是面子都掉光了。

她深吸一口气说："你让我松开我就要松开吗？你谁啊？我凭什么听你的？"

宋以风并不是个怜香惜玉的主，直接就来拉她的手，她原本是打算借着这一下松开手，再放一句稍微有气势的话就走，但是她的运气不好，刚才抓宋以风的时候头发卡进他衣服的拉链里了。

方玉梅往后退的时候被扯着头皮又朝宋以风的怀里撞了过来。

方玉梅扯了两下没把头发扯出来，心里又着急又委屈，很快就眼泪汪汪。

宋以风一向是个冷静淡定的人，被她这么一弄也乱了分寸，想把她的头发扯出来，又觉得她的头发又细又软，他的手不自觉地抖了抖，于是之前只是缠了一圈的头发愣是缠了好几圈。

"你们这是？"前来归档图纸的李伊若问道。

因为头发被缠在宋以风拉链里的方玉梅此时靠在他的怀里，两人的样子看起来要多暧昧就有多暧昧。

宋以风急出了一头的汗，瞪了李伊若一眼，打算让她去拿剪刀，她却大叫一声"我什么都没看见"，然后掉头就跑。

宋以风和方玉梅此时都有些"生无可恋"的感觉。行吧，被八方的八卦王看到了，他们都可以预料，不用等到明天估计关于两人的八卦就能传遍整个八方。

最后宋以风从办公桌的抽屉里找了一把剪刀，把方玉梅的头发剪了一束，两人这才自由了。

方玉梅尴尬到了极点，顾不得心疼被剪的头发，忙冲过去阻止李伊若传八卦。

宋以风也很尴尬，却故作镇定地继续工作。

只是他晚上回到宿舍脱下外套的时候，好几根头发就从他的衣服里面飞了出来，他随手接了一根，想起今天方玉梅一边哭一边扯头发的样子，觉得有些过意不去。

虽然方玉梅去找了李伊若，让她不要瞎传，但是第二天，关于宋以风和方玉梅的事还是传遍了整个八方。

方玉梅心很累。

李伊若向她请罪："我真的没有瞎传，我只是如实把我看到的说了出去，我也没有想到，他们会传成这样。"

施梦瑜问方玉梅："昨天我走后，你和我师父到底发生了什么事？"

"这个我知道！"李伊若抢答，"我亲眼看见宋头抱着玉梅，玉梅双眼微红，含羞带怯，宋头低头看她，温情脉脉……"

她的话还没有说完就被方玉梅狠狠地拧了一把，说道："你眼瞎啊！我当时是头发卡在他衣服的拉链里了，这事都跟你说清楚了！"

李伊若没皮没脸地说："我知道啊，但是研发部那么多的工程师，你的头发为什么就偏偏卡进宋头的拉链里，而不是其他工程师的拉链里？"

方玉梅傻眼了，这个问题她要怎么回答？

李伊若冲施梦瑜眨眼睛："再说了，要把头发卡到男人的衣服拉链里可不是一件容易的事情，据我的观察，只有靠得很近的情况下才可能会发生这种事情。"

施梦瑜轻笑了一声，同情地看了方玉梅一眼，李伊若不愧是八方的八卦王。

李伊若再接再厉："研发部也不止你一个女生，我和小施怎么就没把头发卡进宋头的拉链里？"

方玉梅抚额，施梦瑜早就见识到李伊若八卦的推理能力，这一次更是让她吃惊，她对李伊若竖起大拇指："你分析得好有道理啊！"

方玉梅趴在饭桌上，已经不想说话了，原本于思思就怀疑她和宋以风之间不清不楚，现在再加上这么一个传闻，她觉得她这一次是跳进黄河也洗不清了。

施梦瑜看到她的样子轻咳了一声，对李伊若说："你虽然分析得有道理，但是这样传出去还是不厚道。"

李伊若忙给方玉梅道歉，有些委屈地说："这一次我传得真的不多，昨天他们在档案室里的动静闹得实在太大，研发部这边有好几个工程师看到了。你们可千万不要以为男人不八卦，根据我这些年来八卦的经验总结，男人要是八卦起来，那可比我们女人厉害多了。"

48　不太愿意

施梦瑜："真的假的？"

方玉梅已经不想说话了。

李伊若接着说："当然是真的，你们也不想想宋头是什么样的人，他可是我们厂里的万年老光棍，长得好，学问好，专业技能强，之前财务部和行政部那边就有好几个人打宋头的主意，都被他拒绝了。所以宋头在我们厂里还有个外号，叫'钻石宋老五'。"

施梦瑜听到这话忍不住笑了出来，她虽然觉得此时方玉梅的心情极差，她再笑就有些不厚道，但是实在忍不住。

李伊若看着方玉梅笑眯眯地说："这一次之所以会传得这么快，是因为之前方工喜欢宋头的事情全厂都知道，之前宋头对方工一直爱搭不理，这一次他有回应，简直就是全厂沸腾。"

方玉梅之前任由别人去传她喜欢宋以风的事，为的是让那些喜欢宋以风的女的远离宋以风，现在她已经打算远离宋以风，来这么一出，她头都大了。

和她一样头大的还有宋以风，这一上午的时间，除了研发部那几个八卦精之外，生产部经理、品质部经理、行政部经理都打电话来探听消息。

这些人像是来验证李伊若那句"男人八卦起来比女人更厉害"的话一样，各种旁敲侧击的打探，让他十分头疼。

就连方总工也来问宋以风："小宋啊，你和玉梅之间的事情我从来没有过问过，我也知道你和思思之间的事情，现在你和玉梅之间的传闻满天飞，你心里到底是怎么想的？"

宋以风按了按眉心说："这事是李伊若在瞎传。"

方总工叹了一口气："不管是不是瞎传，他们现在都传得有鼻子有眼的，这事总归得解决，我只有玉梅这么一个女儿，不想她因为这件事情受到伤害。"

宋以风能理解方总工的心情，只是这种传闻最好是冷处理，要不然会被传得更加过火。

这事的热度还没有冷下来，小田次一郎带着他的团队来到了中国。

他们这一次是过来投标的，因为两家工厂之前就是友好合作关系，再加上岑永初的那个电话，他们团队故意提前几天过来，先来八方交流。

岑永初知道小田次一郎先到八方的目的，是想先从他们的嘴里打听一些关于投标的消息。

小田次一郎等人的接待工作由岑永初负责，方总工对他们一行的到来表示热闹欢迎。

小田次一郎参观了八方的生产车间，他虽然觉得八方的车间不如山崎的车间那么先进，但是比起前几年已经有了很大的进步，里面已经有了不少高科技检测设备。

他也没有拐弯抹角，直接对方总工说："我们的团队和铁道部负责招标的部门已经做过沟通和交流了，因为这一次采购量比较大，我们一家公司也不可能全部拿下，但是想多占一些份额，你们有什么办法吗？"

他这话问得太过直接，方总工笑着说："能中多少标，看的是你们的实力，我们帮不上太多的忙，但是我听说这一次招标会涉及技术转让的问题。如果可以的话，我们在这件事情上是可以合作的。我国铁路对动车的需求量非常大，这一次只是第一次招标，后面应该还有很多这样的机会。"

小田次一郎虽然并不是这一次投标的主要负责人，但是他这一次在来之前还是派人打听了很多的消息。

方总工的这番话和他得到的消息算是对上了，他便问："你们需要技术转让到哪种程度？"

方总工回答："我们两个国家虽然隔得不算远，但是来来回回地飞也是一件麻烦的事情，总不好哪里有一点问题就让你们派工程师过来修。所以部里的意思是，如果动车出了问题，不能耽误现有的运行情况，小的问题我们自己的工程师要能解决。"

小田次一郎扶了扶他的眼镜，说道："这样的话，是需要整套技术了？"

岑永初在旁说："其实这样的处理方式是双方共赢，都能少一点麻烦，提高双方的工作效率。"

小田次一郎看了他一眼："这事超过了我们最初的预期，我们需要好好考虑一下。"

方总工笑着说："理解，理解！现在离招标还有几天的时间，不急，不急。"

小田次一郎也笑了笑，却没有多说什么，得由方总工安排人带着他们去酒店先住下来。

他们走后，方总工脸上的笑容就散了："他们似乎不太愿意技术转让。"

岑永初站在他的身边说："也不是完全不愿意转让，只是不愿意完全转让，他的骨子里还有他的傲慢，这事急不来，只能慢慢想办法解决。"

方总工同意他的意见，轻轻叹了口气。

此时小田次一郎的房间里坐了好几个山崎的骨干，他们正在商量这一次投标的事情。

这一次的订单量大，对他们有着巨大的诱惑，而这样的诱惑前却摆了技术转让这一个让他很不愉快的条件。

他和岑永初之前的沟通里就发现了一件事，八方车辆厂的研发团队非常强大。

岑永初零零散散透给他的那些讯息都在告诉他，八方车辆厂自主研发设计的动车已经达到了非常不错的水准，就算没有他们的技术转让也一样可以造出属于中国自己的动车。

市场部经理木岗松在旁说:"就算我们不愿意技术转让,其他的竞争对手也一定会同意,因为这个订单量实在是太大,利润非常可观。"

小田次一郎说:"以我对中国人的了解,不要说技术转让了,只要让他们看到我们的动车内部的构造,他们在技术上就会有很大突破。这样一来,他们很快就能成长起来,成为我们的对手。"

木岗松想了想说:"按照你的说法,我们就不该来参加这一次的竞标,因为只要竞标成功,我们的动车就会卖到中国,他们就能看到我们动车的内部构造,以后就会成为我们的对手。"

小田次一郎眉头皱了起来,虽然他不想承认,但木岗松说的是实情。

49　技术转让

木岗松笑了笑:"我觉得小田君还是太紧张了,现在中国各方面发展迅速,我们不可能一直卡着他们的脖子,就算没有我们,他们同样能攻破技术上的难关,他们顶多多花一点时间而已。

"就像 MDI 技术,我们当年那样封锁,中国人只用了三年多的时间就研发出来了,所以我觉得技术封锁对现在的中国已经没用了。

"他们也许还有很多企业在给全世界做代工,但是不可否认,他们中有一部人已经开始在钻研高精尖的技术,随着他们各学科技术的拓展和深入,攻克某些技术问题,只是时间问题。所以我觉得,与其担心中国人学会我们的技术,还不如我们想办法多赚他们一些钱。"

小田次一郎轻叹了一口气:"你说得很有道理,但是我心里还是不舒服,这事让我再想想。"

木岗松点头:"好的,只是这事想的时间不能太长了,毕竟再过几天就要投标了,你不要忘了,我们这一次是带着社长的任务来的。"

他说完就带着众人走了出去，小田次一郎的眉头皱得更加厉害了。

因为他知道，木岗松说的是对的，中国人非常聪明，电力动车这么短的时间内就研发到现在这个地步，简直就是奇迹。

他还知道，这件事情不是他一个人能阻止了的。

第二天一早，岑永初就来找他，请他和山崎的团队去附近的古镇游玩。他们来之前该准备的资料已经准备齐全，现在差的就是所谓的内幕消息。小田次一郎还没有说话，木岗松已经点头同意了。

古镇离他们住的酒店并不远，方总工怕岑永初应付不过来，让施梦瑜也过去帮忙。她念大学的时候学过一段时间日语，日常对话问题不大。

他们一行人到达古镇之后，岑永初就用流利的日语给他们介绍当地的风土人情和历史典故，仿佛真的只是带他们出来游玩一般，只字不提招标的事情。

木岗松有些沉不住气，主动问起岑永初："这一次招标要求技术转让，是你们在研发上遇到难题了吗？"

岑永初知道他这句话里有坑，便笑着说："我个人觉得研发这件事情永无止境，当我们到达一定的速度后，就会想着还要再突破，于是就有了新一轮的研发。所以所谓研发的难题，我相信就算是现在的山崎现在也一样会遇到，毕竟人类是一直在进步，会走向更高的文明。"

木岗松看向松田次一郎，松田次一郎问岑永初："如果我们不同意技术转让，你们会怎样？"

岑永初回答："我个人觉得你们不同意技术转让，可能损失更大的是你们，而不是我们，昨天晚上，兄弟单位打电话过来，加拿大的一家企业已经同意技术转让了。如果你们退出这一次竞标的话，他们和另一家企业应该能平分这一次的采购量，各七十列动车。"

木岗松之前就通过招标文件知道这次的采购量，现在听到依旧心动，他抢在小田次一郎之前说："我们非常愿意跟你们合作，技术转让也不是问题。"

小田次一郎看了他一眼没有说话，岑永初也微微一笑："我们也很高兴能与你们合作。"

这算是达成了基本的合作意向，但是气氛显得沉闷了不少，因为小田次一郎一直拉长了脸。

施梦瑜小声问岑永初："小田次一郎干吗拉长了脸？"

岑永初回答："因为他不愿意转让关键技术，但是又想拿到更多的订单，在他的眼里，八方只是他们的敲门砖。"

施梦瑜皱着眉说道："他们人都来了，标书估计也做好了，难不成还想反悔？"

岑永初的眼睛微微眯了起来，说道："木岗松迫切地想要合作，但是小田次一郎却觉得教会了我们，对他们不利，这事在他们内部是有矛盾的。虽然我有办法最终让小田次一郎同意技术转让，但是这事会让他心里有些不舒服，最后在技术转让的时候可能会有所保留，到时候只怕会更加麻烦。"

施梦瑜想了想说："要不这事我来想想办法？"

岑永初说："小鱼儿，你可千万不要胡来。"

他一直都知道她的鬼主意很多，一个不好，很可能会适得其反。

施梦瑜微笑道："难不成在你的心里，我就一个闯祸精？"

岑永初很想回答"是的"，她的下巴微微抬起："放心吧，我心里有数。"

岑永初原本是淡定的，听到她这句话后，就一点都不淡定了，生怕她下一刻做出什么出格的事情来。

而她好像忘记了这件事情一样，显得乖巧可爱，她和同行的山崎重工的女职员聊得十分开心，他松了一口气。

到晚上分开的时候，施梦瑜已经和那位女职员无话不谈，互相交换了联系方式，走时还拥抱了彼此。

岑永初问施梦瑜："你想做什么？"

施梦瑜回答："只有打入敌人内部，才能知道更多有用的讯息。"

她看着他问："我看起来是不是很乖巧，很像个花瓶？"

她明眸皓齿，是难得一见的美人，岑永初知道她最讨厌别人说她是花瓶。

他有些急了："你可别乱来。"

施梦瑜一看他的样子就知道他想岔了，她白了他一眼："我像是那种乱来的人吗？"

岑永初对她还是了解的，她虽然胆大包天，但是不管做什么事都有自己的底线，有时她的胆大包天让他很头疼。

施梦瑜又问他："是不是在绝大多数男性的眼里，女工程师和不学无术以及废物这一类的词很配？"

岑永初问："你到底想做什么？"

施梦瑜笑了笑，说道："我要做一个在日本人眼里乖巧无害的花瓶，就是靠撒娇混进研发部的，等这个人物设定成立之后，我觉得他们对我的戒心总归会低一点。"

岑永初听到她这句话，隐约猜到她要做什么，她接下来的话印证了他的猜想。

50　她的计划

施梦瑜看着岑永初说："他们既然决定过来投标，那么就不太可能无功而返，也就一定会同意技术转让。他们要技术转让，那么就需要有对接的人，而关键技术他们可能会在你们的面前藏着掖着，却不太可能在我这个花瓶面前藏着掖着。"

岑永初知道她一向是个有主见的人，这事从本质上来讲并不触犯什么原则，她想在日本人的面前装傻，那就由她去装，只要她高兴就好。

第二天山崎的众人就要去北京参加投标，施梦瑜给每个人都准备了一份礼物，她给小田次一郎的是一个编织得十分精巧的帽子，上面用毛线勾了一只小狗的图案。

小田次一郎看到帽子是憨态可掬的小狗十分意外，第一次正眼看施梦瑜，见她长得甜美乖巧，正在给众人分发小礼物。

他不知道想到了什么事情，看着她的目光温和了不少，主动问她："你也在八方的研发部上班？"

施梦瑜点头："是啊，小田先生下次来八方的时候，我还可以做你的向导。"

小田次一郎点了一下头，客气地朝她道谢，她回以一笑，乖巧可爱。

如他们预期的那样，山崎在这一次的竞标中大获全胜，总共一百四十辆列车，他们获得了六十辆，是这一次竞标最大的赢家。

因为山崎之前就和八方建立了友好合作关系，再加上方总工在中间周旋，所以和山崎对接技术转让的公司是八方车辆厂。

这件事情传到研发部的时候，众人都松了一口气，他们从去年开始就在着手准备这件事情，现在事情终于尘埃落定。

就算这事完全定了下来，但从山崎重工技术转让的层面来讲，只是刚刚开始罢了。

因为整个八方研发部的人都知道，小田次一郎对于技术转让这件事情很排斥，所以想要从他的手里得到他们想要的技术，并不是一件容易的事情。

方总工开了好几个专题会讨论这件事，想要抽调最优秀的工程师去参与对接的工作。

他的首要人选是岑永初和宋以风，只是他刚把人员名单定下来，小田次一郎就明确指出技术转让的对接工作指定人选为施梦瑜。

方总工听到这个消息的时候有些意外，他不太清楚为什么小田次一郎会选施梦瑜。

施梦瑜虽然很出色，但是整体来讲，工作经验还是欠缺了一点，能力上相对岑永初和宋以风也要弱一些。

但是现在他们要和小田次一郎做技术转让工作，以小田次一郎的性格，既然指定了施梦瑜，那么就只能是施梦瑜了，否则的话很可能会激怒小田次一郎。

岑永初听到这个消息的时候轻轻叹了一口气，他已经不知道该夸施梦瑜是神机妙算，还是该骂小田次一郎小肚鸡肠，居然真的就选了施梦瑜这个看起来最像花瓶的人做第一技术转让责任人。

从这个结果来看，小田次一郎对技术转让给八方这事并不打算配合，他不知道施梦瑜能不能搞得定小田次一郎，从他的手里拿到相关技术。

和他有同样担心的还有宋以风，他作为施梦瑜的师父，对她的了解还算深，这姑娘折腾起人来的本事是一流的，他怕她把小田次一郎给逼疯。

为这事，他们三位都有点发愁，只是愁的方向不太一样。

方总工最先找施梦瑜聊这件事，她听到这个消息的时候并没有感到意外，就小田次一郎表现出来的样子，选她做第一技术转让责任人，是她意料之中的事。

方总工看着她说："这一次的技术转让十分重要，所以你身上的担子会很重，我知道你很聪明，能力也很强，但是现在这件事情应该超出了你之前的工作范围，你有把握吗？"

施梦瑜笑着说："在这个时候，我觉得不管说有把握还是没有把握，您估计都不会放心。"

方总工觉得事实如此，她的经验总归是欠缺的，技术转让的对象又是小田次一郎，她只怕根本就不是那只老狐狸的对手。

但是她的工作能力又摆在那里，她聪明又有悟性，这件事情她也许不能完成得很好，也应该不会让他太失望。

施梦瑜接着说："您听说乱拳打死老师傅这句话吗？"

方总工愣了一下，施梦瑜笑得甜美可爱："这一次我就要做那只能打死老师傅的乱拳。"

方总工觉得他现在已经不懂年轻人的想法了，她的这个说法让他意外，却又有一点安心。

宋以风对施梦瑜的交代就要简单得多了："你就拿出之前折磨我的那一套法子去折磨小田次一郎，遇到自己吃不透的东西，就先用纸笔记下来，到时候我们再一起讨论。"

施梦瑜的关注点相对奇特，她委屈地说："师父居然觉得我之前是在折磨你！我好冤啊！我当时明明是在讨好你，我把我好学的一面展示在你的面前，就是想让你认可我，多教我一点东西。"

宋以风很想送她一记白眼，她讨好他？呵呵，这种讨好的方式还真是另类，让人痛哭流涕。

他皮笑肉不笑地说："那你就继续用你这种讨好的方式去讨好小田次一郎吧，我觉得他一定会喜欢的。"

施梦瑜点头："我也这么觉得。"

宋以风看到她这副板正的样子莫名有些想笑。她又问他："师父，我之前那种讨好你的方式有没有让你觉得我很好学？"

宋以风:"有。"

还差点把他逼疯!

施梦瑜想了想后说:"那我得稍微调整一下,至少不能从一开始就让小田次一郎觉得我是个聪明好学的好工程师。"

他觉得不需要为她担心了,而是应该为小田次一郎捏一把汗。

轮到岑永初来找施梦瑜的时候,她已经有点不耐烦了:"你们怎么一个个都来试探我,想知道我会怎么做,我就算工作经验少了些,但是至少我也是硕士研究生毕业,我要是愿意的话,也能读博士。"

51　给下马威

施梦瑜撇了一下嘴,接着说:"对我这种学识渊博、认真好学、勤奋努力的新时代女性,你们又有什么好担心的?"

岑永初说:"我不是担心你学不到技术,而是担心这一次事情后山崎跟我们八方绝交,原因就是八方的女工程师逼死山崎总工。"

施梦瑜忍不住笑了起来,岑永初又说:"我也不是怀疑你的能力,而是想要告诉你,虽然你是技术对接第一责任人,但是在你的身后,有整个八方研发部,所有人都是你的后盾。不管你遇到什么麻烦,我们所有人都会无条件支持你,哪怕你觉得小田次一郎不配合你的工作,要找人去给他套麻袋,我也会配合。"

施梦瑜的嘴角微微上扬,歪着头看向他:"岑工,我就喜欢你这副明明骨子里放荡不羁,表面却斯文有礼的样子。"

他还是第一次知道,原来在她的心里,他是这样的形象。

部里和山崎签订合同之后,小田次一郎就到八方车辆厂做最初的技术转让工作。

方总工和小田次一郎碰完头之后,就让岑永初和施梦瑜做他的接待工作,先彼此了解和熟悉。

小田次一郎防岑永初防得厉害，跟他没寒暄几句就坐在那里喝茶，岑永初明白他的意思，便找了个借口走了。

岑永初一走，小田次一郎便把这一次带过来的资料拿了出来。

他这一次带来的是一些技术类相关的资料，这些资料里没什么机密的东西，都只是一些浅显的操作以及简单的电器和机械的运行原理。

施梦瑜拿起那些资料快速地扫过，只一眼，她就知道这些只是门面上的东西，并不是什么要紧的资料，小田次一郎之所以让岑永初出去，只怕是不想让岑永初发现这些资料的浅显。

而现在动车还没有交货，前期的操控资料有这些已经够了，于是施梦瑜只扫了一遍便准备将东西收起来，小田次一郎阻止她说："施小姐都看懂了吗？如果有什么不懂的地方你现在可以问我。"

施梦瑜伸手挠了挠头，认真地问："我以后有不懂的地方都可以来问你吗？"

小田次一郎回答："当然可以，但是因为我工作很忙，所以同一个问题你只能问我一次，问完那一次之后你要是还不明白，我就不会再给你分析具体工作原理。"

施梦瑜跟他确认："所有的问题都能问一次吗？"

小田次一郎朝她笑了笑："是的，所有的问题都能问一次。"

施梦瑜等的就是他这句话："好的，谢谢小田先生，预祝我们合作愉快。"

小田次一郎此时还不知道她这句话里暗藏的意思，等以后他明白过来的时候已经晚了。

施梦瑜这一次并没有问小田次一郎任何问题，她这样的状态让他觉得她是不懂的东西太多，怕问了会泄她的底，他心里便又看轻了她一分，当下只是一笑，把东西收拾好之后就回国了。

施梦瑜把他这一次带过来的资料分成几类，有电气类、机械类、控制类等，然后分发给相应的工程师，请他们帮忙吃透相关部分。

这些资料的工作原理并不难，但是设计方向和他们之前设计的电力动车差别非常大，他们这一次之所以和山崎合作，就是想取人之长补己之短。

现在他们拿到的这份资料并没有太多技术层面的东西，只能看到浅显的东西，但就算是这些，也能看出来山崎公司在设计的时候，以人为本，考虑了舒适性和便捷性，很多东西的布局也比他们之前设计的要更合理一些。

因为这份资料，他们在整体设计的时候考虑得也比之前更加周全。

等他们将这份资料吃透之后，山崎重工的第一批动车的零部件也运了过来，由轮船载着驶向离他们最近的海港，再由大型货车将各零部件都运到了安装测试的基地。

这一次的安装调试由日方的工程师和技工完成，中方的工程师和技工全程参与，更多的是在旁边看他们如何安装和调试。

八方车辆厂这一次派出的团队和上次的人员基本一致，还是由方总工带队，岑永初、宋以风和施梦瑜等人为核心，再加上周飞扬和雷运来。

这一次他们虽然不是主要的安装调试人员，但是因为涉及技术转让的问题，再加上有了上次安装调试的经验，这一次大家准备得更加充足。

小田次一郎也来了，他作为总工原本是不需要来的，只是他想看看八方这边的进展情况，带有几分看热闹的心思。

他一来，施梦瑜就全程跟在他的身边，其他的工程师则分散到各个岗位，和其他日方的工程师对接工作。

因为之前施梦瑜什么问题都没有问出来，所以小田次一郎对她有着几分轻视，一看见她就开门见山地说："我会在中国待半个月，会将一些重要的图纸转交给你们。所以如果你有什么问题的话，这半个月内最好问清楚，过了这个时间之后，我就不再负责解答你们的疑问。"

他说完就让秘书递给施梦瑜一大堆的资料，那些资料全加起来几乎能把她淹没。

她看到这么多的资料皱了下眉头，看来小田次一郎这是想给她一个下马威了。

她从小做过无数的试卷，面对这些堆成山的资料，她并没有觉得有多难，因为这件事情从本质上看，只要理出其中的脉络，想要吃透弄明白就不会太难。

当然，这里面有很多资料超出了她的本专业，她需要更加专业的工程师来帮忙，而这是需要时间的。

她问小田次一郎："如果我遇到不懂的问题，我随时可以给您打电话吗？"

小田次一郎点头："当然可以！我们日本人对工作的态度是很认真的。"

在一旁和另一位工程师接洽的宋以风看了小田次一郎一眼，嘴角泛起笑容。

52　家庭作业

施梦瑜则发自内心地对小田次一郎笑了笑："谢谢小田先生，我也是一个工作态度特别好的人。"

小田次一郎并没有把这句话太放在心上，毕竟在他的心里已经为施梦瑜打上了花瓶的标签。

施梦瑜此时才不管他是怎么想的，拿到那堆资料后，立即飞快地把那些资料分门别类，交给擅长的工程师。

电力动车里涉及的学科很多，以她一人的能力，是不太可能在这么短的时间内把这些资料全部吃透，所以她把岑永初和宋以风全抓了壮丁，一人分了一部分。

她除了给他们分了资料外，还给他们布置了任务，把所有他们觉得不明白而需要弄明白的东西全部整理出来，再由她和小田次一郎接洽。

宋以风见她利落地交代工作任务，似乎很像那么回事，便说："你这是在给我布置家庭作业吗？"

施梦瑜摇头："都成年人了，早该摆脱被家庭作业支配的噩梦了，我还是不太喜欢家庭作业这四个字，我给它起了一个专业的名词，叫工作作业。这些也算是我回敬我刚进八方时，师父给我交代的任务吧！这一次师父你可千万不要掉链子，也不要让我失望哦！"

宋以风觉得她有公报私仇之嫌，只是他知道小田次一郎只在中国待半个月，他们这些人就必须在这半个月内把这些资料吃透。

岑永初在旁听到他们的对话莫名想笑，施梦瑜也给了他一堆资料："岑工，你小时候为了提高我的成绩天天让我做一堆难度超高的题，今天你也来好好做，希望你喜欢。"

岑永初苦笑了一声，他当年哪里是让她做题，不过是想找个借口和她待在一起，然后想看着她用软弱可爱的眼神来跟他撒娇，他却不知道那些题居然成了她童年的噩梦。

她把这些资料分完之后就去跟方总工汇报工作，再顺便给方总工也布置了"家庭作业"——请方总工做全盘的把控。

他们这些人虽然已经是八方车辆厂里最优秀的工程师，里面也有岑永初和宋以风这种顶级的人才，但是他们的经验和方总工比起来还是差一些。

施梦瑜知道小田次一郎排斥技术转让这件事情，所以她得防着他在关键的技术上忽悠他们，也怕他们因为经验等因素没有发现这中间的敷衍，以至于后面出错。

所以她跟方总工商量，每天她把所有资料涉及的问题总结归纳清楚之后，再去请教小田次一郎，得到小田次一郎的答复后，再请方总工来把这些资料过一遍，以保证所有的资料都不会出问题。

方总工对于她周全细致的做法有些意外，他之前还担心她做不好这件事情，现在却觉得她很可能会给他惊喜。

他自然一口答应了她的安排，笑着说："只要能完美地实现这一次技术转让，我完全听从你的安排和调度。"

方总工是施梦瑜非常尊重的长辈，此时听到他这样说，她还有些不好意思："我要是哪里做得不好，或者哪里思虑不周，还请您指正。"

方总工笑着答应了，她就立即抱着一叠资料去忙了。

这些资料要和实物对上也是需要时间的，因为上次的安装调试，让她意识到理论和实际的差别，所以她尽量把所有的一切都落到实处。

于是她一天下来，往安排的地方来来回回跑了十几趟，再将中间她不太明白的关键问题做了标注。

到傍晚的时候，所有的工程师们在一起碰了个头，说了一下他们看完资料和实物时发现的一些问题，以及山崎动车的设计上他们没有吃透的技术问题。

他们之前在动车的设计上，就有着非常好的功底，山崎的动车虽然和他们的设计理念绝大多数是不一样的，但是技术层面上的东西，基本上可以触类旁通。

所以这事对他们而言或许是有些难度，或许一开始因为思路不一样而觉得有些生涩难懂，但是大家坐在一起沟通后，再加上有方总工在旁帮着梳理，很快众工程师就进入了状态。

他们将相关的资料整理完之后，全部交到施梦瑜的手里，她需要做出归纳和总结，然后去找小田次一郎。

她白天忙来忙去的样子在小田次一郎的眼里多少有点像无头苍蝇，他就当是看笑话一样，觉得这半个月应该能很轻松地度过。

而当她把整理出来的资料挨个摊在小田次一郎的面前时，他的脸上终于有了一分郑重。

只是这个时候的小田次一郎对她的战斗力还没有清晰的认知，觉得这些资料应该是岑永初等人整理出来的，毕竟今天他也看到她抱着资料分发了下去。

于是他刚开始解答这些问题的时候，多少带着几分轻视。

而当施梦瑜的问题越问越高深的时候，他便按部就班地解答。

他的解答只要稍微浅显一点，或者某个参数不够精准的时候，她就立即能发现其中的问题，然后提出新一轮的问题，如果涉及的不是她熟悉的学科，她就会立即打电话问相关的工程师。

到这个时候，小田次一郎就不得不收起对她的轻视之心，他隐约觉得她可能不像她外表看起来那么柔弱，不是个花瓶，而是一个战斗机。

小田次一郎深深地打量了她一番，问她："施小姐上学的时候学的是什么专业？在哪所大学上的学？"

施梦瑜一一作了回答，小田次一郎看了看她，西交大在国际上的排名虽然远不如东京大学，但是他知道在中国那也是顶尖的好学校，能考进西交大且还学的是理工类课程的女性不可能像花瓶。

53　经验欠缺

他现在才发现,他对她的评估有些失误,她的能力很可能会比他预期的要强一点。

但小田次一郎没有把她太放在心上,还是认真地解答她的问题。

因为是第一天,众工程师整理出来的资料也不算多,施梦瑜也不想吓着他,只是按部就班地问了他一些问题,道谢之后就回她的房间开始整理资料。

她回房的时候见岑永初在外面等她,一见她过来就问:"收获怎么样?"

施梦瑜摊着手说道:"他有些敷衍,但是该要的数据和资料我还是要到了,我想今天晚上把这些全部整理出来,明天再分发给相应的工程师,然后再深挖技术上的细节。"

岑永初对于她的安排一点都不意外,眼里满是笑意:"我帮你。"

这些资料涉及的东西实在太多,她一个人确实弄不完,便点头同意。

方玉梅在房间里听到他们的对话便打开门探出头来:"算我一个!"

施梦瑜笑着点头,他们这一次为了方便工作,住的是酒店的套房,里面有几张办公桌,此时她将资料一摊开,宋以风也从房间出来了,加入他们的工作。

雷运来和周飞扬也跟着出来帮忙,资料很快就分到各自的手里,他们对于小田次一郎给的资料和数据作了对比,然后再根据他们的专业提出其中他们觉得可能有问题的地方。

他们这一讨论就到了晚上十二点,岑永初看了一下腕表说:"今天已经很晚了,先都回去消息,明天一早再来讨论。"

宋以风也说:"都早些睡,毕竟这不是一天两天的事,时间长了怕身体受不了。"

众人点点头,折腾了一天,大家都很累,基本上倒床就睡。

只是就算是睡着了,那些数据和运行的原理也依旧在脑子里打转。第二天醒过来的时候，大家对于昨晚提出来的问题就又有了新的想法和观点。

于是吃早餐的时候又变成了一场讨论会，每个人都有一大堆的问题，五花八门。

方总工昨晚去部里见了几位领导，没有在酒店睡，回来的时候恰好听见他们在激烈地讨论。他想了想，便打电话给厂里，让行政部派个人过来做后勤，照顾他们的生活起居。因为他怕这些人忙起来连饭都顾不上吃。

他们这样的工作态度让他十分欣慰，对这一次技术转让的成功有了很大的信心。

众工程师把思路打开之后，很多技术上的事情再去仔细思考，就能发现更多的问题，他们也第一次真正直接意识到，山崎的动车设计方案比他们之前的设计方案在技术上更加完善，在性能上则更稳定。

这天施梦瑜没有等到晚上，而是下午就去找了小田次一郎，这一次她的问题比起昨天的要多得多，也周密得多。

这中间已经涉及了几个极为重要的参数，小田次一郎并不想说，他用敷衍的方式给了大致的数据，却被施梦瑜直接识破，当着他的面列出来极为复杂的计算方式，然后再将其中的数据往里套，指出其中的问题。

小田次一郎被她熟练的计算方式吓了一大跳，要完成这种复杂的计算，就算是山崎重工的工程师也不是每个人都能做到的，这需要极好的功底。

她朝他微笑道："还请小田先生帮我解决一下这个问题，我觉得这个数据非常重要。"

小田次一郎到此时终于知道她不但不是花瓶，很可能还是八方研发部最为优秀的年轻工程师。

他问她："你工作多久了？"

施梦瑜回答："一年多点，我的工作经验十分欠缺，还请小田先生多多指教。"

小田次一郎非常惊讶，工作一年多就有这样的经验和能力，眼前这个看起来温柔可人的女孩子，实在是太可怕了。

他咳了一声说："你工作的时间短，这些东西我跟你说了你可能也不会懂。"

施梦瑜微笑道："你不说又怎么知道我不懂？你之前跟我说过的，不管什么问题，只要是工作上的，我都有问一次的机会。"

小田次一郎有些尴尬，却开始耍赖："我这样说过吗？"

施梦瑜认真地点了一下头，然后从怀里拿出一支录音笔出来说："有录音为证。"

她说完就挡下录音笔的播放键，小田次一郎的声音传来："因为我工作很忙，所以同一个问题你只能问我一次，问完那一次之后你要是还不明白，我就不会再给你分析具体工作原理……"

小田次一郎再次感到吃惊，他到现在终于明白当初施梦瑜为什么会再三跟他确认这件事情了。

他深吸一口气说："施小姐认真工作的态度还真是让人意外。"

施梦瑜笑得天真可爱："我这是跟小田先生学的，昨天小田先生还跟我说你们日本人的工作态度很好，其实我们中国人的工作态度也不差。"

他觉得再这样下去他很可能会被她气出心梗，这个中国女孩子比他想象中的更加狡猾。

施梦瑜认真地问："小田先生是行业里的前辈，是我最敬重的人，也是业内最优秀的人，我们现在可以继续吗？"

小田次一郎深深地看了她一眼，老鸟栽在新鸟的手里，这种感觉并不好，他后面的态度明显不如之前好。

只是施梦瑜一点都不在意他是什么态度，就他这样子，还没有宋以风凶呢！

她才不怕。

只要他能解释得清数据上的问题，他哪怕吼，她也觉得可以承受。

她这一问直接就是一个下午，最初小田次一郎还存了一丝侥幸，到后面他就绝望了，这个女孩子只要发现有一点不对，就能追问到底。

54　无可奈何

小田次一郎有点无可奈何！

这一切只是开始而已，到晚上的时候，施梦瑜又抱着一叠资料来找他了，结束时已到晚上的十点。

小田次一郎以为终于把她送走了，暗暗松了一口气，结果没过一会她又给他打电话了，问了他一堆问题。

小田次一郎觉得再这样下去，他会被她弄疯！

最可怕的是，他发现她有着极强的举一反三的能力，那些数据到了她的大脑之中，立即就会进行各种转换。

虽然她每个问题只问一次，但是动车这么一个庞然大物，涉及的学科和知识众多，哪怕每个问题只问一遍，也能让他崩溃。

而她在开启晚上给他打电话的这个模式后，似乎就在这条路上一去不回头，晚上他能接到她的好多个电话，他还没办法拒绝，因为他每次拒绝的时候，她就会放他之前说过的话的录音给他听。

比如说每个问题回答一次，再比如说日本人的工作态度问题，把他折磨得快要疯了。

这样的事情发生的次数多了之后，小田次一郎的心理防线一点点地被施梦瑜摧毁，再加上有部里的合同在前，他也不好对着一个二十出头的姑娘耍赖，其实主要问题在于他耍赖根本就耍不过她。

施梦瑜小时候是在岑永初的"魔爪"下长大的，她耍赖的本事是从小练到大的，岑永初的智商绝不会比小田次一郎低，他对她很熟悉，很多时候都拿她没办法，更不要说对她并不熟悉的小田次一郎。

原本应该是老狐狸对小白兔，硬是被施梦瑜变成了老狐狸对大灰狼。

到后面，小田次一郎已经放弃了和施梦瑜斗智斗勇，因为她比他年轻太多，精力要旺盛很多，只要他不把技术参数说清楚，她一晚上能给他打好几个电话，手机关机就打座机，座机拔了线，她就去敲他的房门。

别的年轻女性敲成熟男性的门可能会有些顾忌和担心，在她这里完全不存在，因为她每次过来的时候都会带上她的男朋友岑永初。

小田次一郎在知道岑永初是施梦瑜的男朋友后已经没有力气再抱怨什么了，一切就由她去。

他为了晚上能好好睡一觉，白天对她的工作十分配合。

他看着她每天神采奕奕地忙着工作的时候，他就觉得自己老了，精力跟不上了，有一天他终于没忍住问她："你哪来这么好的精力？"

她笑着回答："我是一辆只要给了电就会一直奔跑的电力动车，所以每天都有使不完的劲。"

小田次一郎听到她的这个比喻时差点心梗。

其实施梦瑜也会觉得累，每天这样的工作量，让她的黑眼圈明显增加，只是她绝不能在小田次一郎的面前露怯，所以她要撑下去。

这场较量，她要服软就等于主动认输。

很快行政部派来支援的人也来了，不是别人，正是研发部的八卦女王李伊若。

方玉梅看到她就头疼，小声嘀咕："派谁来不好，怎么偏派她过来？"

李伊若作为八卦女王，耳朵比一般人都要尖，方玉梅的声音虽然很小，还是被她听到了，她也不生气，笑嘻嘻地说："我们研发部是一个整体，你们在外冲锋陷阵，内勤这种事情当然得交给我！实不相瞒，这一次是我主动请缨过来的，因为我觉得就你们那一堆臭毛病，行政部的那些人不了解，照顾不好你们，只有我出马才能让你们的日子过得舒服和滋润！"

方玉梅朝她翻白眼，施梦瑜则笑了起来："那往后的日子就辛苦你了！"

李伊若笑着说："不辛苦，很乐意为你们效劳！"

在此之前，研发部的众人只知道她的八卦能力，在此之后，研发部对她贤妻良母的能力有了重新的认识。

有她在，不管众人是在开会还是在研究资料，一到点，她一定会把众人全部拉过来吃饭，不过来的，她就端着碗去喂……

她做这些事情的时候理直气壮，开口方总工说的，闭口方总工交代的，用方玉梅的话来说那就是拿着鸡毛当令箭。

李伊若在照顾他们之余，还有力气去现场八卦，电路图纸、机械运行、力学参数，这些东西她统统不懂，日语她也不会，但是居然没影响她跟那些日本工程师们的交流。

方玉梅有时候看到李伊若和某个日本工程师叽里呱啦地比画着手势聊天，她就忍不住翻白眼，连蒙带猜地也要去八卦日本人？

李伊若八卦起来近乎疯狂。也不知道她这个不懂日语的人是怎么听懂日语的。每天到吃饭的时候，大伙在那里安静吃饭，她就在那里像讲相声一样给大伙讲日本人的八卦。

方玉梅严重怀疑她是在胡编乱造，比如说她说日本的某工程师内裤总是反着穿，还说小田次一郎唯一的女儿多年前给他送饭的时候出车祸死了，最离谱的是小田次一郎觉得喜欢小狗的女生都很可爱……

施梦瑜则听得目瞪口呆，八卦女王不愧是八卦女王，她的日文不错，费了很大力气才弄清楚的事情，李伊若居然靠比画就能全听懂，简直就是神乎其神。

岑永初也有些意外，总算明白之前施梦瑜为什么要送小田次一郎一个绣着小狗图案的帽子了。

因为李伊若的加入，原本有些枯燥的研发工作似乎一下子就鲜活了起来。

施梦瑜之前不太明白要求极高的方总工，怎么会让李伊若这么一个学识浅薄且不太上进的人留在研发部了，李伊若的存在，简直就是研发部的一道亮丽的风景线。

这些工程师里，周飞扬的性子最跳脱，每次吃饭李伊若逗大伙开心的时候，他就在旁搭话，两人就像说相声一样，把原本沉闷的气氛搞得欢乐无比。

雷运来每次都会捧着饭碗认真地听，好几次被他们逗得差点喷饭。

55　是小狐狸

半个月时间很快就过去了，小田次一郎也要回国了，研发部的众人这一次收获颇丰，关键的数据他们已经掌握。

施梦瑜问小田次一郎："小田先生，您回国后，我们在技术上要是还有什么不懂的问题，我可以打电话给您吗？"

这一次小田次一郎明显长了经验，只冷冷地看了她一眼，完全不接她的话题。

她却笑着说："好的，我有问题就会给您打电话，保证不会问重复的问题。"

小田次一郎说："我什么时候答应你了？"

施梦瑜回答："您曾跟我说过，不回答就是默认，所以我就当您是默认了。"

小田次一郎再次差点心梗，他觉得他跟她这一次合作了之后，他都不会再想见到她，他怕再见到她，他会忍不住动手。

方总工在旁打圆场："这段时间辛苦小田先生了，今天晚上我们做东，感谢你们这段时间辛苦做技术转让。"

小田次一郎连这一顿饭都不想吃，却也不好驳了方总工的面子，于是冷着脸道了谢。

宋以风在旁憋笑憋得肚子疼，不愧是施梦瑜，这战斗力，他佩服得五体投地。

小田次一郎不在的时候，宋以风对施梦瑜竖起大拇指："我觉得我现在应该感谢一下你之前的手下留情。"

施梦瑜有些不好意思地说："师父说笑了，我得感谢师父的辛苦栽培。"

她其实很想告诉宋以风，如果当初不是方玉梅来找她，误会她和宋以风的关系，她应该会更加好学一点。

只是这种九曲十八弯的小心思，她觉得没有必要让宋以风知道。

晚宴十分丰盛，部里还来了几位领导，气氛非常好。

施梦瑜上前给小田次一郎敬酒的时候，他对方总工说："你们研发部真是卧虎藏龙，哪怕是个看起来娇柔瘦弱的女孩子，都藏着巨大的能量。"

方总工笑着说："小施这孩子确实很好学，当初小田先生从我们研发部近百人里，挑出小施作为第一技术转让人，当真是慧眼如炬！"

小田次一郎总不好说他是被施梦瑜的恬静乖巧的外表给骗了，只斜斜地看了她一眼，此时的她又是一副乖巧听话的模样，似乎还有些胆怯。

他暗暗在心里骂了一句："小狐狸！"

他面上还是笑着说："还是方总工会招人，施小姐，你这酒我就不喝了，我只求你以后不要再给我打电话。"

"那哪行啊！"施梦瑜微笑道，"以后我们在动车上要是还有什么不懂的地方，还得向小田先生请教！我干杯，您随意。"

她说完拿起杯里的水一饮而尽，没错，她杯子里装的就是凉白开，并不是酒。

她喝了，旁边就有人起哄，小田次一郎不甘情愿地喝了半杯酒。

这一晚上给小田次一郎敬酒的人实在是太多，他喝醉了，被人扶着回了酒店。

他回去的班机是第二天中午的，方总工去送他的时候敲了半天的门都没有人开门，服务员告诉他小田次一郎一早就走了。

方总工有些莫名其妙，打电话一问才知道他改签了机票，把时间提早上了今天最早的航班，天没亮就出发了。

方总工以为小田次一郎有什么急事才会匆匆离开，也没太放在心上。

此时在飞机上的小田次一郎抚着胸口松了一大口气，他终于摆脱了施梦瑜！

在这十五天，绝对是他这一辈子的噩梦。

这一次八方和山崎的技术转让事宜十分成功，进口的动车进入安装测试的阶段，一切都进行得十分顺利。

他们一行人回到厂里之后，方总工给所有人放了两天假，让他们好好休息一下，以最好的状态迎接后续的工作。

施梦瑜真的累了，回厂之后好好睡了一觉。她睡醒之后神清气爽。

她坐在床上伸了个大大的懒腰，手机响了起来，是岑永初打过来的，喊她下楼吃饭。

她忙洗漱换好衣服，一打开门就看见岑永初站在外面。他今天穿了一件正装，手里拿着一束玫瑰，一看见她便说："小鱼儿，生日快乐。"

施梦瑜愣了一下，才想起今天是她的生日，前段时间他们忙得昏天暗地，她自己都把生日忘了，没想到岑永初还记得。

她笑着接过他的花，说道："谢谢！"

她见走廊上没有人，便轻搂着他的脖子，在他的脸上亲了一口。

晚上两人一起先去吃了顿烛光晚餐，然后一起看了场电影。

电影散场后两人一起去吃烤串，烤串吃到一半，施梦瑜隔着马路的绿化带看见宋以风就站在对面的路灯下，他的旁边站着于思思。

马路上车来车往，听不见他们在说什么。

施梦瑜单手托着腮说："于思思这是铁了心想做我的师娘啊！"

岑永初朝对面扫了一眼："他们的事情不要掺和。"

施梦瑜点头："我又不傻，怎么可能会去掺和他们的事情，我只是不太认同于思思做事的方式。"

岑永初拿起一串羊肉塞进她的嘴里："多吃点！"

施梦瑜笑了起来，往对面看了一眼，此时宋以风已经走了，于思思站在路边放声大哭，她的声音实在太大，施梦瑜听见她在骂宋以风没良心，而宋以风连头都没有回。

施梦瑜觉得他们之间这样纠缠也不是好事，总觉得这事还有后续。

事实证明她的直觉是对的。第二天一上班，于思思就冲进了研发部，一把抓住方玉梅，扬手就往她的脸上打："你明明跟我说要跟以风断了，为什么还缠着他不放！"

方玉梅完全不知道发生了什么事情，蒙在那里，于思思在她的脸上挠了一把，还想再挠第二把的时候被经过的施梦瑜拦了下来："你谁啊？怎么跑到我们研发部来撒泼。"

她当然是认得于思思的，只是此时装作不认识更合适，同时给于思思使眼色，让她到此为止，有什么事情出去再说。

56　太不要脸

　　于思思没理施梦瑜，大声说："今天你们研发部的人都在这里，也好让你们看看方玉梅的丑陋嘴脸。我是她表姐，也是宋以风的前女友，当年就是她不要脸，勾引宋以风，害得我和宋以风感情破裂。我和宋以风现在要再续前缘，她这个不要脸的又来横插一脚。"

　　这番话一说出口，整个研发部都炸了锅，方总工闻讯赶来，冷声说："思思，你这是做什么？跟我来办公室。"

　　于思思哭着说："姨父，玉梅是你的女儿，你肯定会维护她，所以我不会跟你进办公室的。我现在除了以风之外，什么都没有了，我不能再失去他。求求你了，你帮我劝劝玉梅，让她把以风还给我吧。她还年轻，以后能遇到更好的男人，何必对以风纠缠不清？"

　　方总工的脸色极度难看，方玉梅的脸涨得通红："表姐，我不知道你在说什么！我跟宋头什么关系都没有。"

　　"你别装了！"于思思对她的话一个字都不信，"如果不是你不要脸绊着以风，他怎么会对我那么冷淡？怎么都不愿意和我在一起？"

　　方玉梅心里憋屈得不行，正要为自己辩解，宋以风冰冷的声音传来："我对你冷淡不愿跟你破镜重圆，跟方玉梅一点关系都没有，而是因为我看透了你的本质，不再爱你了。"

　　于思思一听到这话顿时眼泪汪汪，宋以风冷着脸继续说："你也不要再拿当年的事情说事了，当年的真相如何，你自己心里最清楚，我本来想给你留点脸面，不想把话说透。但是你这样一再纠缠，连自己的表妹都不放过，我觉得我如果再顾全你的脸面的话，怕是会害了方玉梅一生。"

　　于思思的脸色一白，宋以风的眼神冰冷："那天的事情，我基本清楚了，你当初是怎么安排的，做了哪些手脚，我都一清二楚。只是我没有想到的是，你为了名正言顺和我分手然后嫁给亨利，加入美国国籍，居然连自己的表妹也不放过，你真的是丧心病狂。"

于思思的脸上再无一丝血色，宋以风冷笑一声："说什么爱我入骨，完全是放屁。你说你后悔我倒相信是真的，因为你嫁给亨利之后，发现他对你并不好，天天对你施暴，还拿不到绿卡。我们之间，在你变心之后，开始算计之时就不可能再在一起。我不知道你哪来的脸，敢跑到这里来闹事，还敢来污蔑当初的受害者。"

这一番话信息量大到可怕，整个研发部的人都惊了，就连八卦王李伊若也有些转不过弯来。

宋以风从于思思的手里把方玉梅拉了过来，和她并排站在一起："你不是总怀疑我和她之间有什么吗？那好，我今天当着所有人的面宣布，我要追她。"

方玉梅整个人已经石化，完全不知道要怎么反应，瞪大一双眼睛呆呆地站在那里。

方总工之前只知道方玉梅和于思思之间有矛盾，但是不知道到底是什么事，到此时他才明白自己的女儿这些年受了怎样的委屈。

只是他作为长辈，此时反而不好说什么，只说："你们几个都到我办公室来，其他人都散了，忙自己的事去。"

研发部的人都散了。

施梦瑜作为极少数知道内情的人，也感到十分吃惊，她实在是没料到这件事情居然还有这样的反转和隐情。

李伊若凑到她的身边说："真是了不得啊！这事绝对是我们八方车辆厂自建厂以来最大的八卦！这事简直就是出乎所有人意料，就算是再能编故事的作家估计都编不出这么夸张的剧情。"

施梦瑜单手支着头，没有搭理她的话。

李伊若用肩轻轻撞了一下她的肩："在想什么？"

施梦瑜回答："我在想给于思思套个麻袋暴打她一顿，不知道犯不犯法。"

李伊若哈哈大笑起来："这么有风险的事情咱不能去做，我有个好办法，让她以后再没脸来八方。"

施梦瑜朝她看了过来，她哼了一声说："她这么不要脸，我得给她好好宣传一下啊，让她从今天开始，只要进入八方车辆厂里，就会被人从头指指点点到脚。"

施梦瑜朝她竖起大拇指，两人相对一笑，击了一下掌。

约莫半个小时之后，于思思从方总工的办公室出来了，自那之后，施梦瑜再也没见她来过八方车辆厂。

宋以风出来之后见所有人都在看他，他将办公室的众人扫了一圈后说："怎么，都很闲吗？都这么闲的话，要不我再给你们加点工作？"

他这句话一说完，整个办公室瞬间就进入忙得不可开交的状态，就连李伊若也不敢去问结果。

他和方玉梅的相处方式和以前没有本质的差别，依旧疏离清冷，非工作需要两人基本上没有说过什么话。

事后施梦瑜终究没能控制住她的好奇心，偷偷地拉着方玉梅问："这事到底是怎么回事？"

方玉梅知道她嘴严，也没瞒她，轻声说："我之前跟你说我进错了房间的事，原来宋头半年前就查清楚了，当年是于思思故意换了门上的画，把我引进去的，为的是和他分手。当初她背着宋头和她现在的丈夫勾搭上了，两人早就在一起了，而不是出了事情之后她一怒之下才嫁给现在的丈夫。她现在的丈夫对她很不好，每天对她非打即骂，她就又想起宋头的好来，想借这一次回国的机会和宋头再续前缘，其实她现在还没有离婚。"

施梦瑜的眼睛瞪得滚圆，方玉梅看到她的表情后笑了起来："是不是觉得特别不可思议？"

施梦瑜重重点了一下头，于思思也是够不要脸的。

方玉梅轻叹了一口气："我也觉得不可思议，我以前和于思思的关系还不错，虽然知道她从小心思就比一般人多一点，也有点自私，但是我真的没有想到她会做出这种事情来。"

57　重色轻友

施梦瑜轻声安慰她:"我倒觉得这是一件好事,你现在知道那件事情的真相,身心应该轻松了,要不然你估计得会为这事内疚一辈子,现在有没有觉得舒服了些?"

方玉梅点头,轻叹了一声:"是感觉轻松了很多,这些年来我的心理压力其实一直很大,现在知道真相终于可以放下了。"

施梦瑜问她:"那你和宋头之间打算再续前缘吗?"

方玉梅摇头:"我之前就已经把他放下了。这一次的事情闹得这么大,他说要来追我,其实不过是故意气于思思的,我觉得我们之间已经不太可能在一起了,这样也挺好的。"

施梦瑜对于这件事情有些感触,也知道这事她是外人,不好干涉,只说:"如果我师父真的哪天要娶个师娘回来,我希望那个人是你。"

方玉梅笑了起来,她笑着笑着眼圈却又红了,伸手抱着施梦瑜说:"小鱼儿,对不起!我之前……"

施梦瑜打断她的话:"之前的事情过去了就不要再说了,我都不记得了。"

方玉梅听到这话心里就更加后悔,她以前真是瞎了眼,才会去为难施梦瑜。

这件事情虽然在八方车辆厂引起了轩然大波,但是因为有李伊若这个八卦女王控制流言的导向,众人都觉得方玉梅是受害者,对她的名声并没有造成坏的影响。

方玉梅原本是有些战战兢兢的,看到众人友善的目光,她知道这是李伊若在帮她,否则厂区里的那些长舌妇们还不知道得传成什么样子。

为这事,她特意请李伊若和施梦瑜吃了一顿饭,只是饭吃到一半她就后悔了,因为原本只是一知半解的李伊若开始扒当年她和宋以风的事情。

她一点都不想说,好在有施梦瑜在旁打岔,才算是勉强把这件事情岔了

165

过去。

吃完饭后李伊若撇着嘴说："我算是看出来了，玉梅这是不信任我，我虽然喜欢八卦，但是也不至于什么都往外传。"

对于她这句话，施梦瑜和方玉梅是一个字都不信，就她那造谣传谣的能力，真要知道内情了，怕是能传得满天飞。

三人嘻嘻哈哈地从饭店出来的时候，在厂门口遇到了宋以风，施梦瑜立即乖巧地过去打了个招呼："师父晚上好！"

宋以风现在知道自己的徒弟不只是看着乖巧，其实鬼主意多得很，这会主动过来打招呼，八成没好事。

他斜斜地看了她一眼："我说今天岑工为什么会在办公室加班，原来是你们几个出去玩，把他给抛下了，你这算是重友轻色吗？"

施梦瑜笑着说："我不但重友轻色，我还能为我的朋友两肋插刀。"

宋以风笑骂道："这话你去岑工面前说，我可不吃你这一套。"

施梦瑜微笑道："我在岑工面前，肯定会说我重色轻友，他才是最重要的。"

众人都笑了起来，施梦瑜看了方玉梅一眼，冲宋以风眨眼睛："师父今年三十三了吧，你这么大年纪了真不考虑找个师娘？"

宋以风瞪了她一眼："从来只有师父管徒弟，你倒好，身为徒弟居然管到师父的头上来了，我看你是嫌最近的日子过得太悠闲，想要增加工作量了吧？"

施梦瑜认真地说："我要是累一点，师父就能找个师娘，那也是值得的。"

宋以风懒得理她，扭头对方玉梅说："下班前方总工让我给他一份资料，他要得挺急的，我已经准备好了，你跟我去一趟办公室拿回去给方总工。"

方玉梅有些意外，不由得愣了一下，宋以风问她："不方便？"

方玉梅还没有回答，施梦瑜已经说："方便，方便，怎么可能不方便！玉梅正要回去，把资料带回家就是顺路的事情，玉梅，对吧？"

她说完用手肘轻轻捣了一下方玉梅，她略有些不自在地说："呃，对……是顺路。"

宋以风和方玉梅往办公室方向走，经过施楚瑜身边的时候，她对宋以风竖起了大拇指，小声说了一句："加油！"

上次于思思到研发部闹过那一回后，宋以风倒看开了很多事情，从本质上来讲，方玉梅被牵扯进来何其无辜，而他也终究不可能一直徘徊在过去，总归得向前看。

李伊若看着他们走进办公楼之后，激动得手直抖："小鱼儿，你说宋头这株千年铁树，是不是要开花了啊？"

施梦瑜一脸无语地看着她："这事跟你没关系吧，你至于激动成这样吗？"

李伊若疯狂地点头："至于！我之前和行政部的王秀珍打赌了，她说宋头不可能和玉梅在一起，我说他们一定能在一起，输了的要请吃火锅。"

施梦瑜发自内心地觉得，八卦人的世界她不懂。

这一次之后，施梦瑜发现宋以风和方玉梅两人的关系明显没有那么尴尬和疏远了，两人虽然不至于像热恋的情侣，至少能和睦相处，有时候周末她还看见他们一起去看电影。

研发部的工作繁忙无比，施梦瑜本身也不是八卦的人，看到他们的时候会关注一下他们的动态，一忙起工作来，她就什么都顾不上了。

这几个月来，整个研发部都在消化山崎重工的动车资料，并做了不少的实验，从技术层面来讲，他们已经吃透了山崎重工的动车设计方案。

只是某些特定的零部件，国产的无论工艺还是材料都达不到标准，这就意味着如果他们要做动车的话，还是需要外购一些零部件。

有了上次那根轴承的事，研发部的众人对外购零部件的事情心里有些发怵。

方总工知道大家的担心，在开会的时候特意提到了这件事情："之前外购的零部件出了问题，大家都很担心这件事情，这件事情我已经有了解决的方案。"

58 婚期延后

所有人都看着方总工，他接着往下说："去年的轴承出了问题之后，我就跟国内的几家研究机构联系，请他们帮忙研发相关材料，前两天我跟他们通过电话，进展得很不错。所以只要我们的设计方案没有问题，那么零部件的品质就不需要担心。"

他的这番话算是给研发部的众人吃了一颗定心丸。

方总工又说："我已经得到准确消息，部里明年还会再采购一批动车，我们到时候会去竞标，所以这段时间大家再辛苦一段时间，把动车造出来。"

年初的时候方总工就说明年可能还会有一场招标，只是这事还太确定，研发部的众人努力吃透相关知识，做技术调整和突破，就是为了下一次招标做准备。

现在有了确切消息，他们立即就觉得时间很紧了，因为部里的招标一般在明年三月份或者四月份，现在已经九月份了。

虽然现在他们对动车的研发比去年要成熟得多，但是因为去年的那一场失利，他们总觉得头顶似乎笼罩着一片阴影。

而零部件的外发加工和采购，终究会增加一些不确定的因素，他们还需要在正式招标之前做好测试工作，时间已经非常紧了。

众人议论纷纷，他们忙活了这么久，当然希望能忙出成果来，只是这件事情对整个研发部是一个巨大的挑战。

方总工给所有人鼓劲："大家也不要太过担心，毕竟我们的动车从技术层面上讲，已经有了很大的突破，也有了较丰富的经验，这一次会比上次有把握。但是大家也要记住，我们的对手是国外的优秀企业，他们在技术上会比我们成熟，对于这事，我们也没有什么好怕的，我们起步是比他们晚，但是我们比他们更拼。这一次的招标，我们不要去想结果，只需要做一件事情，那就是拼尽全力。就算这一次招标失败，我们明年还有机会。"

最后的这句话方总工去年的时候也跟他们说过，他此时这样说，只不过是不想给大家太大的压力，因为他知道，大家的压力已经很大了。

研发部的众人暗暗握紧了拳头，在这个时候，除了拼尽全力之外，他们并没有其他的法子。

在这个时候，他们知道不需要去想过多的荣辱得失，只需要拼命去做就好，至于最后他们是否能在竞标中胜出，这件事情现在不需要考虑，只需要尽力做得最好就够了。

这一次会后，原本就繁忙的研发部就更忙了。

他们这一次要确定完整的设计方案，有好几个部分之前都做了几个方案，现在要从这些方案中选择最优方案。

而所谓的最优方案，其实除了相应的数据外，更多的是要考虑实际应用的情况，这种事情还需要在实际中做实验来测算。

岑永初和施梦瑜原本打算十一结婚，因为研发动车的事情忙得团团转，两人都是项目组的核心人员，根本就抽不出时间回家结婚。

为这事，岑永初也有些发愁，因为岑母已经打了好几个电话来跟他确认回家结婚的事情。

施母也给施梦瑜打过电话，毕竟结婚是一辈子的大事，草率不得。

施梦瑜一边测算数据一边跟施母说："我们明年要参加部里的招标，现在整个研发部都忙得团团转，我和永初负责的环节又很重要，实在是抽不开身。"

施母有些着急地问："那现在你们打算怎么办？"

施梦瑜想了想说："我跟永初商量一下，看看能不能把婚期延迟，反正我还小嘛，不急着结婚。"

施母训她："你这丫头说话都口无遮拦，什么小不小的，都二十好几的人了，永初还要大你三岁，你不急，你也得替永初想想。"

施梦瑜笑着说："是是是，母后大人说什么都是对的。"

施母有些哭笑不得，又训了她几句，让她和岑永初好好商量。

施母知道造动车这事，一直都是施梦瑜的梦想，她看了一眼在隔壁房间里算数据的郑国勤，心里也有些感触，这一次施梦瑜他们要是真能把动车造出来，晚点结婚就晚点结婚。

她也盼着郑国勤在有生之年能看到中国自己造出来的动车，到时候她一定要带他去坐一坐。

只是施母怕岑家那边会有想法，就又给岑母打了个电话。

岑母叹了口气，说道："虽然我一心盼着这两个孩子能早点结婚，但是我也知道应该以大局为重，毕竟工作要紧。昨天永初他爸还跟我说，让我不要天天打电话去催两个孩子，他们现在都大了，想要做出一番事业来也情有可原。我想了想，觉得我之前确实催得紧了。现在动车的研发已经到了关键的时候，我们这些做家长的不能给他们拖后腿。"

施母听到这话暗暗松了一口气:"孩子们有事业心其实也是一件好事,他们现在做的是一件非常有意义的事,我们得支持他们。"

双方父母沟通后,在这件事情上立即就达成了共识。

岑母却又觉得这事她还是得拿出一点态度来,毕竟工作是永远也做不完的,万一岑永初以后一直拿忙工作的借口敷衍她,她什么时候才能抱上孙子?

她便又给岑永初打了个电话:"十一你们要研发动车没时间回来结婚,这事我听你们的,但是你只能拖这一次,不能再拖,明年五一,你和小鱼儿必须结婚。"

岑永初最近被催得头大,现在听到岑母主动松了口,他也松了一口气:"妈,不是我不想结婚,我比你更想早点把小鱼儿娶回家。只是现在研发工作正在紧要阶段,我和小鱼儿都离不开工作岗位,明年五一,我们就算再忙,怎么也得先把结婚证领了。"

他这话倒给岑母打开了新的思路:"对啊,你们现在没时间办酒席,但是抽半天的工夫去民政局领证的时间肯定是有的,要不这样,我给你们把户口本送过来?"

59 拭目以待

岑永初觉得母亲说的办法不错,先领证后办酒席也是一个法子。

只是这事他还得跟施梦瑜商量,毕竟这是两个人的事情。

下午他瞅了个空,趁着施梦瑜去茶水间倒水的时候把她拉进楼道口,跟她说了岑母送户口本过来让他们先办证的事。

施梦瑜差点没把一口水喷出来,岑永初轻抚着她的背说:"我妈虽然是心急了一点,但是这也侧面表现出她对你的认可。反正我这辈子就只认你一个,你要不嫁给我,我就打一辈子的光棍,所以小鱼儿,不如我们先把证领了。"

施梦瑜觉得他的这句话里有太多哄骗她的意思,她哼了一声说:"我觉得我对你的感情没有你对我的那么深，我这一辈子可不是非你不可。"

岑永初的目光深了些，她却朝他挤出一抹笑："不过把证先领了这事也不是不可以，这事得看我的心情……"

她说到这里看了岑永初一眼："你如果能把我哄开心了，我也能将就着跟你先领证。"

岑永初看到她那张带笑的脸，微微上扬的下巴，还有灵动的眼眸里放射出来的光芒，就知道她这是傲娇的表现。

他平时性子是清冷了些，觉得没有必要在她的面前端着，便凑到她身边问："要不我今晚去你的房间？"

施梦瑜愣了一下，看到他挤眉弄眼的样子，才明白他话里的意思，伸手在他的腰间拧了一把，红着脸瞪了他一眼："一边去！"

正在此时，施梦瑜听到楼道口的门边似乎有些动静，她对岑永初比了个嘘声的手势，然后蹑手蹑脚地走过去，猛地一把将门拉开，一下子就从门后摔出好几个人来。

周飞扬差点没摔个一大马趴，对着施梦瑜那张似笑非笑的脸时，他觍着一脸笑说："这不关我的事，是李伊若。对，就是李伊若，她说岑工来找你，把你拉进楼道口，估计是想跟你亲热，就拉我们过来看。"

施梦瑜朝李伊若看去，李伊若狠狠地踩了周飞扬一脚，瞪了他一眼："胡说八道什么？明明是你先看见岑工拉着小鱼儿进的楼道口，然后喊我过来看热闹的。"

周飞扬痛得抱着脚直跳："我喊你，你就过来，那这事你也得分担一点压力吧！不管怎么说，你也是我们厂里的八卦女王，我就不信你不好奇。"

李伊若懒得理他，笑眯眯地看着施梦瑜说："小鱼儿，你就答应岑工今晚去你的房间嘛！反正你们马上就要领证了！"

施梦瑜伸手就来挠她，她嘻嘻哈哈地跑了。

岑永初看了周飞扬一眼，周飞扬笑着说："岑工，你平时看着正经的，看不出来你骨子里如此闷骚。"

岑永初笑道："你看不出来的事情还多着呢！祝你往后在研发部的日子过得无比辛苦。"

周飞扬没把他的话放在心上:"我才不怕你了,我归宋头管,不归你管。"

岑永初说:"是嘛,那拭目以待啊!"

他说完就走出了楼道口,忙工作去了,周飞扬完全没把他的话放在心上,哼着小曲进了实验车间。

然而这一次周飞扬失算了,下午的时候方总工重新给研发部的众人安排了工作,周飞扬被调去帮岑永初,他当场就吓得差点没跪倒。

周飞扬是个能屈能伸的人,他虽然知道自己这一次撞进岑永初的手里很可能是岑永初的意思,但是事情已经成了定局,他就没节操地去抱岑永初的大腿:"岑工,上午的事情我错了!我给你赔不是,你千万手下留情。"

岑永初看了他一眼,伸手拍了拍他的肩:"小伙子很有前途嘛!"

周飞扬以为这事就这么过了,事实证明他低估了岑永初记仇的心以及整人的本领。

接下来周飞扬的日子可以用水深火热来形容,岑永初做事的方式和宋以风完全不同,他基本上不骂人,对谁都温和有礼,安排的事情甚至都看不出一丝针对的痕迹,但就是能让人崩溃!

比如说周飞扬吧,岑永初给他安排的事情并没有比他当初在宋以风的手里多,甚至还要略少一点,那些事情也都是周飞扬本专业内的。

但是做这些事情要非常细心,稍微有一点点出错的地方,就得重新来,而周飞扬从来就不是一个细心的人。

为了不出差错,他算了一遍又一遍,因为第二天就要这些数据,他算到深更半夜才算完。第二天顶着熊猫眼去上班的时候,岑永初又给他安排了新的工作,新的工作更加磨人。

周飞扬快崩溃了。

这样折腾了一周之后,周飞扬实在是没能忍住,去找宋以风帮他说情,宋以风弄明白前因后果后,就送了他两个字:"活该!"

宋以风拒绝帮忙,周飞扬又去找岑永初,岑永初则问他:"你是不能胜任工作,还是能力不够?如果是能力不够的话,我可以帮你调换一下部门,要是不能胜任工作的话可能就要离职了。"

周飞扬哭丧着脸:"岑工,岑头,岑大神,我知道错了。我以后再也不敢跟着李伊若胡闹了。"

岑永初淡淡地说:"看来你到现在还不知道你自己错在哪里,继续工作吧,这份资料明天早上要,你可千万不要让全部门的人等你一个,毕竟你是我请方总工调过来的,你应该不想在方总工那里留下无能的印象吧?"

周飞扬知道研发部有着自己的考核方式,方总工作为他们的顶头上司,要是在方总工那里留下不好的印象,那就真的麻烦了。

他哭丧着脸,只得努力工作。

他回到办公桌的时候,见平时全研发部最闲的李伊若也忙得满头大汗,他的心理平衡了不少,凑到她面前问:"你这是怎么了?"

李伊若没好气地瞪了他一眼:"你还有脸问,我还不是被你害的!上次跟你八卦了那一回后,岑工就跟方总工建议把所有的图纸全部按类归档。"

60 想套路她

李伊若越说越气:"图纸这事一直都是我在管,要重新按类归档这事就落在我的身上了。我这几天搬来搬去,腰都快要累断了,连八卦的时间都没有了。"

周飞扬这才想起一件事,那天岑永初和施梦瑜在楼道口里的八卦一直没有传开,他忙得顾不上想原因,现在李伊若一说他总算明白这是为什么了。

他之前觉得宋以风骂起人来的时候够凶够狠,现在和岑永初这不着痕迹地修理他们的手段一比,宋以风简直太温和,太可爱了。

经过这一次的事情,周飞扬和李伊若终于明白了一件事,那就是往后得罪谁也不要得罪岑永初,他折腾人的本领绝对是一等一的高明。

两人商量了一番终于明白了症结所在,一起去找施梦瑜,请她为他们去岑永初那里说情,并再三保证,他们以后绝对都不传他们的八卦了。

施梦瑜这两天看到他们两人被岑永初折腾得鸡飞狗跳倒有些想笑,岑永初整人,果然还是熟悉的套路。

她已经很多年没有被他整过了,这一次看到他们这反应和表情,她颇有点过来人的自豪。

她笑着说:"不经历风雨哪里能见彩虹,岑工这是在磨炼你们。你们要加油哦!"

周飞扬和李伊若差点都忘了,她也不是个安分消停的,整人的本领一点都不比岑永初差。

最后,施梦瑜敲了两人一顿饭,然后跑去跟岑永初撒娇说情,这事才算过去了。岑永初问她:"我表现得怎么样?你心情好不好?能跟我领证了吗?"

施梦瑜这才弄明白,原来他真正想套路的人是她。

她吃了周飞扬和李伊若的饭,这事要是办不成,他们估计能烦死她。

她对他磨了磨牙:"算你狠。"

岑永初的嘴角上扬,伸手刮了一下她的鼻子,小声说:"小鱼儿,我的后半生就托付给你了。"

施梦瑜没料到他冷不丁说出这么一句话,她愣了一下,看着他俊朗温润的眼神,她心里的那点窜出来的怒意奇迹般地消失了。

她轻声说:"往后我一定会好好收拾你。"

岑永初笑了笑:"好。"

第二天,岑母就先去施家拿了施梦瑜的户口本,然后给他们送了过来,他们十一后请了半天假,去民政局领了证。

施梦瑜拿到结婚证的那一刻,稍有些恍惚,她和岑永初从小就认识,在她很小的时候就想过要嫁给他。

两人兜兜转转了这么多年,经历了很多的事情,如今拿到这个本本,也算是对他们相伴长大多年的一个交代。

她看着岑永初说:"岑工,今天你是不是得请我吃顿饭?"

岑永初却说:"吃饭这事太俗了,不如给你一个家。"

施梦瑜一脸的茫然:"给我一个家?我们不是有家吗?"

岑永初一直觉得施梦瑜聪明起来的时候是聪明,但是笨起来的时候也真的很笨,她该不会把八方的单身宿舍当成是家了吧?

他也没有多加解释,而是带着她去了离八方车辆厂没多远的一个售楼处,当天就拉着她定下来了一个一百多平方米的房子。

在签字的时候施梦瑜呆呆地问:"真的要买房?"

岑永初看着她说:"刚才不是说了嘛,要给你一个家,写着自己名字的房子,里面还有彼此,那才是家。"

施梦瑜不知道为什么,听到他这句话眼眶微微一红,想起这些年来跟他一起走过的时光,心里一暖,又朝他一笑。

岑永初回以一笑,什么都没有说。

他们从小一起长大,对彼此了解极深,有着属于他们的默契,在这个时候,什么都不需要说。

回八方的路上,岑永初让她把购房合同等东西收好,说:"好在你现在就答应嫁给我了,现在房价飞涨,你再拖个一两年,我都担心我手里的钱不够付房款。"

施梦瑜这才想起最重要的事情:"你买房子的钱哪来的?是找叔叔、阿姨拿的吗?"

岑永初看着她说:"娶老婆这事哪能让父母帮忙,这钱是我自己的。"

他见她满脸不可思议地看着她,便说:"我上大学的时候就开始攒钱了,当时做过家教,也跟人合作折腾过方案,后面去日本的时候,一边读书一边打工,因为学历还行,脑子也还算灵光,赚的工资还算可以。我就庆幸我还算会读书,平时也算上进,所以你嫁给我这辈子也许不能大富大贵,但是应该能让你衣食无忧。"

施梦瑜的心里十分感动,问:"你上大学就开始攒钱?"

"对啊。"岑永初将她的手拉得紧了些,"我当时就想娶你,只是你年纪还小,我就想着等你大学毕业后我们就结婚,而要结婚,就得有住的地方,我就开始想着赚钱的事。只是计划赶不上变化,我后面去了日本读书,你却生我的气不理我,这一耽搁就是这么多年。"

他说到这里又递给她一张卡:"这是我这些年的积蓄,也是我的工资卡,现在都交给你管。"

施梦瑜看着他的目光更加温柔了些,她实在没有想到他当时就想着要和她结婚。

她觉得这个时候她应该说几句温情一点的话，但是书到用时方恨少，她这个理科生实在没有太多的文艺细胞。

她憋了半天，最后竟憋出来了一句："你上大学的时候我还没满十八岁，还没有成年，岑工，你这种行为算不算是祸害未成年少女？会不会有点禽兽不如？"

岑永初虽然已经习惯她语出惊人的状态，但是今天他们领证这样的大好日子，她居然说出这样的话，他实在是无言以对。

施梦瑜抱着他的胳膊说："其实在我小的时候，也想过要嫁给你，当时想得有点多，还患得患失，怕你不愿意娶我。"

"我要是不愿意娶你，你会怎么做？"岑永初问她。

她笑着说："我之前就想好了，你如果不愿意的话，我就拿个麻袋套住你的头，然后把你打晕拖进我家。"

61　正式领证

岑永初没忍住笑了起来："你完全不用把我打晕，不管什么时候，你只要钩钩手指，我就会到你的身边。"

领完证，两人就算是合法夫妻了，往后的人生路，都会互相陪伴、相扶相携地走下去。

他们都坚信，未来的生活会更加美好。

两人虽然现在没时间办酒席，但领证同样是大喜事，回去的路上他们拐进超市买了一大包糖，分给研发部的众人。

他们一回到办公室，就收到了一大堆的祝福。

宋以风笑着对岑永初说："岑工，现在可以喊我师父了吧？"

岑永初这一次大大方方地说："师父好！"

宋以风笑了起来，伸手拍了拍他的肩，摆出一副长辈的模样说："不错，不错。"

岑永初回以一笑:"徒弟都结婚了,师父可得加油了,总不能一直单着。"

宋以风的眉毛微微皱了一下:"师父的事情,徒弟可没权管。"

施梦瑜在旁插话:"我们是没权管,不过发自内心地希望师父能幸福。"

宋以风的眼里笑意更浓了,弹了一下她的额头:"天天在这里瞎操心!上午已经偷了半天的懒了,我之前分给你的工作都做完了吗?"

施梦瑜有些无语地说:"师父,你别这么不近人情啊!"

宋以风扫了岑永初一眼说:"你要是做不完,可以喊你家男人帮忙!乖徒儿,师父跟你说,嫁了人,用起自己的男人来,就不要客气。"

全场哄笑。

周飞扬跟着起哄:"就是,就是,你可千万不要客气。"

岑永初淡淡地扫了他一眼,他立即伸手捂住自己的嘴,他像是想起了什么:"岑工,今天是你们结婚大喜的日子,你可不能小心眼。"

前段时间岑永初收拾周飞扬的事情全部门都知道,又是一阵哄笑。

方总工从办公室里走了出来,笑着对众人说:"吃完糖就去干活,别忘了,晚上还有测试。"

众工程师笑着应了一声,各自回到工作岗位上。

方总工把岑永初和施梦瑜叫进了办公室,笑着说:"恭喜你们了,原本是要给你们放几天假的,现在研发到了紧要阶段,这婚假暂时不能给你们放,等招标结束后再给你们放双倍的假。"

岑永初和施梦瑜向他道谢,他又说:"小施,今天有件事情还得你来做,上午的一个测试有问题,我们测了十几回了都没有得到预期的数据,你给小田先生打个电话问一下,他有没有更好的法子。"

正常情况下,他们也不愿意去麻烦小田次一郎,他们会自己反复试验和验算,只是他们在动车的研发经验方面远不如小田次一郎。这一次动车设计的主体是在他们原有的动车基础上,加入山崎公司的动车设计方案。

这是一个融会贯通的过程,整体难度不算小,再加上时间的原因,研发部的每个人都恨不得睡在实验车间里。

有时候自己试了很多次未必会有结果,小田次一郎作为旁观者和过来人,反而能给出相对中肯的意见。

施梦瑜笑着说:"小田先生估计不太愿意接到我的电话。"

自小田次一郎回国之后,八方车辆厂在研发过程会遇到一些问题。施梦瑜给他打过几次电话请教一些技术上的事情,他觉得人不在中国了就不是太配合,经常不接电话,不配合她的工作。

她为此用了不少的法子,他中途甚至还换过电话号码,好在她和之前的女职员关系不错,总能知道小田次一郎的行踪,追堵拦截,耍赖使泼地从小田次一郎那得到过好几次额外的技术指导。

方总工和岑永初也曾试着和小田次一郎联络,但是他都不太理会他们,只有施梦瑜能镇得住他。

也因为这件事情,施梦瑜取代岑永初成为和小田次一郎的第一联络人。

小田次一郎这一次接到施梦瑜的电话时,内心是震惊的,因为八方的研发进展比他的预期要快得多,基本上每次涉及的问题都比上一次的要深奥得多。

有些是他在研发过程中都没有遇到的问题,他对八方的研发进展慢慢生出了兴趣。

他也可能是知道摆脱不了施梦瑜,也就认命了,渐渐地对技术转让这件事情没有那么排斥了,虽然他的语气还是不好,但是会耐心解答,敷衍的次数越来越少。

到年底的时候,八方车辆厂自主研发的新一代动车CRH2A,已经试制出来,开始安装和调试。

很快,安装结束,调试后又开始测试,所有的数据比他们之前研发的那台动车要好得多。

方总工这一次极为慎重,联系相关工作人员进行新一轮的试车。

只是有了上次的经验和教训,这一次他们试车极为低调,没有联系一家媒体,部里也只和相关的领导打过招呼,以方便试车。

部里的领导听说他们又研制出了新的动车,还想参加来年的投标,反倒对他们充满了好奇。试车的这天,和方总工相熟的一位领导过来看他们新造出来的动车。

动车此时安安静静地停在基地里,外形和上次的相近,车头呈弹头型,看起来更加利索，整体的颜色换成了白色，不再是蓝白相间。

方总工给那位领导简单地介绍了一下这辆动车和之前设计出来那一辆的区别，那位领导认真听完后先去控制室里看了看他们的控制方式。

发现虽然还是用计算机控制，但是各控制键的设置更加人性化。他又去后面的车厢的座位上坐了坐，然后笑着对方总工说："座位也比之前的舒服了，但是我觉得比起山崎重工的动车座位来，还是没有人家的舒服。"

方总工点头："确实如此，这一次的研发时间短了一些，我们把重点都放在性能上了，对于舒适性考虑得是少了一点。"

那位领导笑着说："你们已经做得很不错了，就这台动车比起前年的那台要好得多，但是我觉得这一次你们如果想要中标的话可能还是有些难度，毕竟你们的对手都是国际巨头。"

62　有点紧张

方总工认同他的说法："现在距正式投标还有三个来月，我们还能做出改进，现在说放弃，还有些早。"

那位领导拍了拍他的肩："老方，我最欣赏的就是你的这股韧劲和不服输的性子。如果我们国内有企业能在这一两年造出属于我们自己的动车，那一定会是你们八方车辆厂。有你在，你们八方车辆厂的研发工作我完全不用担心，你的那些研发人员我也见过了，个个都是好样的。"

他说到这里又笑了起来："年中的时候山崎的小田次一郎还向我投诉你们的工程师了，他说你们有位女工程师天天追着他问技术的问题，快把他逼疯了，我们听到后帮你们说了不少的好话。对了，那位女工程师今天来了没有？我很想见见她，想知道她是怎么把小田次一郎给逼疯的。"

这件事情当时在部里传开了，很多人对施梦瑜很好奇。

方总工笑着点头，把施梦瑜喊了过来，然后把她介绍给那位领导："这位就是施梦瑜，郑老的外孙女，西交大的研究生。她虽然年纪不大，但是工作能力非常强，现在是我们研发部的骨干。"

那位领导有些意外，说道："原来她是郑老的外孙女啊！果然是将门无犬子，郑老可是电力机车国内第一人，如果他没有生病的话，电力动车的研发任务就该是由他来挑头了。"

施梦瑜轻声说："我外公病了之后，一直念念不忘造出属于我们国家的动车，我想替他圆了这个梦想。"

那位领导点了点头："我听过不少关于你的事情，你做得很好，动车的研发工作，有老方这样的老将坐镇，还有你们这些优秀的年轻工程师，我觉得造出属于我们自己的动车指日可待。"

方总工笑着说："我们这一次要是试车成功的话，也就算是造出属于我们自己的动车了。"

那位领导点头说："你说得没错，你们如果这一次试车没有问题，在其他性能上再做出改善，我觉得中标的可能性非常大。"

方总工非常有自信地说："这一次试车不会出问题。"

事实证明，方总工的话是对的，这一次试车的数据非常不错，时速上虽然没有去追求极限，却比起上一次的动车还要快一点，运行时更加安全可靠，其时速已经达到了部里招标的标准 250km/h。

只是为了保险起见，他们这一次试车的时间相对会长一点，以证实其性能是安全可靠的。

后面的试车不需要方总工全程跟进，他从研发部叫来一个工程车和两个技工全程跟车一个月，他带着施梦瑜和其他工程师回到了八方。

这一次的试车，让他们对自己造出来的动车各方面的性能有了更加清晰的认识，也有了更加完善的改进方案。

对于八方的这些工程师们而言，动车造出来了，各种数据完全成型，成型之后再在这个基础上改进，比起之前的摸索制造要容易得多。

等到他们正式竞标的时候，动车的性能再次得到了大幅度的提升。

动车电机牵引功率提升了 8%，传动比改进后，总牵引功率也跟着提升了 5% 左右，车体的架构上更人性化，座椅也引进了人体工程学的设计，噪音降低了不少，坐在里面更加安静，转向架更加平稳可靠。

因为这一系列数据的提升，动车速度也有了一定的提升。

如果说投标之前他们心里没底的话，那么在做出这一系列改进之后，他们的信心提升了不少，也许以后他们还有很大的进步空间，但是就现在而言，他们已经做到了最好。

很快就到了投标的时间，投标这种事情正常是由市场部主导，只是动车涉及的参数众多，市场部那边对于动车具体参数的了解还是有所欠缺，方总工便让施梦瑜和岑永初过去帮忙。

标书是之前就做好的，具体参数则是他们过去之后再加上去的。

这一次招标有着明确的标准，时速250公里以上，动力为分散动力型。八方车辆厂自主研发设计的CRH2C完全满足招标所有的条件。

这一次竞标的企业也相对有些特殊，除了八方车辆厂外，还有好几家合资企业，南车和北车集团下各有好几家。八方车辆厂是唯一的自主研发生产。没有跟其他国际动车巨头合资的企业。

施梦瑜第一次参加这种招标，多少有点紧张，不停地喝水缓解情绪。

岑永初看到她的样子后轻声说："别怕，他们虽然看起来都很厉害，但是我们也不差。这一次我们都尽力了，能做到现在这样我觉得已经很棒了，我刚才看过他们的性能数据，他们的实力并不比我们强。"

施梦瑜看见市场部经理此时正跟北车人集团下的一位负责人聊天，她轻声说："南车和北车同归部里管，却是竞争对手，我总觉得市场部经理现在笑起来的样子好假。"

八方车辆厂的市场部经理在厂里有笑面虎的"美称"，工作能力非常强，据说之前竞标的时候曾大杀四方，他拉订单的本领一流。

岑永初笑着说："北车那边的负责人笑得更假，竞标能不能成功，在大家性能和数据相差不多的情况下，就和投标人的本事有关系了。

"这里面学问很多，吴经理深谙这里的门道，既打听对方的消息，又不遗余力地打击对方的自信，不过对方作为北车集团市场部门的经理，也有相当的能力。

"今天我们过来是做技术支持的，能不能中标这事，还得看吴经理的。"

施梦瑜知道事实的确如此，但她还是控制不住地紧张，很快吴经理就回来了，他的脸色难看。

63　竞标成功

岑永初轻声问："哪里有问题吗？"

吴经理回答："他们的技术参数相对我们的来讲有一定的优势，这一次招标一共会招三家企业，我们的对手很强大，就目前看来，我们的胜算并不大。"

岑永初看着他说："胜算不大不代表没有胜算，我们出门前方总工就说了，这件事情尽自己最大的努力去做，自己做到最好，就可以看淡成败了。"

他的话里透着一丝韧劲，让原本有些着急上头的吴经理一下子就冷静了下来。

吴经理略点了一下头："方总工是我们八方的中流砥柱，他的话不会有错，是我太心急了。"

岑永初说："我看了一下，我们并不比其他家差，且是其中唯一的拥有独自研发能力的厂，在他们看来，我们也很强，他们很可能比你更急。"

吴经理笑了笑："也是！"

他本就是个经过大风大浪的人，就算刚才他因为着急而乱了分寸，此时一冷静下来，重新捋顺，觉得今天谁能胜出实是未知数。

他笑着问岑永初："你们研发了近两年，这是检验你们研究成果的时候，按理来讲，你应该比我更急，你是怎么做到像现在这样淡定冷静的？"

岑永初回答："那是因为我从小到大，只要是遇到考试就没有当回事，而招标这事在我看来跟考试没有什么差别。"

吴经理愣了一下，然后就笑了起来，他听过一些关于岑永初的事，用天才来形容都不为过。因为这句话，他心里最后的那一点急躁也消失得干干净净。

他再次拿起标书，把上面重要的参数全部过了一遍。

很快就到了竞标的环节，吴经理非常冷静，所有操作全部都堪称完美，顺利杀入最后一轮。

最后一轮竞标开始之前，部里的一位领导临时让每个竞标的厂家介绍一下自己的公司和动车研发制造的优势，上场的顺序由抽签决定。

这种带具体性能参数的介绍市场部的人是很难说得清楚的，施梦瑜和岑永初商量了一下，就决定由她来做介绍。

八方的签抽得不好，最后一个，进入第三轮的有十个厂家，今天已经进行了一天的投标，参与选标的领导都有些累了。

虽然规定的是每个厂家有十分钟的介绍时间，但是万一前面有厂家超时的话，留给他们的时间就会非常少，且在这个时间里，还得说服领导，体现他们的优势，整体来讲难度很大。

果然和施梦瑜猜的差不多，前面有两家公司在介绍的时候超时了，轮到他们的时候已经六点，到吃饭的时间了，几位领导的脸上都露出了倦态。

她深吸了一口气，直接走上台，并没有看标书，而是直接说："八方车辆厂的动车各性能参数，刚才我们的吴经理已经说了，标书上也有着详细的介绍，我就不在这里一一细说了，我想给各位领导说说我们研发部的故事。"

参与动车研发项目的绝大多数是男性，她没有站在台上之前，所有人都以为她是市场部的，此时都有些意外。

她原本就长相甜美可爱，此时往台上一站，便自成一道风景线，再加上她上来说的并不是枯燥的数据，倒让人眼前一亮。

施梦瑜看到众人的反应后侃侃而谈："八方车辆厂是去年和日本的山崎重工达成技术转让协议的，山崎的总工小田先生是一个非常有趣的人，最喜欢跟我们研发部的工程师玩'猜猜数据对不对'的游戏。"

众人笑了起来，都知道这哪里是在玩游戏，而是小田次一郎在敷衍他们，这种事情，几家合资的公司也发生过类似的情况，只是没有人拿出来说。

施梦瑜微微一笑："我作为和山崎重工技术转让八方的第一责任人，就需要每天都和小田先生玩这个游戏。在玩这个游戏的过程中，我见识到了小田先生的无赖和严谨。众所周知，八方车辆厂两年前就作为研发我国电力动车重要的公司，主导第一辆电力动车的研发工作。在这个过程中，我们的技术水平提升很快。可能是因为很多人觉得女性天生在理工科方面会差一点,所以有一次小田先生故意给我出了道题,只要我能求出轮轴的系数他就会如实回答我的三个问题。我当时就乐了,这不是送分题嘛!哪怕我作为八方最不入流的工程师,求个轮轴系数还不是简单的事情?只是我在求的时候,发现他又在跟我玩游戏了,我们的高速铁路所用的轨道都是1435的标准轨,而日本除后面修建的新干线外,都是1067的轨道,轨道的宽度不同,轮轴系数自然就会有差别。大家猜猜,最后我是怎么回答的?"

有领导笑着问:"你怎么回答的?"

岑永初微微一笑,这事当初他是知道的。她永远都会给人惊喜。

施梦瑜回答:"我在一个小时内给了他两个方案,然后问了他9个问题,大家一定好奇我为什么能问9个问题吧?"

她说到这里狡黠一笑:"那是因为我答题前向他示了弱,只要我的答案是对的,他就给我三倍的奖励。"

众人都笑了起来,她却满脸认真地说:"经过这一次的事情之后,我就知道在他的心里,其实对我们中国的工程师们是存有轻视心理的,毕竟我们在电力动车的技术层面落后他们很多。落后就要挨打,这句话适用于各个方面。而我们在动车的研发上,想要不挨打,那就只能让自己变得强大,拥有独立的知识产权,用实力告诉他们,我们的技术也很棒。八方车辆厂这一次的动车是我们独立研发的,虽然现在可能还有一些山崎重工的影子,但是我相信只要再给我们一点时间,我们就能拥有真正独立知识产权的动车。谢谢各位领导!"

64 他的表扬

施梦瑜说完这番话,在场的所有人都为她鼓掌。岑永初对她竖起大拇指,今天就算由他去做解说,也不会比她做得更好。

因为她这番话,加上她之前与小田次一郎的事,她这一次成了名人了。

最终的竞标结果，八方车辆厂以绝对的优势拿下最大的订单。

签约的时候部里一位领导跟她握手："八方车辆厂研发部的工程师们都很不错，我希望你们能尽快研发出真正属于我国独立知识产权的动车。"

施梦瑜认真地说："请领导放心，我们会尽快完成这个任务。"

回去的路上吴经理笑着问："小施，你有没有兴趣来我们市场部？"

岑永初在旁说："吴经理，都是一个厂的，这样来挖墙脚不太好吧？你就不怕方总工找你麻烦？"

吴经理哈哈大笑："我只是觉得小施特别适合我们市场部，不过她是研发部的骨干。市场部要找一个口才了得、聪明伶俐的市场专员，但是研发部更需要像小施这种学渊博、专业知识扎实的工程师。"

这是他的真心话，他知道，施梦瑜是不可能来市场部的，方总工也不会放人。

施梦瑜笑着说："我就想做个动车工程师，这一辈子也只想做动车工程师。"

他们回到八方车辆厂的时候受到了如同英雄归来一样的欢迎仪式。这一仗他们打得十分漂亮，也奠定了整个八方车辆厂动车技术的领先地位。

方总工对施梦瑜和岑永初的表现十分满意，当众宣布，给他们放十天的带薪假期，让他们好好去办婚礼。

当天晚上，厂领导还给他们举办了庆功宴。

研发部的众人忙了近两年的时间，中间经历了失败和挫折，也曾彷徨迷茫过，到如今终于算是初见成效。

施梦瑜知道这一次不算是真正的成功，只是一个基本的认可，就现在八方和山崎重工在技术上差距还很大，他们还得努力追赶才可能赶得上山崎现有的技术水平。

只是竞标成功就意味着他们能暂时松一口气，她和岑永初的婚礼得办了，再不办婚礼岑母那里是说不过去的。

她收拾东西的时候接到了小田次一郎的电话，这让她十分意外，毕竟自打他们认识以来，小田次一郎对她不说避若蛇蝎，至少也是绕道走的，这样主动给她打电话还是第一回。

她接起电话，小田次一郎的声音传来："我听说了招标的事情，八方车辆厂很不错，你的表现却马马虎虎。"

施梦瑜笑着问："您这是在表扬我吗？"

小田次一郎轻哼一声："像你这样的麻烦精，我怎么可能会表扬你？我只是想告诉你，现在你们的动车已经造出来了，我们两家公司的技术转让协议也就彻底终止，你以后不要再给我打电话了！"

施梦瑜一点都不生气，用十分真诚的语气说："小田先生，谢谢你！"

她用这样认真向他道谢，他倒有些不太自在，他轻咳了一声后说："你也不用谢我，你们能把动车造出来，那是你们自己的努力。我虽然是给你们提供了一些技术指导，但是如果你们自己不努力不上进的话，也不可能有现在的成就，所以你们要谢就谢你们自己吧！"

施梦瑜听到他这句话心里也有些感叹，小田次一郎虽然一开始并不配合他们的工作，但是整个过程中，却帮了他们不少忙。

如果没有他的帮助，八方车辆厂对于分散动力型动车的研究，一定不会像现在这么顺利。

小田次一郎最后总结："这一次跟你们的合作，让我看到了中国人做事的闯劲和拼劲，现在的你们已经有资格成为我们的对手了。你也放心，以后我们要是在竞标中遇到的话，我们肯定不会手下留情。"

挂完电话后，施梦瑜轻轻一笑，能让小田次一郎打来电话，并说出这样的话，她觉得这一次八方做得相当成功。

未来的路还很崎岖，往后还有更多的技术难题等着他们。

她和岑永初的婚礼本来是打算从简的，但是岑父岑母不同意，他们就只有一个儿子，这事必须得办得热热闹闹才行。

他们也不需要施梦瑜去操心置办什么，岑母就把所有的事情全部操办好了，她问施梦瑜有没有什么要求和想法。

施梦瑜表示理科生没有什么浪漫细胞，对结婚流程这事完全没有任何想法。岑母倒把她给埋怨了一顿，说结婚对女人十分重要，她怎么能不提出想法，然后勒令她必须提出三个要求。

这事倒让施梦瑜发愁，她找岑永初给他支招，他想笑。岑母虽然上了年纪，但是一个浪漫的人。

施梦瑜这种把心思都花在研发上，对于婚礼从来就没有半点想法的人，让她提要求，可能比让她去计算动车的复杂参数还要难得多。

最后，他跟施梦瑜说："你让我妈在我们的婚礼现场摆满鲜花，再挂满气球，然后四个墙角边都放一台泡泡机。"

施梦瑜瞪大眼睛问："鲜花有什么好的？用一回就全谢了。气球就更别说了，一不留神就炸了，能把人吓死。泡泡机是什么玩意？那东西吃饭的时候要是落到桌子上，一桌的饭菜都毁了。"

她对岑永初的提议完全不理解。

岑永初听到她这种话憋笑憋得肚子疼，她这种思维从本质上来讲跟男性差不多，只是他了解亲妈，平生最爱的几样东西就是鲜花、蕾丝和气球，之前参加别人婚礼的时候还特意夸过喷的泡泡机。

他看着她说："你不是让我帮你想办法解决问题吗？你这样跟我妈说，她一定满意。"

施梦瑜将信将疑地跟岑母说了岑永初给她出的那些主意，果然她立即就得到了岑母的表扬。

65　浪漫婚礼

岑母还说："我觉得结婚的时候还得在各角落里用蕾丝再布置一下，这样看起来更加浪漫！"

施梦瑜听完后咽了咽口水，挂完电话后对岑永初竖起大拇指，他真的是太厉害了。

婚礼如期举行，盛大、热闹、喜庆，鲜花挤满了各个角落，蕾丝四处飞扬，上方则挂满了气球，角落里的泡泡机一直疯狂地吐着泡泡。

虽然这些事情不需要施梦瑜操太多的心，但是一整天折腾下来，还是很累，晚上吃完饭敬完酒之后，她瘫在床上动都不想动了。

岑永初在她的身边躺下，轻拉过她的手说："小鱼儿，你终于成为我的新娘了，我好开心。"

施梦瑜"嗯"了一声没有说话。岑永初就在旁说起他们小时候的事情，说了半天她都没有回应。他扭头一看，发现她竟不知道什么时候睡着了。

岑永初有些哭笑不得，他觉得她是个心大人，哪有在自己的新婚夜这样呼呼大睡的？

他觉得可能这也是因为他们彼此太熟，岑家对她而言也不是陌生的地方，就连他们新婚住的这个房间，她之前来岑家的时候都睡过。

他低头在她的额头上轻轻地吻了一下，替她把外套脱了，拉过被子，跟她一起睡下。

两人的婚礼在岑家和施家各办了一场，宴请了各自的亲朋好友。等这些事情忙完，他们回到八方的时候又宴请了厂里相熟的同事。

如果说在老家那边办婚礼有家里的长辈操持，那么在八方请客吃饭就得他们自己来了。施梦瑜原本只想请几个熟悉的同事，她估计来的也只有研发部的几个人。岑永初却觉得应该正式一点，找个大一点的饭店。

事实证明，他的决定是正确的，两人请客吃饭的那天，来的人比施梦瑜预期的要多。

也不仅限于研发部、市场部、行政部、生产部、财务部……基本上八方所有部门的经理都来了，甚至厂长、总经理、副总经理都来了，他们中有几个施梦瑜并不熟悉。

相较于她的意外，岑永初则要淡定得多。她觉得他们今天可能要出丑了，没料到他早让饭店做了准备。

施梦瑜和岑永初敬酒敬得头大，她还想用凉开水蒙混过关，却被研发部的那些工程师们揭破，最后她只能硬着头皮喝。

最终的结果是，她意外地发现自己的酒量还不错。

方玉梅看着施梦瑜的眼里满是羡慕，她也想结婚了。

宋以风就坐在她的身边，他看到她的目光后皱了一下眉，将杯里的酒喝了一口。

李伊若在旁拉着方玉梅说："小鱼儿和岑工真的是太配了。看到他们，我就觉得爱情太美好了，我也想结婚了。"

方玉梅问她："你和你家小陈也谈好几年了，打算什么时候结婚？"

李伊若轻撇了一下嘴："我们分手了。"

方玉梅十分意外："之前不是还好好的，怎么突然就分手了？"

李伊若叹气："我妈提出要两万的彩礼，让我们结婚之后就把钱带过去。他妈觉得我和他感情好，要彩礼太伤感情，不愿意给。他又听他妈的，觉得我妈太过分了，说我也不懂事。我们前段时间吵了一架，就分手了。"

方玉梅满脸的难以置信："现在厂区里嫁女儿，男方那边的彩礼都是五万打底，你才要两万，他们家居然不同意？"

李伊若苦笑一声："是啊，我妈很生气，说他妈太过分了，他什么都听他妈妈的。我觉得我妈说得挺有道理，就跟他彻底断了。"

方玉梅有些唏嘘，周飞扬在旁插话："我觉得你分手的决定是对的。虽然谈钱伤感情，但是真的喜欢一个人，是不会在乎这两万块钱的。"

他说完朝李伊若挤眼睛："我给你家十万彩礼，要不你嫁给我怎么样？"

方玉梅的嘴角直抽，哪有人这样求婚的。

李伊若反应过来后就踩了周飞扬一脚："我看你是找打。"

周飞扬笑着躲开了，李伊若追了过去，两人笑闹了起来。

宋以风拿出钱包，从里面拿出两张卡递给方玉梅，她一脸的莫名其妙，问他："这是做什么？"

宋以风回答："这张是我的工资卡，另一张是储蓄卡，密码都是你的生日。"

方玉梅就更蒙了："你的卡给我干吗？"

宋以风看向她："我不知道你会要多少彩礼，干脆就把全部家当给你。"

方玉梅这一次是真的受惊了！

上次于思思到八方闹完之后，宋以风当着全研发部的人说要追她，事后他偶尔会喊她一起看场电影，也会去方家帮着做一些事情。

但是，他对她一直都很平淡，并没有什么亲近的举动，她也就没有把他的话放在心上。

现在他突然把他的银行卡给她，话里的意思似乎还想要跟她结婚，简直能把她吓死！

她轻咳了一声:"宋头,你是不是弄错什么了?"

宋以风问她:"你有男朋友了?"

方玉梅摇头,宋以风又问她:"除了我之外你还有喜欢的人?"

她觉得他这句话里陷阱重重,她想解释却又不知道如何解释,只得继续摇头。

宋以风便说:"既然你没有男朋友,除了我之外也没有喜欢的人,我也没有女朋友,人品自认为过得去,对家庭也负责,你可以考虑和我结婚。"

他说完起身就走,方玉梅急了:"宋头,你的卡!"

"现在都是你的了。"宋以风头也不回地说。

她终于明白他这是在求婚,惊呆了!

66 我最帅了

方玉梅之前觉得宋以风的性子不好相处,对她始终冷淡,她便觉得那是他讨厌她,现在却觉得她可能对他有什么误解。

他似乎不管和谁在一起都是这副样子,又或者说他表达亲近的方式和正常人不一样,她顿时就有些明白当年的于思思为什么要跟他分手了。

他这哪里是在求婚,分明就跟土匪一样。

她追了出去:"宋头,你的卡我可以收下,但是如果你真的想要跟我结婚的话,你还是先去征得我爸的同意吧!"

宋以风停下回头,看着她的眼里有了笑意,唇角露出微笑:"好!"

他做事一向很有效率,第二天就去方总工的办公室里说了他的心思,沉稳淡定的方总工也被他吓了一大跳。

方总工对他的能力和人品是满意的,但觉得他这种性格做女婿不是那么合适,只是他知道方玉梅喜欢宋以风,所以他没有直接回绝。

他只说:"这事不急,你和玉梅先处处再说。"

宋以风原本以为方总工会同意的，没料到是这个态度。他是聪明人，虽然在表达感情的方式上有些欠缺，但是他有一颗好学的心。

他找了个机会把岑永初叫了出来，拐弯抹角地向岑永初取经。

岑永初也是聪明人，一下子就明白了他的意图，笑着说："宋工，你也有今天！"

宋以风瞪了他一眼："我觉得这件事情你应该帮我。"

岑永初说："我和小鱼儿从小一起长大，我俩的感情其实就是日积月累，除了她之外，我从来没有追过其他的女孩子，也不知道怎么去讨女孩子的欢心。如果你硬要我在我和小鱼的感情上找经验的话，那我的经验也就只有一个……"

宋以风朝他看来，他微微一笑："那就是拿出研发动车的劲头去研究她，然后掏出自己的真心。"

宋以风斜斜地看了岑永初一眼，他觉得岑永初既记仇又小气，现在都和施梦瑜结婚了，居然还这样防着他。

岑永初一看他的样子就知道他不信，便说："宋工，你知道你为什么到这个年纪还娶不到老婆而我却能娶到小鱼儿吗？"

宋以风觉得他接下来肯定没有好话，果然，他笑着说："因为你长得没我帅。"

宋以风把岑永初的筷子抢了过来，说："你这不是给我添堵吗？还想吃我的饭。"

岑永初没忍住笑了起来。

接下来的两年，八方车辆厂的研发部一直都在努力研发拥有我国独立产权的动车，研发部的进步非常大，在各项技术上有着长足的进步。

随着经济的发展，部里对动车时速以及稳定性的要求也越来越高。

2007年9月，方总工接到部里的通知，明年有新一轮的招标，这一次招标的要求格外的高，除了要求正常运行时速达到300公里，对于其他的各项参数也有了更高的要求。

从某种程度来讲，这样的要求已经达到国外动车的最高技术标准。按照部里的意思，这一次招标尽量不进口，用国内企业自主研发的动车。

虽然之前八方车辆厂自主研发生产的动车中标了，但是整体来讲，他们中标的产品在整个铁路应用中只占了一小部分。

部里做出这个决定后就意味着以后的采购重点将落在国内的企业上，这事对于八方车辆厂是相当有利的。

因为到目前为止，不管是南车还是北车集团下的企业，八方车辆厂在技术上的自主化程度最高，经过这两年的技术消化、吸收和提高，他们现在生产设计的动车已经没有山崎重工的影子。

但是，他们现在再次遇到了技术瓶颈，部里明年的招标要求非常高，目前他们制造出来的动车还达不到部里的要求。

现在摆在他们面前的，是一个巨大的技术难题。

方总工将部里的要求说出来之后，整个研发部都沉默了。他们此时的心里都在问一个问题："怎么办？"

方总工看向岑永初："小岑，你怎么看这件事？"

岑永初之前已经从岑父那里知道这些事情，他结合八方的实际情况仔细研究过，心里已经有了大概的方向。

此时方总工问他，他便说了他思考了好几天的想法："就目前而言，我们已经把现有技术挖掘到了极致，动车各方面的性能经过一轮轮技术调整，现在已经是最佳状态。而这样的技术参数都达不到部里的要求，我觉得我们或许可以换一个思路。"

方总工颇有兴趣地问："什么思路？"

岑永初回答："国外高铁技术的进步从来都离不开科学技术的发展，就目前而言，我们国家各部之间的合作相对来讲并不算频繁。我们的研发实验室，虽然不算落伍，但也不算先进，我们的工程师虽然代表的是国内最高的技术水平，但是我觉得我们还有提升的空间。"

宋以风在旁说："你直说想让科技部跟我们一起合作研发就好，不用那么拐弯抹角。"

这两年他们工作上合作无间，但是私底下没事就斗嘴吵架，一进会议室，宋以风就想怼岑永初几句。

岑永初也不生气，只说："这事也不算拐弯抹角，毕竟是铁道部和科技部两个大部的合作，这事不是我想就能成功的，还需要方总工和部里的支持。"

方总工年纪大了，再过两年就要退休，这两年他有意把手里的权力往下放，研发部里他最看重岑永初、宋以风和施梦瑜。

他们三人各有所长，都非常优秀。

他此时听到岑永初的话后点头："小岑说的没有错，在我们遇到解决不了的问题时，应该走出去寻求更多的帮助，现在科技日新月异，我们解决不了的问题，不代表其他人也解决不了。这件事情散会之后我就会去联系，会尽快想办法促成此事。"

自从他们上次招标成功之后，八方车辆厂在部里也算是扬眉吐气。方总工在部领导的面前说话更有分量了。

67　联合计划

现在面临这种情况的也不止八方车辆厂，南车和北车集团旗下的工厂，情况应该相差不大。

在这个大前提下，方总工出来牵个头，要促成这事应该不会太难。

宋以风问方总工："部里明年招标还是老时间吗？"

方总工点头："时间差不多，所以我们才要抓紧时间，这一次招标，我希望我们能占据最重要的份额。"

散会后，施梦瑜的眼里若有所思，岑永初问她："在想什么？"

施梦瑜回答："我在想，当初日本人是怎么突破这个瓶颈的。"

岑永初看向她："这事我听过一些，当初我正在日本，听说当时山崎那边动用了不少的科研力量，虽然不能说是举全国之力，但几乎将日本动车这一行业的专业人员全部动用了。"

施梦瑜笑了起来："难怪你会动这样的心思，原来是有日本的经验做参考。"

"倒也不全因为这个。"岑永初的心里有些感触，"而是我觉得这几年我们一直在深挖技术，怕是需要旁观者给我们一些建议。当然，这些旁观者需要有着高深的技术知识，思来想去，觉得科技部最合适。"

施梦瑜说："你思虑得还挺周全的，只是这事能不能实现却不好说。"

"一定能成。"岑永初十分笃定地说，"自从动车应用之后，铁路加速，全国人民都受益，在这个大前提下，方总工容易说服部里，而部里又容易说服科技部领导。他们说科技兴国，我们八方哪里能拒绝高科技的魅力？既然部里能提出那样的招标要求，那么他总归得帮帮我们。"

施梦瑜笑了起来："听你这么一分析，这事好像还真能成。"

岑永初说："你就等着吧，这事一准能成。"

事实证明，岑永初的推论是正确的，那天散会之后，方总工就去找部里的领导商量这件事情，果然，领导们觉得这是一个好的思路。

作为部里的领导，他们比谁都更想早点用上我国自主研发的高品质动车。

部里的领导有了这个意识之后，立即积极和科技部接洽，科技部也觉得这是一件非常有意义的事情，几番碰头，很快就达成了共识。

很快，部里就出台了《中国高速列车自主创新联合行动计划》，与科技部达成共识，一起研制新一代时速350公里的高速动车，部里称之为高铁，同时也取了个名字，叫作和谐号。

这一个计划从本质上来讲，就是创建完全自主的属于中国自有的高铁，从技术、装备、产业化能力和运行服务能力集体改进和提高，标志着我国的高速列车进入真正的自主创新阶段。

这个消息传到八方车辆厂的时候，整个厂区都沸腾了，虽然这事最初是由他们提出来的，但是部里的决心比他们预期的要大得多。这对他们而言，真是大喜事。

为这事，方总工召集整个研发部开会，他说道："部里的通知已经下来了，这一次说是部里和科技部一起合作，在技术层面上，由我们八方车辆厂和科技部合作。

"他们将从中科院力学所、中科院软件所、铁科院等十一家研究所抽调专业的高科技人才配合我们的研发工作。

"这一次的研发工作和我们之前的研发工作会有所不同。之前我们的研发工作都是在现有的技术层面进行深挖，达到最佳的性能和效果。

"这一次是按部里要求的参数来设计，比如说部里定下来的时速，现在已明确要求正常运行时速为350公里，最高运行时速需要达到380公里。

"由这样的速度，一层层反推到各子系统以及零部件所要达到的技术指标，然后再来制订详细的设计方案，这对我们部门来说是一个全新的考验。

"我希望在这次合作中，我们的工程师们都能脱胎换骨，成为全世界最优秀的机车工程师！"

他的这番话，在众工程师们的心里掀起了滔天巨浪。这一次的合作比他们最初预期的还要深广，但也意味着更深一层的挑战，难度更大。

在此之前，他们需要将现有的资料全部梳理一遍，这样才能将科技部的理论和他们的实践完美结合在一起。

散会之后，岑永初单独找了方总工，他进去待了一个多小时才出来。

宋以风看到后便问他："有新的想法？"

岑永初回答："算不上新想法，只是想问一下具体的操作方式，刚跟方总工沟通之后才知道，部里这一次给予我们的支持力量超过了我的预期。"

"这是好事。"宋以风笑着说，"为什么你看起来却是一副担忧的样子？"

岑永初摇摇头："我没有为这些事情担忧，我刚才只是在想用这样反推的方式来生产制造的时候，会遇到哪些问题，这些零部件应该有很多都不是我们自己能生产的，如果外购的话，如何保证品质。"

宋以风说："你考虑得真是长远。"

岑永初笑着说："小鱼儿总跟我说，人无远虑，必有近忧，原本我们打算今年要个孩子，她在听到这事之后决定把要孩子的事情延后。我就想着我们得赶紧把这件事情搞定，要不然会耽误我做爸爸。"

宋以风想骂人。

岑永初和施梦瑜这些年的行为在他看来有点不可思议，天天换着法子在办公室里秀恩爱，研发部的工程师们虽然大部分都结了婚，但是两口子都在研发部上班的却不多，他们是在刺激众工程师。

岑永初笑着问："你和方工的婚期还没定下来吗？"

宋以风冷冷地扫了他一眼，抱着文件袋就走了，懒得理他。

岑永初喊了声："宋工！"

宋以风回头不耐烦地看了他一眼，他笑着说："在幸福的面前，有时候可以适当地服一下软，你要总是那副高傲的样子，很可能真的会打一辈子的光棍。"

68　打光棍吧

宋以风白了岑永初一眼扭头就走，心里骂道："狗嘴里吐不出象牙。"

宋以风也烦恼，他追方玉梅也有两年了，但是这两年的进展不算很大，因为两人平时工作很忙，原本单独相处的时间就不多，再加上方总工有意无意地分开他们，他们单独相处的时间也就更少了。

前段时间两人还因为一点小事吵了一架，到现在还没有说话，宋以风行事多少有点大男人主义，让他拉下脸去哄人，他真的不擅长。

而让他一直跟方玉梅这样冷着，他又觉得不是回事，他便让施梦瑜帮他去方玉梅的面前说好话，这事估计让岑永初知道了，正因为如此，他才觉得岑永初的这番话有点扎心。

他经过楼道口的时候，听到里面传来方玉梅的声音："我不急，他大我八岁，我今年才二十七，他已经三十五了，我就不信我耗不过他……"

他之前不觉得自己的年纪如何，现在听到方玉梅这样一说，他就觉得有点不是滋味，她这是嫌他老了吗？

施梦瑜的声音传来："我知道你貌美如花，现在这个年纪也刚刚好。我师父那脾气全厂的人都知道，你要是真不想跟他在一起，就一脚把他踹了，也好报当年他欺负你的仇，没必要在他身上浪费时间。"

宋以风想打施梦瑜一顿，他是让施梦瑜来劝方玉梅跟他和好的，不是让她去方玉梅跟他分手的。

他觉得这个徒弟自从有岑永初帮她撑腰之后，就越来越不把他这个师父放在眼里了。

他实在是气不过，在门口大声喊："施梦瑜，你给我滚出来。"

施梦瑜被抓包有些尴尬，但不怕他，拉着方玉梅从里面走了出来，看着他那张黑沉的脸说："师父，不是我不想帮你，而是你自己太不争气了。现在玉梅就在这里，我只问你一句，这一次你是不是还想让玉梅像以前那样哄着你？她要是不跟你说话，你是不是就一辈子都不跟她说话？"

　　宋以风瞪了她一眼，她当没有看见，接着说："如果你是这样打算的，那我站玉梅这边，你们趁早分手吧，你自己一个人打光棍去。永初有个同学刚回国，在中科院工作，人长得帅气儒雅，性格又温和，你要和玉梅分手了，我和永初就帮他们牵线。"

　　宋以风的脸瞬间就黑了下来，别人家的徒弟对自家师父是百般维护，她倒好，直接就换着法子坑他！

　　他很想把她给拎过去训一顿，方玉梅则从口袋里掏出他的两张卡递过去："还你。"

　　宋以风的脸就更黑了，他冷着脸看着方玉梅。她想起刚才施梦瑜教她的，当即压下心里的那点惧意把手里的卡递得更近了些，示意他收下。

　　他知道他要是真的收下了，两人怕是真的就要分手了，他的脸上有些不自在，沉声说："给你的东西就是你的，我不会再要，你要是不想要，扔了就是。"

　　他说完就走，方玉梅便说："这不是我的东西，我也不要，你要是不要的话，我就扔垃圾桶了。"

　　宋以风猛地回头，方玉梅有点服软了，施梦瑜忙抠了抠她的手心，她立即把腰挺得直了些，大步朝垃圾桶的方向走去。

　　宋以风额前的青筋直跳，他大步走过来，一把拉住方玉梅的手问："闹够了吗？"

　　方玉梅深吸一口气说："宋头，没有人跟你闹，我只是告诉你这件事情而已，我是喜欢你，但是也不可能每次吵架的时候都是我去哄着你。说句心里话，我已经累了，不想再跟你这样耗下去了。你是我们部门里最优秀的男人，我相信你以后一定能找到一个处处让着你哄着你的女人。"

　　她想要甩开宋以风的手，他却死死地拽着不放，她皱眉看向他："宋头，请你不要失了风度。"

　　宋以风闭了闭眼，深吸了一口气说："老婆都要没了，还要什么风度？我向你道歉，这次是我不对，你不要再跟我赌气了。"

方玉梅有些意外，宋以风这种性格不要说向人道歉了，就是示弱的话都很少说，她一下子就有些绷不住，下意识地就去看施梦瑜。

施梦瑜头都大了，但还是硬着头皮上："师父这一次是道歉了，以后还不知道怎么样，万一以后再欺负玉梅怎么办？"

宋以风多聪明的一个人，立即就觉察到了这里的弯弯绕绕。虽然方玉梅对他不全是言听计从，至少是温顺可人，什么时候敢跟他提分手的事？今天这事八成是施梦瑜这个吃里爬外的弄出来的。

他黑着脸说："施梦瑜，你真是越来越出息了。连师父也敢算计了。"

施梦瑜一听这话就知道他今天已经识破了她和方玉梅的计划，她恨铁不成钢地对方玉梅说："玉梅，你就不能硬气一点吗？"

方玉梅摊手，她也想硬气啊！宋以风一凶，她就莫名心虚，就有些撑不住。

宋以风瞪施梦瑜一眼："回头再收拾你。"

恰好岑永初听到动静从旁边经过，施梦瑜立即跑到岑永初的身边说："老公，师父要打我。"

岑永初之前就听见施梦瑜和方玉梅的谋划，一看这情景就知道这两个女人的把戏被宋以风识破了，他把自家媳妇领走："宋工跟你开玩笑呢！我们去实验室做实验去。"

这两口子一走，方玉梅就觉得更加尴尬了，她毫不客气地出卖自己的朋友："今天的事都是小鱼儿的主意……"

出卖完了她又觉得自己的这种行为实在是太不讲义气，于是又说："当然，也有我的意思，我是真的觉得我们这样相处实在是太累，我想分……"

"你上次不就想去吃火锅吗？今天下班后我带你去吃。"宋以风打断她的话。

方玉梅朝他看了一眼，这一次倒轮到他不自在了。

69　无缝对接

　　宋以风咳了一声，说道："我知道我的脾气是不太好，我以后会尽量控制不对你发火，我以前做得不好的地方也会改正。"

　　方玉梅以为自己听错了，伸手捏了一下他的脸说："你该不会是假的宋头吧？脸上戴的是人皮面具？"

　　宋以风有些哭笑不得，他就不该让方玉梅和施梦瑜凑在一起，谁和施梦瑜凑在一起都会变得不正常。

　　他冷着脸把她的手拉了下来："以后离施梦瑜那个搅事精远一点。"

　　方玉梅忍不住笑了起来。

　　宋以风虽然有很重的大男子主义，但是从本质上来讲，他是一个善于思考的人。

　　这一次的事情虽然有施梦瑜在里面帮着折腾的原因，但是方玉梅并不是个没主见的人，能被施梦瑜说动并配合做出这样的事情，足以证明他之前的行事方式的确不太妥当，伤了她了。

　　他对于感情其实一向比较淡，也不擅长表达自己的感情，只是他到了这个年纪还孤身一人，或许自己本身的确是有些问题的。

　　他现在意识到了自己的问题，那就想办法改进。

　　自从这次事情之后，方玉梅发现宋以风对她一下子好了很多，不再像以前那样只知道工作完全不关心她，他基本上每个周末都会抽出半天的时间陪她，要么去逛公园，要么去看电影，两人终于有了恋人该有的样子了。

　　方总工因为宋以风对方玉梅态度的转变，再加上方玉梅对宋以风死心塌地，他也就懒得管两人的事情了，甚至还暗示宋以风可以去方家提亲。

　　这事对宋以风而言简直就是大喜事，他立即就准备了一大堆的东西去了方家，两人的婚期也很快就定了下来。

施梦瑜知道这事后问宋以风:"师父,你是不是得给谢媒礼啊?这世上应该没有比我更称职的媒婆了。"

宋以风后面也从方玉梅那里听到了她们当初的整个计划,无非就是打破他们之间的僵局,让他意识到两人之间的相处是相互的,方玉梅不可能一直迁就包容他。

他知道归知道,却不能助长施梦瑜的气焰,所以这段时间一直对她横眉竖眼。

他皮笑肉不笑地说:"往后离我家玉梅远一点,省得把她带坏了。"

施梦瑜认真地说:"师父,你一定要相信,你是我的师父,我永远都站在你这一边,我做的所有事情都是为你着想。也许我的计划乍一听好像是伤害了你,但是现在表明,结果都是好的嘛!"

宋以风不想理她,扭头喊岑永初:"岑工,把你媳妇带走。我下午还有一组实验,明天中科院的人就要到厂里来了。"

岑永初笑了笑,由他们去斗嘴,这段时间研发部的众人压力都很大,斗斗嘴有利于放松紧张的心情。

方玉梅在旁说:"这个谢媒礼以风不出,我来出!"

施梦瑜冲她眨眼睛:"你们还没结婚了,就这样向着他,小心他以后把你管得死死的。"

下午的实验研发部的几个骨干都到了,实验不算太成功,还有几个部分需要改善,只是这个部件造价有点高,施梦瑜有点担心研发资金的问题。

岑永初在旁说:"研发资金上不用太担心,我刚得到消息,这一次国家拨了十个亿用于高铁的研发,南车和北车的集团公司,会再联合出资二十亿。厂里这些年来盈利非常不错,这又是国家支持的重点项目,只要我们能研发出来,研发资金上我觉得不用担心。"

这事施梦瑜之前还真不知道,这几年八方投入了不少的研发资金,他们一研发起来,钱花得就跟流水一样,之前财务部提到过这件事情,所以她今天才会有这样的担心。

方总工过来说:"小岑说的没错,国家的拨款马上就下来了,老总刚才还给我打电话,让我们放心大胆地去研发,钱上面不用操心,少谁的钱也不会少我们的钱。"

这话给在场所有的工程师吃了一颗定心丸。

第二天中午，中科院的几位教授就过来了，先跟他们开了一个碰头会，然后大家坐在一起拟定这一次合作研发人员的名单。

名单定下来之后，就开始讨论合作研发的细节。在这个阶段，双方都需要对彼此有个大概的了解，这样在接下来的研发工作中才能无缝对接。

八方有八方的长处，中科院有中科院的优点。

整个研发工作，一部分放在中科院，一部分在八方车辆厂。

方总工和部里的领导们也一直在积极沟通，都觉得研发的事情可以分两部分进行，一部分是实验室，另一部分则是实际生产。

实验室能提供相应的数据，以及设计方案。

实际生产则涉及一堆的材料，既然是自己研发，方总工希望这些核心零部件能由我国自己的企业生产。

这两方面就现在的情况而言，都存在一系列的问题，都需要落到实处去解决。

这两件事情涉及的工厂、研发机构、重点实验室很多，需要做好统筹的安排工作，否则容易出乱子。

方总工作为这个计划的提出人，部里的意思是让他来做这个工作。他笑着推辞："我年纪大了，精力不够了，就不逞强了。之前山崎公司在给我们转让技术时，施梦瑜的统筹规划工作做得特别好，所以我希望这件事情由她来做。"

部里领导担心施梦瑜年纪还小，经验不够丰富，怕她没办法做好这件事情。

方总工笑着说："我会在旁看着，她要是有什么疏漏的地方我也能提醒一二，保证不会耽误研发进度。"

部里领导看着他笑着说："老方，你是我见过的最喜欢提携年轻人的领导了。"

方总工的目光里透着温和："不是我喜欢提携年轻人，而是这些年轻人真的很不错，能力都很强。我已经老了，以技术上很难有大的突破。我的存在，只是让他们安心，真正的工作都得靠他们去做。"

70　定海神针

部里领导拍了拍方总工的肩:"你过谦了,你在八方研发部,那就相当于定海神针。有你在,我们才放心,那些小辈们才能安心。"

两人相视一笑。

所有人的目标都是一致的,那就是齐心协力造出属于中国自己的高铁,为中国的铁路提速。

研发等一系列的工作,最理想的方式是经验丰富的工程师坐镇,由年轻的工程师们负责主要的研发工作,老中青配合,以有经验的中青年工程师为主导,互取所长,这样才能更好地完成整个研发工作。

方总工快要退休了,他愿意把更多的机会留给研发部里积极上进的年轻人。

施梦瑜接到通知,让她负责整个统筹工作。她有些发蒙,因为她觉得这个位置应该由方总工来做,她的资历还是太浅了些,她怕自己做不好。

方总工摆了摆手:"我相信你的能力,如果你遇到有不能协调的事情,你来找我,我们一起解决。"

施梦瑜一听这话就知道这事是他举荐的她。事到如今,她觉得自己的能力可能还不够,但也得硬着头皮上。

她认真地说:"方总工,我会努力工作的,尽量不让您失望。"

方总工笑着说:"不用紧张,以你的能力,肯定能做得很好。"

就算施梦瑜平时的心理素质很好,现在也觉得压力有点大,毕竟这件事情和之前的事情不太一样,这个统筹工作对她来说是一个巨大的考验。

事实的确如此,从这件事情正式定下来开始,她就需要处理很多事情,和各个研究院核对各种数据,再和各实验室沟通,商议做实验的时间。

这一次的研发工作和他们之前的研发工作完全不同,虽然是在他们之前的经验和基础上研发,但是又要打破他们之前研究出来的数据,重新开始各种测算。

不只施梦瑜忙得团团转，这一次八方车辆厂参与研发的所有工程师都很忙，加班加点地测算数据是常事。

有时候为了一个数据，一群人从办公室到实验室，再到车间，进行很多次的模拟和计算，最终得出理想的数据。

施梦瑜有一次连续加班到凌晨两点，下楼的时候晕乎乎的，一脚踩空从楼上滚了下去，好在楼梯不算高，她只是把额头摔了个大包，没有大的问题。

岑永初很心疼，有心想为她分担一些工作，只是现在的工作是一个萝卜一个坑。他自己的工作也很忙，根本就抽不出时间来帮她。

第二天施梦瑜顶着青肿的额头到办公室的时候，全办公室的人都过来问她是怎么回事，她笑呵呵地说："没事，就是昨晚加班晚了眼睛有点花，踩空了一脚。"

李伊若轻声说："我看你就是累的，你们这段时间也实在是太忙了，要不都缓缓？"

施梦瑜掀眉："开春后就要招标了，时间紧得很，等忙完这段时间就好了。"

方总工从办公室里走出来说："研发进度是要赶，但是也不能把你们全累坏了，否则得不偿失，从今天开始，晚上十一点后，都必须回去休息！"

他又看着李伊若说："这事交给你来监督，他们要是累病了，就扣你的绩效。"

李伊若摸了摸鼻子，她最近看到工程师们忙忙碌碌，整个研发部好像就剩她这么一个"废物"，她也想帮点忙，但是就工作而言，她知道自己除了打印文件、跑跑腿之外，真帮不上什么忙。

她第一次觉得自己没有用。

从这一天开始，李伊若就开始数着点，一到十点五十，她就开始在办公室里催大家下班。她本来话就多。工程师们要是不回去休息，她就能在旁边一直叨叨，把人吵得头都大了。

她这样的方式是起到一定作用的，至少保证了工程师的基本睡眠。

方玉梅却觉得自己最近好像有点不对劲，整天昏昏欲睡，脑子也不是太清楚，她以为自己是累着了，没有放在心上。

在研发主体数据出来的那一天，她站起来的时候觉得眼前发黑，然后就什么都不知道了。

等她醒过来的时候已经躺在医院里了，宋以风守在她的床边。

宋以风见她醒过来忙问："感觉怎么样？"

方玉梅呆呆地问："我这是怎么了？怎么会在医院？"

她问完之后想起自己的工作还没有做完："哎呀，这都几点了，我还有个数据没算完。"

她说完要起身却被宋以风按了下去："你的工作我交给小雷了，你安心休息。"

方玉梅就有点懵了："把我的工作交给小雷？小雷本身的工作也不少啊！我这是怎么了，你让小雷分担我的工作？"

她第一反应是不是自己得了不治之症，否则宋以风不会做出这样的安排。

宋以风忙说："你不用担心，你没有事，只是怀孕了。"

方玉梅当场就愣在那里，她和宋以风结婚的时间并不长，最近又天天忙，一直觉得怀孕这种事情离她很遥远。

她呆呆地看着自己平坦的小腹，宋以风轻声说："医生说了，你最近太过劳累，不能再这样累下去，否则对孩子不好。"

他不是个温柔的人，此时难得这么温柔地说话。

医生说方玉梅怀孕的时候他有些反应不过来，他实在是没有想到自己真的要做爸爸了。

方玉梅有些难以置信地问："我真的怀孕了？"

宋以风点头，方玉梅还是不太信："真的假的？"

宋以风看到她的样子有些好笑："这种事情我哪里能骗你？你这个月例假有没有来，你自己最清楚。"

方玉梅一想也是，她这个月忙得团团转，根本就没时间去想自己例假的事，这么一算，似乎已经推迟了近一个月了。

她笑了起来："我这是要做妈妈了！"

71　学会疼人

只是方玉梅笑完后又开始发愁:"我这个时候怀孕真不是时候,都怪你!"

宋以风这个时候哪里还会跟她去讲道理,痛快地承认:"是是是,都怪我,是我不好!只是事已至此,我们也得接受这个事实。"

方玉梅叹气:"研发部原本人就不够用,这一次每个人都有固定的工作,我要是把这一摊子事全丢给小雷,小雷还不得忙死。"

宋以风温声说:"这事你就不要担心了,虽然大家都很忙,但是平均分一下还是忙得过来的。"

方玉梅摇头:"不行,我不能把所有的事情全分给大家,我一个人在旁边偷懒,这样吧,我平时还是照常工作,只是不加班。"

宋以风担心她的身体,更倾向于让她好好休息养胎,她却直接做了决定:"这事就这么定了!"

宋以风拗不过她,毕竟她现在是孕妇,他半点都不敢惹她生气。

他心里也做了一个决定,绝不会给她过量的工作,顶多他加班加晚一点。

方玉梅怀孕的事情很快整个研发部都知道了,周飞扬坏笑着对宋以风挤眼睛:"宋头,你平时工作很厉害也就算了,在这方面居然也这么厉害。"

众工程师都笑了起来。

宋以风今天心情好,笑骂了一声便没理他,扭头看着岑永初:"岑工,你和小施结婚好几年了,也该有点动静了。"

岑永初听出宋以风话里的嘚瑟,觉得他今天真不是一般的幼稚,便说:"我比宋工小好几岁,现在还不到三十,所以我也不急。"

宋以风听出来岑永初这是在暗示他老了,便哼了一声。

岑永初又说:"宋工是小鱼儿的师父,我们的孩子要是比宋工的孩子年纪还大的话,那多不合适啊!所以现在这样刚刚好!"

周飞扬在旁插话:"岑工,我听说孩子这事不是想要就能有的。"

岑永初淡淡地扫了他一眼:"你说得没错,要生孩子,男人首先得有个老婆。"

他觉得岑永初这话真的是太扎心了。

李伊若两年前和男朋友分手了,他一直在追李伊若,两人平时斗嘴斗得厉害,他有时候说话信口开河,惹她生了好几回的气,两人的关系就时好时坏。

他倒是想跟李伊若结婚,李伊若却不同意,为这事,前两天两人还在办公室里吵了一架。

他觉得这事他得跟李伊若再好好商量一下,两人都老大不小了,能结婚了。

施梦瑜出差回来就听说了方玉梅怀孕的事,她忙把手边工作一丢,就跑去看方玉梅。

方玉梅那天虽然进了医院,但是并不要紧,医生原本是想让她当天就出院的,宋以风不放心,让她在医院里多观察了两天。

她出院之后原本是要回去上班的,宋以风还是不放心,让她再在家里休养两天。

方玉梅一看见施梦瑜就跟她抱怨:"我以前真没发现宋头居然这么婆婆妈妈,他现在这婆婆妈妈的劲比我妈还严重,真的是受不了他。"

宋以风只要不出差,每天中午一定会抽时间跑到家里来问她今天的身体情况,问她感觉怎么样,还买了一大堆补品回来,说要给她补身体。

施梦瑜以前觉得就宋以风那样的性格不是懂得疼人的,现在却觉得她错了,他不是不懂得疼人,只是这个技能开发得比较晚罢了。

她笑着说:"师父这么关心你,你这会嘴里抱怨,心里只怕是甜滋滋的吧?"

方玉梅嘿嘿一笑:"这倒是真的!"

她和宋以风之间纠葛了好多年,磕磕绊绊的,并不顺利,还曾想要放弃,只是因为她喜欢他,这些年一直坚持着,到如今,终于守得云开见月明。

施梦瑜看到她的样子满心感叹:"我是真没有想到,师父也会有这么温柔的一面。玉梅,你就听师父的,好好养胎,工作上的事情少操一点心。"

"你就不要劝我了。"方玉梅看着她说,"论起工作上的事,你可比我拼多了,你和岑工结婚这么多年了,以前总说自己年纪还小,不急着要孩子。现在你也二十七了,也该考虑孩子的事情了,工作是永远都做不完的。"

施梦瑜笑话她:"女人一怀孕果然就不一样了。你看看你,现在满是母性的光辉,之前是连结婚都不急的人,这一怀孕,就开始催我生孩子。你说师父啰唆,可是在我看来,你比他还要啰唆。"

方玉梅笑了起来,又瞪了她一眼:"请喊我师娘!"

两人年纪相差不多,平时关系又很好,方玉梅和宋以风刚结婚的那会,施梦瑜开玩笑一样喊她师娘,她嫌施梦瑜把她喊老了,就跟她说她们是好姐妹,不要在辈分上生疏了,说她只需要喊宋以风师父就行,直接喊她的名字。

施梦瑜哈哈大笑:"好,师娘。我都听你的。"

两人说完都笑了起来。

方玉梅终究在家里坐不住,周一的时候就回去上班了,只是她作为研发部里唯一的孕妇,对研发部的众人而言堪比"国宝"一样,大伙生怕累着她了,只给她安排最轻巧的活。

方总工对方玉梅怀孕的事情也很开心,他快要当外公了,每天都乐呵呵的。

他也暗中观察宋以风的态度,他发现之前的"喷子"宋以风,他在办公室里喷其他人的时候依然毫不留情,但是在方玉梅的面前温柔体贴,平时在她面前说话的时候声音都会变小。

他对这样的宋以风无疑是十分满意的,之前的那点担忧便都散了。

方玉梅的怀孕给研发部带来了不少的话题,每次某个数据卡壳的时候,就会有工程师开玩笑说:"我们可得加油了,可千万别等方工的孩子生下来了,我们的高铁还没有研发出来。"

宋以风最初听到这种话的时候还会训上那位工程师几句,后面次数多了,他也就懒得说了。

72　为他圆梦

在八方车辆厂研发部和科技部众人的努力下，整体的研发进展十分顺利。

很多数据都慢慢测算出来了，众人的努力渐渐看到了成效。

各种零部件的打样也十分顺利，相关的厂商十分配合。虽然有某几个零部件因为特殊的工艺要求，迟迟不能满足工作要求，但是他们一直都在改进，打样的数据一次比一次好，再提升一下工艺就能满足需求。

只有极少数的零件依旧需要进口，因为有上次外购零部件出问题的经验教训，所以这一次的零部件检测十分严格，以确保万无一失。

这样研发了将近半年，所有的研发数据都已经精准，各零部件全部生产完成。

接下来就是组装和调试的工作。

如果说第一次组装和调试的时候施梦瑜的内心是紧张的，那么她这几年经历过不下十次的组装和调试之后，她已经有了丰富的经验，不再紧张。

她不紧张还有一个根本原因，那就是她这几年的技术大幅度提升，对于自己团队研发出来的产品也远比当初有信心得多。

这一次的安装调试依旧由他们几位工程师完成，虽然这是我国真正意义上的第一辆高铁的安装和调试，但是这一次有实验室的数据支撑，有成千上万次的实验和模拟，他们的心里并不忐忑。

安装调试在紧锣密鼓地进行，所有的数据都十分完美，接下来就是速度测试了。

测试前夕，岑永初问施梦瑜："紧张吗？"

施梦瑜笑着说："事情经历得多了，我就觉得没有什么好紧张了。我们和科技部一起研发的CRH380A，我查过相关数据，各项参数已经走在世界的前列。

"检测动车性能最重要的三项指标，脱轨系数、轮轴横向力以及轮重减载率已经全部优于国际标准，说它是世界上最安全的动车也不为过。

"至于各零部件，我们在使用之前全部都做过最为严苛的检查，品质绝对过关，我又还有什么好紧张的？"

岑永初轻拥着她说："你说得没错，因为它在我们的手里诞生，我们清楚地知道它所有的数据和性能，所以就对它格外有信心，的确没有什么需要担心的。只是你现在的样子，看起来似乎心事重重，在想什么呢？"

施梦瑜回答："昨天我妈打电话过来，外公的病情严重了不少，现在他已经不太认识人了，整个人都糊涂了。我担心他会撑不到……上次我接到消息说我们的动车已经开始投入使用了？"

岑永初点头："已经投入使用了，海城到北京用的都是我们的动车。"

施梦瑜轻声说："等这一次测试结束后，我就带外公坐着我们的动车去北京。"

岑永初的声音温柔："我陪你一起。"

施梦瑜靠在他的怀里："好！"

接下来的速度测试十分顺利，最高冲刺时速达到486.1km/h，打破了之前由山崎重工创下的速度记录。

数据出来后，为了保险起见，部里决定再多测试一段时间，观察具体数据及其稳定性。

到此，研发工作基本宣告成功，整体工作暂时告一段落，所有的研发人员能好好休息一段时间，养精蓄锐，为下一轮的研发工作做准备。

施梦瑜和岑永初请了半个月的假，两人先去看了岑父岑母，然后一起去看郑国勤。

郑国勤前两年的状态还不错，今年初他不小心摔了一跤，身体状况急转直下，前段时间一直卧床不起，施母精心照顾着，这段时间已经有所好转，能下床了，只是经过这么一折腾，他的记忆力又差了很多。

施梦瑜回家的时候，他还在房间里摆弄电力机车的模型，不时算着数据，只是因为记忆缺失太多，那些数据他怎么算都算不对。

施梦瑜在旁看了一会，拿起笔在他的本子上填了一个数字。

他愣了一会后，开心地说："对对对，就是这么算的！咦，你是谁啊，怎么长得这么像秀娟?"

施梦瑜拉着他的手说:"外公,我是你的外孙女小鱼儿。"

郑国勤呆呆地看着她,感觉有些熟悉,却无论如何也想不起来。

这些年来他有时候隐约知道自己的记忆出了问题,但不是太明白到底是哪里出了问题,此时喃喃地说:"你是秀娟的女儿?秀娟不是才结婚吗?怎么就有这么大的女儿了?"

施梦瑜温声说:"外公,你不是一直在设计电力动车吗?我参与设计的电力动车已经投入使用,我已经买好车票了,我明天带你坐电力动车去看北京的天安门,好不好?"

郑国勤问她:"你参与设计制造的动车?是我们自己造的吗?"

施梦瑜点头说:"对,我们自己设计制造的,正常运行时速能达到300公里了!"

"300公里?"郑国勤的眼睛顿时就亮了起来,"我要去坐!"

第二天一早,施梦瑜和岑永初便带着郑国勤去坐动车,施母和岑母都不放心,也跟着一起去。

到了车站,郑国勤看到白色的动车后待在那里,他再次跟施梦瑜确认:"这是外孙女参与设计研发的?"

他这段时间很难记住什么事,但是昨天晚上施梦瑜跟他说的这句话他却记得很清楚。

施梦瑜点头:"是的!"

郑国勤十分高兴,由她扶着上了车,他看着车里的设计,又问了施梦瑜一堆专业的问题,只是他问得有些颠三倒四,很多设计上的理念早就过时,有些问题更是重复在问。

施梦瑜也不嫌他烦,只要他问,她就有问必答。

郑国勤在坐椅上坐下来后,笑着说:"这椅子坐着舒服。"

他心情很好,逢人就说:"这是我外孙女设计的动车,我外孙女真棒!"

施梦瑜怕旁边的人烦,便轻声解释:"真抱歉,我外公生病了。"

旁边一个三十来岁的男人说:"我之前在电视上看到过你,那是介绍我国高铁的一个节目……我想起来了,你就是当时在旁解说的那位工程师,是姓施吧?"

73　高铁和地铁

施梦瑜在高铁研发成功时，曾跟着研发部的骨干一起接受过一个采访，当时由她做的详细解说。采访结束后，她因为工作太忙，也没有关注什么时候播出，没料到今天居然被人认出来了。

她笑着点了一下头，旁边的一位阿姨吃惊地说："原来老爷子说的是真的啊，动车真的是你研发制造的？"

施梦瑜忙说："以我一个人的能力，哪里能造得出动车来？这是我们整个部门以及相关兄弟单位一起合作研发的，我只是其中的一个参与者罢了。"

那位阿姨问她："我们现在坐的是动车，我听说有速度更快的高铁研发出来了，是真的吗？"

施梦瑜笑着回答："是真的，测试没有问题的话很快就会投入生产，预计再过一两年大家就都能坐上了。"

旁边的一位大叔说："那真的是太好了，我们之前坐特快去北京，最快也得八个小时，现在四个小时就能到，以后估计只要两三个小时就能到，真的是又快又方便又省心。"

那位阿姨接着说："可不是嘛！现在的动车真的是太方便了，我吃完早饭出门，中午还能赶到北京吃午饭！"

"以前出趟门要是一说是千里之外的地方，就觉得好远好远，现在一千里三四个小时就能到！"

"我现在出门就只想坐动车，就算车票比之前的特快贵一点，那也是值的，时间就是金钱嘛！"

"上学的时候我们学李白的诗，看到'千里江陵一日还'，觉得很神奇，提速后的动车可比这个厉害多了，一天走一万里都不在话下，就是'万里山河一日还'！"

众人都笑了起来，大家七嘴八舌地说起动车的方便、快捷、准时，再和之前的绿皮车做比较，无论速度还是舒适度都有了很大的提升。

施梦瑜听到大家的议论，脸上笑意满满，她坐过普快，也坐过快车和特快，现在再坐在动车上，她能清晰地感觉到其中巨大的差别。

动车为整个世界提速，将整个世界的距离拉近。

他们的研发工作虽然辛苦，但是她觉得这些辛苦都是值得的。

就他们研发出来的高铁，日行万里是一件轻松的事情，她现在有一种"春风得意高铁疾，一日看尽万里花"的感觉，科技改变生活，让生活变得更加美好。

四个小时后，他们便到了北京，郑国勤全程都显得格外的兴奋和开心，他似乎怕自己会忘记，一直在说："我们国家有属于自己电力动车了！我们国家有属于自己电力动车了！"

因为这份兴奋，他的精神状态很好，施梦瑜索性带着他在北京逛逛，带他去参观动车组停放基地。

郑国勤一看到这些动车就兴奋，立即跑过去四下看看。

基地里的站长认出了郑国勤，带着他进了驾驶室，跟他说动车的运行和工作原理，以及操作方式。

郑国勤原本有些迷糊的记忆在这一刻似乎一下子就清晰了起来："科技发展得真快，我也老了，跟不上时代的步伐了。好在我们的后辈都很聪明，都敢拼敢闯，拥有丰富的知识和出众的智慧，设计出了如此优秀的动车，以后谁敢说我们造不出世界一流的动车，就让他们来中国看看！"

站长站在他身边说："可不是吗，我们的科学技术日新月异，我们的科研人员非常优秀，火车提速，提的不只是火车的速度，而是各行各业的工作效率！自改革开放以来，在党的领导下，老百姓的生活越来越富足，生活越来越美好，中国的崛起指日可待！"

郑国勤看着高科技的控制室，伸手摸了摸复杂的控制面板，微笑着说："中国已经崛起了！"

这一次的北京之行，对郑国勤而言是一个大圆满，对施梦瑜而言则是一个交代，她知道这一次之后，郑国勤的人生应该再无遗憾。

她刚把郑国勤送回家，就接到方总工的电话："你们前段时间辛苦了，本来也不想打扰你们的休假,我现在有一个好消息,一个坏消息,你要先听哪个?"

施梦瑜回答:"我先听坏消息吧!"

方总工便说:"刚才部里下达了文件,让我们研发城际高铁和地铁,所以你们只能提前结束假期,尽快回到八方车辆厂研发部。"

施梦瑜觉得这也不算是什么坏消息,她圆了郑国勤的梦后,随时都能回到工作岗位,进行新一轮的研发工作。

她知道有现在的研发基础,不管研发城际高铁还是地铁,对他们而言都不是难事,只是新一轮数据的调整、测试和应用,所以这个消息不算什么坏消息。

她笑着问:"那好消息呢?"

方总工的语气轻快了起来:"好消息就是,我们的动车连续运行十五天,没有出现任何问题,这一次的研发十分成功!"

施梦瑜的嘴角上扬,虽然她之前就觉得他们这一次的动车研发会十分成功,她有着绝对的信心,只是结果没有出来的一刻,就还是会担心发生一些变数,现在结果出来了,她也就彻底放心了。

她认真地说:"我和岑工明天就坐动车回来。"

挂完电话后,岑永初问她:"方总工来报喜了?"

施梦瑜点头:"是啊,他不只是报喜,还催我们回去研发城际高铁和地铁。"

岑永初一听就明白是怎么回事,问她:"有信心吗?"

施梦瑜微微扬起下巴:"当然有!"

有这一次的研发数据作依托,他们后续的研发工作进行得十分顺利。

高铁拉近了城市和城市之间的距离,地铁则拉近了一座城市各区域的距离,为人们的生活提供了巨大的便利,极大提升了工作效率。

高铁技术在三代机车工程师的努力下,性能越来越稳定,技术越来越精湛。

自2012年后,我国的高铁凭借着高速、稳定、安全、舒适等优势,走出国门,走向全世界!

动车工程师们用他们的实际行动告诉全世界,虽然我国的高铁起步比发达国家晚,但是我们团结一心、努力拼搏、锐意进取,用智慧和汗水谱写了动车史上的传奇!

奔跑吧,和谐号!

有声图书
听中国速度的澎湃篇章,
感受速度与拼搏的交响。

走近作者
阅读作者访谈文章,
循迹笔端激情,探秘创作心路。

中国高铁
观看高铁纪录片,
见证波澜壮阔的自主创新征程。

阅读随想
在线记录分享你的瞬间触动,
让共鸣无界。

扫码探索 中国速度背后的
炽热故事